Lana N. May

Liebeserklärung an das Leben

amazon publishing

Das Buch

»Wir tanzten in einem Hurrikan, wir schmeckten die Sonne, wir schwammen in einem Meer der Liebe. Wir waren tiefrote Mohnblumen in einer unendlichen Wiese und hatten ein Leben, so leicht wie eine Feder.«

Es war Liebe auf den ersten Blick. Matt und Luisa lernten sich an der Uni kennen und waren sofort Feuer und Flamme füreinander. Sie schmiedeten Pläne, heirateten, kauften ein Haus und bekamen eine Tochter.

Ihr Leben war vollkommen.

Doch eines Tages schlägt das Schicksal erbarmungslos zu und verändert alles … Plötzlich ist nichts mehr so, wie es war. Luisa erkennt, dass selbst Matt sie nicht davon abhalten kann, zu gehen.

Doch ausgerechnet der Tod, der ihr das nahm, was sie mehr liebte als ihr eigenes Leben, möchte ihr beweisen, dass es sich lohnt, zu bleiben.

Kann er sie davon überzeugen, nicht *für immer* Lebewohl zu sagen?

Die Autorin

Lana N. May ist das Pseudonym einer österreichischen Autorin. Sie wurde 1983 geboren, studierte Tourismuswirtschaft und lebt in Wien. Neben ihrer großen Leidenschaft – dem Romanschreiben – verfasst sie auch Fallstudien und betreut wissenschaftliche Arbeiten. Sie hatte bereits einige berufliche Stationen in ihrem Leben: Kellnerin, Reiseleiterin, Chefrezeptionistin, Travel Coach bei einer Fluglinie, bis hin zur Studiengangsassistentin und Lehrerin.

Schon in ihrer Kindheit hat sie Bücher verschlungen und Handlungen nacherzählt. Während der Schulzeit fing sie mit dem Schreiben an und sie liebt es, Romanfiguren und Handlungen zu entwickeln und LeserInnen in ihre Welten zu entführen.

Besuchen Sie sie auf Facebook: www.facebook.com/lana.n.may

LANA N. MAY

Liebes-erklärung an das Leben

ROMAN

amazon publishing

Deutsche Erstveröffentlichung bei
AmazonPublishing, Amazon Media E.U. Sàrl
5 Rue Plaetis, L-2338, Luxembourg
August 2015

Umschlaggestaltung: bürosüd° München, www.buerosued.de
Lektorat: Sandra Schmidt, www.text-theke.com
Korrektorat und Satz: Petra Schmidt, www.lektorat-ps.com
Printed in Germany
By Amazon Distribution GmbH
Amazonstraße 1
04347 Leipzig, Germany

ISBN: 978-1-503-94812-9

www.apub.com

FÜR HEUTE, WEIL DU DA BIST
FÜR MORGEN, WEIL DU KOMMEN WIRST
FÜR GESTERN, WEIL DU UNVERGESSEN BIST

Meinen Eltern und Bernie gewidmet –
weil ihr mein *Gestern*, mein *Heute* und mein *Morgen*
zu etwas Besonderem macht.

Kapitel 1

Wir waren eines dieser glücklichen Paare. Ein seltenes Glück, wie manche sagen würden. Wir hatten alles: ein Einfamilienhaus im Grünen, einen kleinen Garten, in dem wir unseren eigenen Salat anpflanzten, und eine Hollywoodschaukel im Retrostil zum Herumliegen, zum Gedanken-Loslassen – inmitten von Apfelbäumen und Holundersträuchern. Wir blickten von dort auf die rosa Wolken, es klebte Zuckerwatte in der Hemisphäre. Unser Garten grenzte an ein Waldgebiet. Idylle pur. In der Früh hörte man regen Vogelgesang, der Duft von frischem Holz, von Tannenzweigen lag in der Luft. Morgens, wenn man an einem Julitag bei Sonnenaufgang seinen Kaffee auf der Terrasse trank, war es rundherum still, ruhig, alles befand sich in seinem Gleichgewicht. So sah es auch in mir aus.

Im Frühling rochen die Bäume lieblich, trugen die spektakulärsten Blüten. Im Sommer konnten wir den Äpfeln zusehen, wie sie größer, saftiger wurden. Wir freuten uns auf den Herbst, auf die Ernte, dann verspeisten wir die Früchte. Wir machten Apfelkuchen, Saft und Marmelade daraus. Wenn es im Oktober kühler wurde, der Nebel sich frühs schleierhaft über Wald und Wiesen legte und die sonnigen Sommermorgen nur noch eine Erinnerung waren, dann zog ich auf dem Weg nach draußen meine Weste enger zu. Langsam betrat ich über das Wohnzimmer unsere Terrasse, betrachtete die Pflanzen, die die schönsten Färbungen angenommen hatten, allmählich aber ihr Kleid abstreiften. Und genau dann, wenn ich am dankbarsten war, am glücklichsten, atmete ich die kühle Luft ein und schloss meine Augen. Mit dicken Socken, ungeputzten Zähnen und einer Tasse Tee stand ich da, als wäre ich bekloppt, aber es war mein Ritual, immer am Morgen, zu jeder Jahreszeit, im Sommer wie im Winter. An jedem einzelnen Tag ließ ich meine Gedanken wandern, verband mich mit dem, was um mich herum lag, was mir wichtig war und was tief in meinem Herzen verwahrt wurde – und bedankte mich beim Leben für all das Schöne.

Ich weiß nicht, welche Jahreszeit ich lieber mochte, denn alle waren besonders. Im Herbst und Winter freuten wir uns auf Maroni- und Filmabende vor dem Kamin, kuschelten uns zu dritt unter eine Decke und stritten uns um die letzte Praline, die noch übrig war. Natürlich bekam unser Sonnenschein das letzte Stück, sie konnte alles von uns haben, wir wollten ihr die Welt zu Füßen legen. Wir waren glücklich, weil wir uns hatten, mehr hätten wir nicht gebraucht.

Mein Mann Matt ist großartig. Nicht nur das. Er ist zärtlich und liebevoll, ein Mann, in den ich mich vor einigen Jahren, um genau zu sein vor 6 Jahren und 88 Tagen, unsterblich verliebt habe.

Ich war in der Unibibliothek und stritt mit dem Bibliothekar.

»Nein, das kann nicht sein, ich habe die Frist für das Buch nicht übersehen! Ganz sicher zahle ich diesen unverschämten Betrag nicht!« Ein unbekannter Mann stand hinter mir, räusperte sich, doch ich hörte ihn im Eifer des Gefechts nicht. »Mit Sicherheit nicht, haben Sie verstanden? Hier haben Sie das blöde Buch!«, schrie ich und donnerte dem Bibliothekar den Titel »Anatomie des Menschen« vor die Glasscheibe.

»Sie müssen es aber bezahlen. Sie haben die Frist übersehen, und wenn Sie das nicht begleichen, dann hole ich den Sicherheitsservice!«

Der Mann hinter dem Tresen war klein, pummelig und hatte eine Narbe über dem Kinn. Ich konnte ihn noch nie ausstehen.

»Das ist doch verrückt … Sie sind verrückt!«

Ich war bereit, alles zu geben. Dieses Wortduell wollte ich für mich entscheiden, als mich eine Hand an der Schulter berührte und sich der Typ hinter mir nach vorne zum Schalter beugte.

»Was macht es denn aus?«

Ich drehte mich um und sah ihm zum ersten Mal in die Augen.

»Das geht Sie nichts an!«

»Nein, natürlich nicht, aber ich hab es eilig!«

»Na und? Ich vielleicht auch!«

»Vielleicht?«

Er zog eine Augenbraue nach oben.

»Ganz bestimmt sogar.«

»Na gut, dann lassen Sie mich das für Sie übernehmen, dann können wir beide gehen.«

Er drängte mich zur Seite und bezahlte meine Rechnung.

»Das ist unerhört!«, stieß ich hervor, als er mir die Quittung gab.

»Ach, tun Sie doch nicht so. Ich hab Sie eingeladen. Sagen Sie doch einfach Danke.«

Matt blinzelte mich verlegen an. In seinem Blick lagen Sicherheit und Stärke. Eigenschaften, die mir in den letzten Jahren täglich zuteil geworden waren. Doch damals war es genau dieser Ausdruck in seinen Augen, in den ich mich vermutlich schon von Anfang an verguckt hatte. Zumindest wirbelten in meinem Bauch plötzlich ein, zwei, vielleicht sogar drei Schmetterlinge umher.

»Mmh … Na gut, danke«, blinzelte ich zurück.

Auch er erklärt seitdem felsenfest, wann immer unsere Kennenlerngeschichte die Runde machte, dass es genau dieser Moment war, wo er wusste, dass ich es bin – *seine* Frau fürs Leben. Die Eine eben, wie er es nannte.

»Na eben, geht doch.«

Er drehte sich um und deutete an, zu gehen.

»Warten Sie!«, rief ich ihm nach, als er einige Schritte gemacht hatte. »Darf ich Sie auf einen Kaffee einladen? Immerhin haben Sie mein Buch bezahlt. Das ist das Mindeste, was ich machen kann.«

Er lächelte verschmitzt und hatte es plötzlich gar nicht mehr eilig.

Jahre später, als wir vor dem Altar standen, schaute er mich genauso an. Genau dasselbe Lächeln! Aus drei wurden fünf Schmetterlinge. Wann immer er dieses Schmunzeln aufsetzte, vergaß ich alles um mich herum. Mir stockte der Atem, wenn er mich so ansah – anfänglich zumindest. Später löste dieser Blick großes Vertrauen in mir aus. Er spiegelte meine Zuneigung zu ihm wider. Während unseres gemeinsamen, bisherigen Lebens bekam ich mehr als Hunderttausende davon.

***

Nun sieht er mich anders an. Leer, inhaltslos.

»Luisa, weißt du, wo meine Socken sind?«, fragt er mich trocken und sucht unter dem Bett.

»Nein, keine Ahnung.«

»Aber du weißt doch sonst alles!«

»Ja, aber dieses Mal nicht.«

Ich mache meinen BH zu, ich fühle mich gerädert, schon seit Wochen. Dann ziehe ich mir meinen Morgenmantel über. Ich gehe nicht mehr nach draußen, so, wie ich es früher immer getan habe. Ich begrüße den Tag nicht mehr. Matt läuft in den Flur, dann lässt er einen Schrei los.

»Warum hast du die Tür offen gelassen?«

Ich zucke zusammen, ich weiß, was kommen wird: ein lautes Donnern. Es ist zu vergleichen mit einer großen Last, die abermals ins Schloss fällt. Es ist die Kinderzimmertür, die er zugeworfen hat, was ein Hallen mit sich bringt, welches tief in mich dringt und in meiner Brust schmerzt.

***

Als ich ihn kennenlernte an diesem besagten Tag in der Unibibliothek – es war der 12. April 2007 –, schmetterte die schwere Holztür der Bibliothek ebenfalls ins Schloss. Aber das süße Donnern war ein Neubeginn.

»Also, wo gehen wir hin?«, fragte er und knöpfte seine Jeansjacke zu.

Unsicher machte ich Vorschläge.

»Zur Bäckerei? Oder ins *Café Paris*, da müssen wir aber ein paar Meter laufen.«

»Okay, ist gut, ich kenne das *Café Paris*, das ist nett.«

Ich nickte und wir gingen los, dabei fiel mein Blick immer wieder auf seine Schuhe, denn sie waren rot, knallrot. Wir bestellten Café au lait und Mineralwasser, ich weiß es noch ganz genau, es war die milde Sorte, wir haben es auch heute noch zu Hause, denn er verträgt kein prickelndes, »zu viel Kohlensäure«, erklärte er mir damals schon. Und als wir da saßen, passierte es mir das erste Mal, dass ich mich auf eine einzige Sache konzentrieren konnte, nämlich auf ihn. Glauben Sie mir, ich bin die Unkonzentriertheit in Person, immer wieder werde ich abgelenkt oder lasse mich ablenken, und sei es nur durch ein Fingerschnipsen oder durch eine Ameise, die meinen Weg kreuzt. Ich hatte mit Matt im *Café Paris* die Zeit komplett vergessen, auch übersehen, dass ich schon längst zur Arbeit hätte gehen müssen. Es war jener Tag, an dem ich auf Grund meiner ungewollten Arbeitsverweigerung meinen Job verlor, doch dafür die große Liebe fand. Und dieser Tausch war doch was, oder?

***

Langsam tappe ich hinaus und nähere mich Matt von hinten. Am Abend davor verkroch ich mich wieder einmal im Bett unserer Kleinen und zog ihre Decke dicht an mein Gesicht. Ich bildete mir ein, sie riechen zu können, dabei konnte das rational überlegt gar nicht mehr sein, sie ist schon zu lange nicht mehr da. Was bleibt, ist die Leere in ihrem Bett, die ich mit meinen 62 Kilogramm nicht ausfüllen kann. Im Gegenteil, egal, was wir tun oder nicht tun, sie wird immer größer.

»Wir hatten die Tür immer offen!«

»Ja, aber jetzt nicht mehr! Sie ist nicht mehr da! Versteh das endlich.«

Ich beginne zu weinen, Matt geht.

***

»Du studierst also auch Medizin?«, fragte er mich damals im *Café Paris*, während er in sein Croissant biss und die Brösel auf den Teller fielen.

»Ja. Wie weit bist du?«

»Ich bin schon fertig, mache gerade meinen Turnus. Eigentlich wäre ich gar nicht mehr da. Zufall, dass wir uns über den Weg gelaufen sind.«

Schicksal, dachte ich.

Und nun ist es mein Schicksal, verlassen zu sein, fast so, als ob auch ich selbst nicht mehr existieren würde. Anfänglich schaffte ich es gar nicht aus dem Bett. Ich blieb einfach liegen, den ganzen Tag, obwohl Tage, Stunden und Sekunden keine Relevanz mehr für mich haben. Sie vergehen, mehr auch nicht, ich zähle sie nicht. Die Zeit ist relevant, wenn man etwas zu verlieren hat, wenn man das, was man noch hat – das Leben –, liebt, doch sie ist irrelevant, wenn man nichts mehr hat, wofür es sich lohnt, zu bleiben. Ja, Matt vielleicht. Aber »vielleicht« ist zu wenig. Wir haben uns in den Tagen und Wochen seit dem Tod unseres Mädchens entfremdet. Er liegt auf seiner Seite im Bett, ich auf meiner, und ich bin mir sicher, dass auch er nicht schlafen kann. Trotzdem hält er mich nicht in seinen Armen, so, wie er es früher oft getan hat.

***

Wir saßen über sechs Stunden im *Café Paris*, können Sie sich das vorstellen? Ich meine, Studenten haben Sitzfleisch, sie müssen es in Bibliotheken, in Hörsälen und bei Prüfungen unter Beweis stellen, aber sechs Stunden sind eine lange Zeit, manche schlafen nicht länger. Wir frühstückten gemeinsam und aßen zu Mittag Crêpes, er eines mit Schinken und Blauschimmelkäse, ich hatte ein fantastisches mit Blattspinat und Schafskäse.

Auch heute noch kann ich den Duft der beiden Crêpes riechen, ja, ich schmecke sie sogar noch auf meiner Zunge. Die Duftschwaden, die von den Crêpes davonzogen, als sie serviert wurden, verbanden sich, genauso, wie es unsere Herzen im *Café Paris* taten. Zumindest tauschten wir unsere Handynummern aus und die Verbundenheit entwickelte sich dann in Folge. Es war eine Konsequenz der Anziehungskraft, die uns an diesem besagten Tag, im April, überkam.

***

Ich komme nicht nur schwer aus dem Bett, auch eine Lethargie ist mein permanenter Begleiter. Nachdem mich Matt zu einem seiner Kollegen übermittelt hatte, bekam ich Antidepressiva verschrieben. Anfänglich war ich froh darüber, ich erhoffte mir, dass sich eine dicke, rosa Wolke über meine Gedanken legen und mich butterweich in eine neue, lebenswertere Welt katapultieren würde, also nahm ich die Tabletten brav nach Anweisung. Matt war froh, denn so kam ich wieder aus dem Bett, doch er weiß nicht, was ich tue, wenn er das Haus schon längst verlassen hat, denn ich lege mich genau dorthin zurück und schlafe. Verschlafe die ganze Zeit.

Meist kommt er spät abends nach Hause. Er arbeitete schon immer viel, aber seit einigen Wochen übertrifft er all seine bisherigen Rekordarbeitsleistungen und die Gesamtstunden zweier Kollegen. Ich weiß nicht, ob man ihm nahegelegt hat, weniger zu arbeiten. Keine Ahnung, wie das in Krankenhäusern abläuft, wenn man einen tragischen Todesfall in der Familie hat. Er geht mit seinem Schmerz anders um, wir reden aber auch nie darüber, wir haben unsere Gesprächsbasis verloren. Er will nur, dass die Tür zum Kinderzimmer verschlossen ist, und genau das will ich nicht. Sie muss offen bleiben, denn sonst ist mein Mädchen ausgeschlossen.

***

Nachdem wir im *Café Paris* die gesamte Speisekarte rauf und runter probiert und er eine Rechnung von 63,90 Euro beglichen hatte, obwohl ich ihn eigentlich einladen wollte und er mir galanterweise zusprach, seinen Kaffee für 2,80 Euro zu übernehmen, verabschiedeten wir uns.

Ich weiß noch, wie unsicher wir uns gegenüberstanden, nicht wussten, wie wir es tun sollten. An dem Tag war es bewölkt, es sah nach Regen aus, aber es fiel keiner. Ich erinnere mich an so viele Details unserer ersten Begegnung, dass ich mich frage, wie mein Gehirn Prioritäten ordnet. Ich meine, was ist relevant und was nicht? Oft frage ich mich, warum ich ausgerechnet die 330 Seiten des Buches »Biophotonen« so schnell vergessen konnte, die ich mir stundenlang mit über neun Tassen Kaffee mühevoll eingetrichtert hatte, nicht aber diese belanglose Erinnerung an die Wetterverhältnisse vom 12. April 2007. Belanglos war es nicht, nein, denn er griff nach meiner Hand, drückte sie, näherte sich meiner Wange und hauchte mir einen Kuss darauf, den vermutlich intensivsten, romantischsten und nahbarsten Kuss, den man an so einem bewölkten Tag auf seine Wange gehaucht bekommen konnte. Schmetterling Nummer sechs war geboren und fing in meinem Bauchraum zu flattern an. Später waren es keine Schmetterlinge mehr, sondern jede Zelle in meinem Körper, die vor Liebe überging. Und ein Mensch besitzt über hundert Billionen Zellen, viel Platz also. Platz für eine ganz große Liebe.

***

Ich mache die Tür zu Claras Kinderzimmer auf, es ist so ruhig, erdrückend ruhig. Genau in diesem Moment wünsche ich mir, ich hätte nie aufgehört zu arbeiten, denn dann könnte ich mich ablenken, vor meiner Welt davonlaufen, Überstunden machen und müde nach Hause kommen. Doch als Clara zur Welt kam, beschlossen wir, es auf die altmodische Tour zu machen. Ich blieb bei meinem Baby zu Hause, hörte auf zu arbeiten. Matt war es nur recht, denn er wollte, dass Clara immer jemanden um sich hatte, nämlich ihre Mutter. Wenn sie aus dem Gröbsten draußen gewesen wäre, wollte ich wieder beginnen zu arbeiten. Für uns passte das perfekt. Mit Clara war mein Tagesablauf vollendet, ich war erfüllt, erfüllt mit Liebe und Zuneigung. Mit jedem Lachen, das aus ihrem kleinen Mund kam, mit jedem Pups, mit jeder vollgeschissenen Windel wusste ich, dass es besser nicht sein konnte. Genau das, was das Leben lebenswert machte, meinem und Matts Leben einen Sinn gab.

Mit wackeligen Beinen betrete ich das Zimmer, sie hat eine zauberhafte Tapete an den Wänden, sie ist rosa, mit kleinen Teddybären darauf. Hin und wieder sind Herzen in die Bordüre gezeichnet. Wir hatten sie damals in einem aufwendigen Auswahlprozess auserkoren.

»Nein, die ist doch viel zu rosa!«, meinte Matt.

»Aber es wird ein Mädchen, da kann rosa nie zu viel sein!«

»Aber die ist doch viel besser, schau mal ...«

»Die ist nicht liebevoll, die wirkt nicht herzlich.«

»Und die da?«

»Zu viel Muster. Bleiben wir bei der ersten.«

»Was wäre, wenn wir die mit den grünen Streifen nehmen?«

Ich schüttelte vehement den Kopf und nahm Matt die Tapetenkarte aus der Hand.

»Es wird ein Mädchen, sie kriegt rosa!«

Mein Mann kannte mich, also ließ er es bleiben. Ich gewann und konnte die kitschige Tapete durchsetzen, er tapezierte.

Matt hat nicht nur handwerkliche Fähigkeiten als Chirurg, seine Hände sind auch für kleinere und größere Reparaturarbeiten im Haushalt talentiert einsetzbar: Abflüsse reinigen, Fensterrahmen reparieren, die Waschmaschine entkalken, all das, wo meine Fähigkeiten versagen oder meine Motivation nicht vorhanden ist, wie beispielsweise den Abfluss von einer Verstopfung zu befreien. Als Student managte er Gebrechlichkeiten in seinem Haushalt selbst, denn er hatte nicht das Geld, um Installateure, Tischler, Glaser und Reinigungskräfte zu bezahlen, und aus diesem Muss heraus entwickelte sich sein Allroundtalent. Nun haben wir eine Tapete, aber niemanden mehr, der sich daran erfreuen kann.

Ich taste mich vor zu Claras Kleiderschrank und krame eine Weile darin herum. Ich tue das täglich, ich fühle sie, für einige

Sekunden lang. Liebevoll begutachte ich ihre Kleider, ihre Hosen, ihre Pullover und ihre T-Shirts. Der Anblick gibt mir einen Teil von Clara zurück, doch zugleich zertrümmert es jede Hoffnung auf ihre Rückkehr. Ich weiß nicht, was schlimmer ist: eines ihrer Kleider in den Händen zu halten und zu verstehen, dass sie es nie mehr tragen wird, oder es wegzugeben, weil sie es nie mehr tragen kann. Ihre violetten Socken, ach, die liebte sie so sehr! Clara legte sie eigenständig heraus, denn sie bestimmte ihren Kleidungsstil erfolgreich mit, da hielt ich es demokratisch. Sie führte es Matt vor, er konnte seine Meinung kundtun, meist klatschte er, sagte »Süße, wie süß du bist«, drückte und küsste sie. Wie sehr er sie doch vermissen muss! Ich lege ein Kleid, das rosafarbene mit der weißen Spitze, und einen kleinen Hut heraus. Die Strumpfhose würde sie nicht brauchen. Heute wird es warm werden, sie wird den Hut aufsetzen müssen, damit sie keinen Sonnenstich bekommt. Ich bin Ärztin, ich schaue darauf, allerdings ist die große Kenntnis über Krankheiten auch ein Nachteil, denn man sorgte sich bei jedem Husten, den die Kleine hatte. Das Kleid hänge ich bedächtig auf den Bügel, dann schließe ich den Schrank, ziehe die Vorhänge auf die Seite und mache das Bett. Das tue ich jeden Tag, auch wenn es schon gemacht ist. Ein neues Ritual, welches mein altes auf der Terrasse abgelöst hat.

***

»Wann sehen wir uns wieder?«, fragte mich Matt, nachdem er mir diesen galaktischen Kuss auf die Wange gehaucht hatte.

»Wann möchtest du?«

»Bald?«

Ich nickte eifrig. Noch nie in meinem Leben war ich mir über etwas so sicher.

»Gut, wie wäre es mit einem Essen? Ich koche für dich.«

Er überlegte nicht lange, dann nickte er. Recht stürmisch sogar, drückte noch einmal meine Hand und sah mir zu, wie ich zur Bushaltestelle ging. Am liebsten wäre ich gesprungen, gehüpft oder hätte eine Melodie gepfiffen, doch in Anbetracht der erforderlichen Coolness und seinem Blick, der auf meinem Hintern klebte, unterließ ich es.

Unser Dinner-Abend war gekommen, und nachdem ich das Fleisch verbrannt hatte, nicht nur leicht angebrannt, sondern in der Pfanne noch einmal umgebracht hatte, warf ich es in den Mülleimer. Ich war eine begnadete Köchin – trotz dieser Begebenheit. Schon damals in meiner Studentenzeit war ich richtig gut darin, es war eines meiner Hobbys und irgendwie hatte ich den Dreh raus. Ich wusste, welche Gewürze ich nehmen musste, damit das Fleisch aromatischer wurde, ich hatte ein Gespür dafür, welcher Wein zum Wildfleisch oder zu Spaghetti Vongole passte. Ich kochte die Spaghetti al dente, ohne auf die Uhr zu sehen. Meine Sauce war cremig, obwohl keine zwei Becher Sahne darin waren, und auch auf die Gefahr hin, dass es überheblich klingen mag, doch ja, ich konnte kochen und ich tat es leidenschaftlich gerne. Ich vermute, es lag an den Schmetterlingen in meinem Bauch, weshalb ich das Fleisch verbrannt hatte – sie hüpften ja so wild in meiner Magengegend herum.

Ich konnte Matt bei unserer ersten Verabredung nicht nur Beilagen servieren. Doch als ich zum Supermarkt eilen wollte, passierte es: Vor lauter Aufregung sperrte ich mich aus. Ich hatte kein Handy dabei, nur Geld. Außerdem trug ich eine violette Turnhose mit einem Loch an der linken Beinseite, genau dort, wo die Wade war, schwarze Sneakers und ein weißes T-Shirt mit einem Snoopy-Aufdruck. Großartig! Beinahe überkamen mich in diesem Moment Tränen, dann Wut über meine Achtlosigkeit. Matt würde in einer Stunde da sein, ich hatte ihm die Adresse schon gegeben, er wusste, wo es war. Meine Mitbewohnerin war über das Wochenende verreist und würde erst am Sonntag wiederkommen. Sie war die Einzige, die einen weiteren Schlüssel hatte. Es war Freitag und ich hatte nicht das Geld, mir einen Aufsperrservice leisten zu können. Verdammter Mist!

***

Ich schleiche in den Vorraum, öffne die Tür und hole die Tageszeitung herein, werfe sie zum Stapel, der schon längst in die Mülltonne verfrachtet werden müsste. Doch es ist so mühsam, ihn nach draußen in die Tonne zu bringen, also lasse ich ihn dort liegen, es stört mich auch nicht. Auf dem Weg ins Badezimmer stolpere ich über Matts Socken – ach, da sind sie. Dann schalte ich das Licht des Spiegelschrankes ein und nehme eine Tablette aus der Schachtel. Kurz betrachte ich das runde Ding mit dem Smiley darauf, dann werfe ich das Antidepressivum in den Mülleimer. Das tue ich schon seit Langem so. Ich möchte mir helfen lassen, ja, ich wünsche mir, dass alles wieder gut wird, doch nicht mit Tabletten, sie verschleiern nur alles, ich fühle mich nicht echt, nicht als ich, nicht Luisa. Ich weiß, dass Matt nachschauen wird, ob ich sie auch brav nehme, eine Berufskrankheit von ihm, deshalb muss ich das Ganze auf diese Weise lösen.

Wie ist das Wetter draußen? Fragen Sie mich das nicht, ich kann es nicht beantworten, ich achte nicht mehr darauf. Wie riecht der Kaffee, den ich vor mir habe? Keine Ahnung. Lieblingsparfum? Egal. Leibspeise? Habe ich vergessen.

***

Ich ärgerte mich wahnsinnig, dabei wollte ich Matt mein damaliges Lieblingsessen kochen: Hühnerbrust im Speckmantel mit getrüffeltem Pastasotto.

Dieses Gericht hatte ich einst auf einer Reise in einem noblen Restaurant entdeckt, in welches ich durch Zufall eingeladen worden war – und nun wollte ich Matt damit beeindrucken. Doch so ganz passte mein Plan mit der aktuellen Situation nicht zusammen. Eigentlich gar nicht, noch nicht einmal zu zehn Prozent.

Ich stand irritiert vor meiner verschlossenen Tür und setzte mich auf die Treppe, dabei stützte ich meine Arme auf die Knie und legte meinen Kopf in die Hände.

»Scheiße«, fluchte ich einige Male und überlegte, ob ich mir überhaupt schon Make-up aufgelegt hatte.

Nein, noch nicht einmal das Mindestprogramm, bestehend aus Puder und Wimperntusche – rein gar nichts. Konnte es besser laufen? Ich saß vor meiner ausgesperrten Wohnung in violetten abgetragenen mottenzerfressenen Turnhosen, obwohl ich noch nicht einmal vom Sport kam. Außerdem spürte ich, dass an meinem Kinn, unter der Lippenmitte, ein Pickel spross und langsam größer wurde. Bis Matt da wäre, war er sicherlich gelb und eitrig.

***

Unser Haus ist groß. Genau richtig für eine Familie mit der Größenordnung von vier bis fünf Personen. Wir haben zwei Badezimmer, ein großes Wohnzimmer, eine Küche, ein Schlafzimmer und drei weitere Räume. Eines davon ist … war Claras Zimmer. Die anderen beiden sind als Gästezimmer deklariert, damals aber als Kinderzimmer geplant, zumindest eines davon.

Als ich durch den Flur schleiche und die Jalousien zuziehe beziehungsweise gar nicht öffne, krieche ich abermals an Claras Zimmer vorbei, wie immer. Es ist das Zentrum meiner Liebe, meiner Hoffnung, meines Schmerzes. Ich bewege mich weiter, wie eine leblose Masse, gehe in die Küche, mir knurrt der Magen. Das ist nichts Besonderes, denn seit ich nicht mehr regelmäßig esse, meldet er sich andauernd. Doch wir haben nichts zu Hause, nur altes Brot, Nudeln, Reis ... Matt isst an der Arbeit, »Kantinenfraß« nannte er es früher, weshalb ich ihm immer ein Lunch-Paket machte. Manchmal Nudelsalat, manchmal Cous-Cous-Salat, hin und wieder auch Sandwiches oder die Reste vom Abendessen zum Aufwärmen. Nun bringt er mir ab und zu etwas vom Kantinenfraß mit.

***

»Du meine Güte! Wieso sitzt du hier auf dem Boden?«

Ich hatte mich vor den Wohnkomplex gesetzt, denn Matt hätte ansonsten geklingelt, ich hätte es nicht gehört und wir hätten uns verpasst. Vermutlich hätte ich dann nie wieder was von ihm gehört.

»Ich hab mich ausgesperrt«, gab ich kleinlaut zu, während ich aufstand und über meine abgewetzte Hose strich.

Er schaute mich musternd, beinahe belustigt an, dabei wurde ich verlegen und am liebsten wäre ich durch das Abflussgitter, auf dem ich stand, entschwunden. Matts Gesichtszüge veränderten sich, von überrascht zu gut unterhalten, dann fing er laut zu lachen an.

»Du hast dich ausgesperrt?«

»Ja, ziemlich blöd, nicht wahr?«

Er nickte und überreichte mir einen Blumenstrauß.

»Diese Szene hatte ich mir zwar anders vorgestellt, aber trotzdem vielen Dank für die Einladung.«

Nun musste ich lachen und nahm den Strauß entgegen.

»Danke.«

Eine halbe Stunde später befanden wir uns in Matts Wohnung.

»Wenn der Herd abgedreht ist, haben wir kein Problem«, hatte er gemeint und mich an die Hand genommen. »Komm, wir fahren zu mir und bestellen uns Pizza.«

Es war früher Abend und wir waren mit der Straßenbahn zu seiner Wohnung gefahren. Er wohnte nicht weit weg von mir, aber doch weit genug, sodass wir uns unmöglich in Supermärkten oder in der Apotheke hätten begegnen können. Seine Wohnung war eine Miniatur unseres jetzigen Hauses. Er hatte ein Badezimmer, in dem das Klo war. Man musste aufpassen, wenn man sich umdrehte, denn man stieß andauernd mit dem Waschbecken und der Kloschüssel zusammen. Die Küche befand sich im Flur. Er kocht ohnehin nicht viel, das ahnte ich schon damals. Arbeitszimmer, Wohnzimmer und Schlafzimmer waren ein und derselbe Raum. Sofort fiel mir eingebettet zwischen einem Fußball und seinen Sportschuhen der Defibrillator auf. Magisch von diesem Gerät angezogen, bewegte ich mich darauf zu. »Eigentum des allgemeinen Krankenhauses« stand darauf. Er zuckte mit den Schultern.

»Hab ich bei einem Praktikum mitgehen lassen.«

Ich schaute ihn überrascht an.

»Echt jetzt? Einen Defibrillator?«

»Ja, kann man doch immer brauchen.«

Wie er meinte … Wir haben das Ding noch immer zu Hause, irgendwo im Keller, zwischen alten Medizinbüchern und nicht mehr ganz geruchsneutralen Skripten.

Matt war sichtlich nicht auf Besuch eingestellt, denn seine Bücher lagen verstreut herum, auf dem Bett, der Spüle, auf der Waschmaschine, dem Boden … Noch nie bin ich einem Menschen begegnet, der anscheinend überall lernte, auch nebenbei, wenn er die Wäsche machte.

»Ich kann am besten lernen, wenn ich mich dabei bewege«, erklärte er mir und sammelte die verstreuten Dinge ein.

Sein Schreibtisch ähnelte einem Turm, denn es stapelten sich Ordner um Ordner, Blätter beschrieben und unbeschrieben, Stifte mit angekauten Enden lagen darauf und darunter. Heute weiß ich, warum ich den Hausfrauenpart bei uns übernommen habe. Matt ist ein brillanter Arzt, doch manchmal chaotisch. Er findet sich in diesem Chaos zurecht, ich hingegen war eine gute Ärztin, dafür aber strukturiert und organisiert. Einzig und allein Socken oder Unterhosen fand ich nirgendwo auf dem Boden, auch heute nicht, diese abartige Angewohnheit hat er nicht.

»Setz dich«, sagte er und deutete auf die kleine Couch. Ich nickte und kurz darauf kam er mit gekühltem Bier wieder. »Ich habe nichts anderes da, aber wir bestellen einfach eine Weinflasche.« Dann schnappte er sich sein Tablet und öffnete die Menükarte seines Lieblingsitalieners. »Such dir aus, was du möchtest. Ich lade dich ein.«

Als ich die Menükarte studierte, stellte er eine Playlist auf seinem Computer zusammen. Er nahm keine vorgefertigte Musikliste – und davon hatte er Dutzende –, sondern überlegte sich passende Songs für unser erstes richtiges Date. *Café Paris* war die erste Begegnung, dieser Abend war unser erstes Date, so das Wording, auf das wir uns im Nachhinein geeinigt hatten.

»Hast du irgendwelche Wünsche?«

Ich schüttelte den Kopf. Ich erkannte damals schon, dass er einen ganz anderen Musikgeschmack hatte als ich, was auch heute noch unser Streitpunkt ist. Der einzige übrigens, denn bei Filmen und Kinovorstellungen sind wir uns schnell einig. Wir mögen beide Thriller und Krimis. Am liebsten schauten wir fern, wenn wir unseren freien Tag hatten, dann lümmelten wir in unseren abgetragensten Klamotten auf der Couch, stundenlang bewegten wir uns nicht, vor uns türmten sich Berge von ungesundem Essen. Wir fütterten uns gegenseitig mit Torten und Chips.

»Also, dann bestelle ich einmal Frutti di Mare und die Pizza Calzone. Aber welchen Wein?«

»Den Merlot?«

Er nickte.

»Gut, passt, ist im Warenkorb.«

Es machte einen leisen Ton am Tablet und dann war die Bestellung abgegeben. Während wir warteten, sprachen wir über die Vorlesungen an der Medizinuni und über Pläne, die schon verwirklicht waren oder noch gemacht werden mussten.

»Auf was möchtest du dich spezialisieren?«

Ich überlegte nicht lange. Seit ich 16 Jahre alt war, weiß ich das.

»Ich möchte Notärztin werden. Weißt du, ich war einmal bei einem Unfall dabei. Ein Verkehrsunfall.« Matts Augen wurden größer. »Ich war nicht involviert, aber ich war zufällig vor Ort … Ein Radfahrer wurde von einem Autofahrer angefahren. Überall war Blut. Kurze Zeit später heulten die Sirenen. Der Rettungswagen bog um die Ecke und heraus stürmte ein Rettungsteam, welches sich auf den blutenden Mann stürzte. Sie kämpften, sie gaben nicht auf! Minutenlang sind sie vor dem Mann gekniet und irgendwann atmete die Notärztin erleichtert aus. Ich vermute, es war der Moment, in dem sie festgestellt hatte, dass er es schaffen würde. Sie legten ihn auf die Bahre und fuhren mit ihm davon. Ich denke, er hat überlebt, denn das habe ich ihrem Gesichtsausdruck entnommen … Und da verstand ich. Wenn ich etwas machen würde, dann etwas, was für andere von Bedeutung wäre! Und …«

Wir wurden unterbrochen, es läutete. Matt stand auf und ging an die Tür. Blöderweise war es nicht der Pizzaservice, sondern ein meckernder Nachbar, den er schnell abwimmelte. Er ärgerte sich darüber, dass dieser »Schwätzer«, wie Matt ihn nannte, uns unterbrochen hatte – auch wenn es mir damals nicht wirklich auffiel. Doch aus jetziger Sicht hatte er sich sogar extrem darüber geärgert, denn immer, wenn ihm etwas nicht passt, fährt er sich ungefähr viermal durchs Haar, schüttelt den Kopf, wippt mit seinem Oberkörper einmal nach vorne, dann nach hinten und presst die Lippen aufeinander.

»Heute ist einfach nicht unser Tag!«, meinte er und setzte sich wieder zu mir auf die Couch.

***

Es ist auch heute nicht mein Tag. Die besten sind die, die ich verschlafen kann. Meistens gelingt es mir, erst gegen Abend raffe ich mich auf und gehe ins Badezimmer, um mich etwas frisch zu machen. Matt wird gleich nach Hause kommen und nur deshalb stehe ich auf. Er hat zuvor angerufen, meinte, er würde was vom Chinesen mitbringen.

»Fein«, sagte ich am Telefon.

Wenn du unbedingt willst. Aber ich habe keinen Hunger, dachte ich.

Ich sehe mich im Spiegel an, betrachte mein Gesicht, die Haut ist fahl und blass, man sieht mehrere Falten. Früher hatte mich das beunruhigt, irgendwie hatte ich Angst vor dem Älterwerden, vor dem Verfall, vor dem Sterben. Jetzt, wo ich in den letzten Wochen so schnell gealtert bin, sich die ersten zwei, drei grauen Haare zeigen, und nicht nur Mimik-, sondern auch Sorgenfalten plötzlich vorhanden sind, nehme ich es hin, es ist mir sogar egal. Vielleicht sehe ich auch älter aus, weil ich abgenommen habe. Die Wangenknochen stehen hervor. Normalerweise ist meine Haut im Gesicht prall, sieht durch einen Hauch Rouge noch frischer aus, ich wirke außerdem überhaupt nicht wie 35. Mir gegenüber steht eine Frau, anscheinend weit über 40, die ihren Glanz verloren hat – nicht nur den ihrer Haare, sondern auch in ihren Augen. Für Matt krame ich mein Puder heraus und tupfe es großflächig auf mein Gesicht, dann das pinkfarbene Rouge, welches ich entlang meiner Wangen streiche, von unten nach oben, während ich gekünstelt lächle. Im letzten Schritt etwas Wimperntusche, und fertig ist meine Fassade. Er wollte mich schon stationär behandeln lassen, das ließ ich aber nicht zu, ich bin nicht gefährdet, ich bin nur am Boden zerstört.

***

Ich warf ihm die zusammengeknüllte Serviette gegen seinen Pullover.

»Ich kann nicht mehr! Echt nicht!«

»Ach, komm schon, das letzte Stück noch, dann sind wir fertig. Schau mal, wie gut das aussieht. Morgen gibt es kein Frühstück. Ich hab nichts zu Hause.«

Matt balancierte das Stück Pizza vor meinem Mund herum.

»Kein Frühstück? Bei dir?«

Ich schaute ihn perplex an.

»Na ja, wo wirst du schlafen?«

Ja, wo werde ich schlafen? Ich zuckte mit den Schultern.

»Gute Frage!«

Daran hatte ich gar nicht gedacht, hatte vergessen, dass ich gar nicht nach Hause konnte.

»Unter der Brücke wohl nicht, oder? Ich meine, mein Bett ist groß, da haben zwei Platz, oder ich schlaf auf der Couch.«

Die war allerdings klein, sehr klein und er ist 1,86 Meter groß. Unser erstes Date verlief in vielerlei Hinsicht anders, als ich es erwartet hatte.

Nachdem wir die Flasche Rotwein getrunken hatten und dabei waren, seinen Biervorrat zunichtezumachen, spielten wir Strip-Poker. Wie wir auf diesen Einfall kamen, ist auch nach langen Diskussionen im Nachhinein nicht klar, wir wissen es beide nicht mehr. Fakt ist aber, dass wir beide halbnackt in seiner Wohnung saßen und Karten legten.

»Du bist dran!«, triumphierte er und deutete mir an, das T-Shirt auszuziehen.

»Schon gut, schon gut!«

Ich stand auf und zog mir das Snoopy-Shirt über den Kopf, ich tat es betont langsam, es sollte ihn doch heiß machen. Immerhin war er auch nett anzusehen. Noch immer, Jahre später, bin ich verrückt nach seinem Körper. In all der Zeit, die wir nun zusammen sind, hat sich hinsichtlich unserer Leidenschaft nichts verändert, auch wenn uns manche für diese Aussage hassen, doch so ist es. Wir spielen auch heute noch Strip-Poker. Vielleicht ist das unser Geheimrezept. Matt war dran.

»Entweder die Hose oder den Pullover, ich wäre mehr für das Oberteil.«

»Einverstanden.«

Ich musterte seinen Oberkörper.

»Sag bloß, du rennst nach deiner Arbeit auch noch ins Fitnessstudio?«

»Ja, immer montags, mittwochs und freitags. Ist bei mir ums Eck.«

Er deutete mit dem Zeigefinger nach draußen.

»Sauerei!«, kommentierte ich, denn ich war damals nicht in Bestform, im Gegenteil.

Ich hatte mich etwas gehen lassen, musste zu viel lernen und hatte von den Unisportkursen die Nase voll.

Die nächste Karte sollte mir nackte Beine bescheren.

»Oha …, hätte ich das gewusst, hätte ich mir, bevor ich mich ausgesperrt habe, noch meine Spitzen-Dessous angezogen.«

Er lachte und musterte mich von oben bis unten. Da saß ich nun, in meiner Baumwollunterwäsche, mit Erotikfaktor 0,8, aber enthaarten Beinen und das rettete die Situation ein wenig. Zumindest redete ich mir das ein. Sein lüsterner Blick wurde immer schärfer, und als er näher an mich heranrückte, das Licht dimmte und eine Kerze anzündete, war ein Knistern in der Luft zu vernehmen, als würde der Vesuv brodeln. Meine Frommheit entschwand, auch wenn sie in seiner Gegenwart nie wirklich vorhanden war. Ich war heiß wie eine Maroni im Rohr. Wir merkten es beide und die letzte Karte traf wieder mich.

»Das ist unfair, ich kann nichts mehr ausziehen.«

»Oh doch«, meinte er und trat hinter mich, dann merkte ich, wie er langsam mit seinen Lippen über meinen Hals fuhr, meine Haare auf die Seite schob und den BH öffnete.

In diesem Moment wäre ich beinahe gekommen, so sehr machte mich seine Berührung an, und ich stieß einen Seufzer aus. Ich löste den BH von mir und drehte mich zu ihm um. Keine Sekunde länger konnte ich warten. Dann, halbnackt, geschah unser erster Kuss. Welches Paar kann schon von sich behaupten, dass der erste Kuss beinahe splitternackt passierte? Er zog mich an sich, seine fordernde Art gefiel mir, es berauschte mich. Er schmeckte so gut nach Wein, Bier, Pizza und nach Matt. Wir wirbelten im Zimmer herum, im Eifer des Gefechts hatte er seine Zunge überall dort, wo sie hingehörte und wo sie vielleicht nicht hingehörte. Ich ebenso. Dann folgten seine Finger und taten es seiner Zunge gleich. Du meine Güte, ich war noch nie in meinem Leben so berauscht gewesen wie damals. Auch danach konnten wir diese erste Nacht nicht toppen, egal ob mit oder ohne Sexspielzeug, egal ob an öffentlichen oder privaten Orten, so leidenschaftlich hatten wir es nie wieder hinbekommen. In unserem Liebestaumel stießen wir die Kerze um, ich merkte nicht, wie das Wachs sich über meine Zehennägel legte, mir war sowieso schon heiß. Der Vesuv war längst ausgebrochen, und als unsere zwei Körper miteinander verschmolzen, war ich einige Sekunden später gekommen. Minuten später noch einmal, zwei Stunden später wieder. Ja, ich bereute es nicht, dass ich mich ausgesperrt hatte. Die Frage, wo er schlafen würde, hat sich dann auch nicht mehr gestellt.

***

Ich sitze auf einem Hocker an der Frühstückstheke, nicht am Esstisch, ich hasse diesen Tisch. Wir essen seit Claras Tod nur noch an der Theke. Der Tisch ist für ein Familienessen wie gemacht, er ist dafür ideal, doch nicht für zwei Personen, die ihr Kind verloren haben. Ich schaue ins Leere und warte, schaue hinunter auf meine Hose. Ich habe mir extra eine Jeans angezogen und einen Pullover. Es sollte so aussehen, als hätte ich es schon seit Stunden an. Ich höre, wie er den Schlüssel ins Schloss steckt, dann vernehme ich ein Klacken, gefolgt vom Öffnen der Tür.

»Hallo! Ich bin zu Hause!«, ruft er aus dem Flur und legt den Schlüssel auf die Ablage.

Es ist merkwürdig, welche Geräusche man sich einprägt, wenn man sie seit längerer Zeit aufmerksam hört, wie beispielsweise das Öffnen der Tür. Als Clara noch da war, war ich immer so beschäftigt, dass ich nie auf die Idee kam, darauf zu achten, oder das Radio lief und übertönte die restliche Geräuschkulisse. Doch jetzt ist es an jedem Abend dasselbe. Ich setze mich meist um 19 Uhr an die Theke, alles um mich ist still, nur der Zeiger der Küchenuhr tickt, ich warte und lausche der Geräuschkulisse, bis das Rascheln eines Schlüssels zu hören ist, gefolgt von einem Klacken, dem Runterdrücken des Griffs und dem Öffnen der Tür, die ein leichtes Raunen ausstößt.

Er kommt in die Küche, schaut mich nicht lange an, nur ganz kurz, nickt und stellt die Essenstüte auf die Theke. Zuvor habe ich Teller und Besteck hingelegt, es ist alles bereit.

»Einmal acht Schätze und einmal Bulgogi«, sagt er und zieht die Boxen aus der Tüte.

»Danke.«

Wir essen schweigsam, sitzen nebeneinander, man hört ab und an ein Schmatzen, ein Rascheln und das Besteck, welches immer wieder an den Tellern ankommt. Früher unterhielten wir uns – stundenlang. Aßen als Drauf- und Dreingabe noch zwei Desserts, tranken guten Wein und philosophierten, lachten miteinander, erzählten uns Dummes über Arbeitskollegen oder den Chef und neckten uns gegenseitig. Matt hatte einen liebevollen Tick. Nach jeder gelungenen OP, mit der er ein Leben gerettet hatte, schickte er mir eine SMS mit dem Wort »save«. Heute bekomme ich diese Nachrichten nicht mehr.

»Wie war dein Tag?«, frage ich ihn, als wir fertig gegessen haben.

»Okay, viel los. Wie immer, nicht spektakulär. Was hast du gemacht?«

»Nichts«, sage ich, auch wie immer.

***

»Einmal die Hauptstraße entlang, dann die Biegung hinunter, über die zwei Berge ...«

Ich fing an zu lachen.

»Matt, hör auf, sofort! Das kitzelt!«

Der Morgen war gekommen und Matt fuhr mit seinem Finger alle Körperstellen nach, die er am Vortag erkundet hatte. Es war Tag zwei unseres Dates.

»Wann kommt deine Mitbewohnerin wieder?«

»Erst morgen«, sagte ich und drehte mich zu ihm.

»Was hättest du heute vorgehabt? Ich meine, wenn du in deine Wohnung könntest?«

Er schaute mir tief in die Augen.

»Nichts, lernen vielleicht.«

Lange überlegte er nicht, bevor er fragte:

»Willst du mich kennenlernen?«

Ich lächelte.

»Warum nicht.«

Er zog mich zu sich und umschlang mich.

Matt holte uns Frühstück vom Bäcker nebenan, er hatte so ziemlich alles gekauft, was es dort vermutlich gab. Semmeln,

Croissants, Kornstangen, Butter, Margarine, Marmeladen, Schokoaufstrich, Wurst, Käse, sogar Eier. Wir hätten damit einen halben Kindergarten sattkriegen können.

»Ich wusste nicht, ob du lieber Butter oder Margarine hast.«

»Butter«, sagte ich und näherte mich, nur mit seinem Hemd bekleidet, von hinten.

»Das steht dir, du schaust sehr sexy aus«, gab er anerkennend zu und wollte schon die Tüte mit den Frühstückssachen fallen lassen, hätte ich nicht »später« gesagt.

»Geschwister?«

»Einen Bruder und eine Schwester«, antwortete er. »Du?«

»Nein, leider nicht. Einzelkind.«

»Oh je …«

»Ja, oh je!« Ich boxte ihm in die Schulter. »Eltern? Beruf?«

»Lehrerin …«, erwiderte er kurz.

»Oh je!«

»Ja, ganz schlimm.«

»Und dein Vater? Schuldirektor?«

»Nein. Arzt.«

»So ein Zufall!«, lachte ich.

»Ja, und deine Eltern?«

»Leben weit weg, mein Vater ist Hoteldirektor, meine Mutter reist mit ihm mit, Geliebte, Ehefrau, du weißt schon. Vielleicht auch Sexsklavin.« Bei diesem Wort verschluckte er sich am Croissant, sodass er husten musste und ich ihm einmal auf den Rücken klopfte. Matt liebt Croissants, die kleinen Dinger verschwinden in Windeseile in seinem Mund. »Nein, ich liebe beide, aber das passte nur so gut als Pointe. Sie ist seine rechte Hand und unterstützt ihn, wo es nur geht. Ich liebe sie, sie sind großartig.«

»Und wo sind sie gerade?«

»Sri Lanka. Mein Vater hat dort einen Fünf-Jahres-Vertrag angenommen. Hilton-Hotels.« Ich bestrich eine Semmel mit Butter und nahm einen Bissen davon. »Früher bin ich mitgereist, ich ging immer in eine andere Schule, das war anstrengend, manche Kulturen sind untragbar. Ganz ehrlich, ich liebe es, sesshaft zu sein.«

»Das kann ich mir gut vorstellen. Alles, was man zu viel oder zu oft hatte, mag man dann nicht mehr. Mir ging es mit Pistazieneis so …, ich habe es früher literweise gelöffelt. Heute kann ich es nicht mal mehr ansehen.« Matt stellte die Tasse Kaffee auf die Seite und griff nach dem Orangensaft. »Aber verreist du gar nicht mehr?«

»Oh doch, ganz gerne, aber ich brauche einen fixen Wohnsitz, zu dem ich immer zurück kann und der sich nicht ständig ändert. Wenn du verstehst, was ich meine.«

Er nickte.

***

»Hast du mit deinen Eltern telefoniert?«, fragt mich Matt, als er die leeren Essensboxen in den Eimer wirft.

»Nein, heute nicht. Gestern haben sie angerufen. Aber ich hab nicht abgehoben.«

»Du wolltest sie doch zurückrufen, oder?«

Ich überlege, ja, das gab ich vor, doch eigentlich wollte ich es gar nicht.

»Ja, morgen.«

»Luisa, bitte, deine Mutter hat mich heute angerufen, sie sind verzweifelt. Sie wollen uns helfen, aber du redest nicht mit ihnen. Du sprichst auch nicht mit mir. So kann das nicht weitergehen!« Matt fährt sich hektisch durch seine Haare, seine blauen Augen funkeln wütend, zugleich besorgt, dann macht er eine abwertende Handbewegung. »Ich weiß nicht, was ich machen soll!«

Da ist sie. Die eine Falte über der Stirn. Das ist seine Chirurgensorgenfalte, wie ich sie nenne. Sie zeigt sich immer dann, wenn er einen ratlosen Fall zu bearbeiten hat, nicht weiß, wie er operieren soll, ganz aussichtslose Patienten sind das.

»Ja, morgen. Morgen rufe ich sie an.«

Matt schüttelt verzweifelt seinen Kopf.

»Wir sollten eine Therapie machen. Entweder gemeinsam oder jeder für sich. Ich glaube, das würde uns guttun, uns unterstützen, den Vorfall zu verarbeiten.«

»Den Vorfall?« Ich werde wütend. »Du nennst das Vorfall? Clara ist tot! Das ist kein beschissener Vorfall! Das ist der Weltuntergang!«, schreie ich und fange an zu weinen.

Ich kann die Tränen nicht halten. Wann immer sie wollen, kommen sie über mich, sie entwickelten ein Eigenleben, welches ich nicht beeinflussen kann. Matt versucht mich festzuhalten, ich entreiße mich ihm. Im Nachhinein glaube ich, dass ich diejenige bin, die Schuld daran war, dass wir uns nicht mehr berührten, uns nicht mehr umarmten oder küssten, denn ich suchte Abstand, so sehr wie er meine Nähe suchte. Es war mir nur damals nicht klar. Ich gebe ihm die Schuld, dass wir auseinandertriften, dass wir nebeneinander hinvegetieren, als würde der Partner nicht existieren, dabei bin ich es, die die Wurzel dieses Übels ist, denn ich fühle mich schuldig, dass Clara gestorben war.

Matt legt sich ins Wohnzimmer und sieht fern, ich gehe die Treppen hinauf ins Schlafzimmer, falte die Jeans und hänge den Pullover auf die Stange zurück, zu den anderen Oberteilen, die ich schon eine lange Zeit nicht mehr getragen habe. Wenige Minuten später liege ich wieder im Bett und starre die Decke an, wandere mit meinem Blick von links nach rechts, bemerke dabei, dass das Weiß der Wand unterschiedlich ist. Mal ist es mit einem leichten Grauschleier überzogen, mal reinweiß, dazwischen sind feine Risse zu erkennen, wie dünne Härchen. Ich bin so müde, so müde vom Leben und so voller Schmerz. Ich rolle mich in meine Decke, versuche, mich zu verstecken, krümme mich so nah an mich, dass ich Angst vor mir selbst bekomme, und halte die Augen geschlossen, während mein Herz weint.

***

Wir verbrachten den ganzen Tag unseres zweiten Datingtages in Matts Mini-Wohnung. Es wäre unmöglich gewesen, auf längere Zeit zu zweit darin zu wohnen, doch für das Wochenende war es perfekt.

»Welche DVD möchtest du sehen? Ich habe hier …«

Er zog eine verstaubte Kiste mit seinen Spielfilmen hervor.

»Die hast du schon lange nicht mehr gebraucht, oder?«

»Nein, in letzter Zeit musste ich zu viel arbeiten, und wenn, dann schaue ich mir was im Fernsehen an.« Er öffnete die Schachtel. »Sind alle schon älter, aber meiner Meinung nach richtig gute Filme. Also was siehst du gerne? Romantik?«

Ich schüttelte zuerst den Kopf, dann nickte ich schulterzuckend.

»Manchmal.«

»Das ist gut, ich steh auch nicht auf kitschige Filme. Horror?«

»Mmh … Nein, lass mal sehen …« Ich zog die Kiste zu mir. »Diesen da, den würde ich gerne wieder einmal sehen.«

Ich hielt ihm die Hülle vor die Nase.

»*High Fidelity*?«

»Ja.«

»Na gut, wenn du möchtest, dann schauen wir den.«

Matt legte die DVD ein und wir kuschelten uns ins Bett. Beim Vorspann überkam mich ein besonderes Gefühl, eines dieser ganz seltenen. Ich fühlte mich geborgen, genau in diesem Moment, als seine Füße meine umklammerten, sein Bein sich zwischen meine bohrte und wir uns wie Croissant und Schokolade in den Armen lagen. Wir waren eine unschlagbare

Kombination, das war mir damals schon klar. Wir wurden ein perfektes Schokocroissant, unser Leben war süß, wir waren frisch verliebt, auch Jahre später noch, und unser Inhalt machte süchtig und Lust auf mehr. Auf weitere Jahre gemeinsam.

***

Ich schaue auf Matts Bettseite, das sind also unsere weiteren Jahre. Wie wird es weitergehen, wird es sich jemals bessern, werde ich mir und ihm verzeihen können, dass wir zuließen, dass Clara gestorben war? Würde sich die Leere legen, könnte sich unser Leben wieder mit einem Sinn füllen?

Die Fragen halten mich wach, bis Matt kurz nach Mitternacht ins Bett kriecht. Er sieht zu mir rüber und säuselt ein »Gute Nacht, ich liebe dich«. Er glaubt, ich würde schon schlafen, ich lasse ihn in dem Glauben. Ich verharre in einer Starre, bis drei Uhr morgens, dann schlafe auch ich endlich ein.

***

Sonntag, Tag drei unseres ersten Dates, verlief beinahe wie bei einem Liebespaar, welches sich schon länger bis ganz lange kennt.

»Gibst du mir mal bitte die Zahnpasta?«, fragte ich, als wir beide in seinem kleinen Bad standen, er vor dem Waschbecken, ich aus Platzgründen in seiner Dusche.

»Sicher.« Er reichte mir die Zahnpasta durch den Duschvorhang, linste kurz auf meinen Körper, dann grinste er. »Putzt du dir die Zähne immer in der Duschkabine?«

»Nein, nur wenn akuter Platzmangel herrscht.«

Am Vortag waren wir gemeinsam in einem Supermarkt und hatten für mich das Nötigste für einen Wochenendtrip in seiner Wohnung gekauft: Zahnbürste, Deodorant und frische

Unterwäsche. Ich mochte meine neuen Slips, er suchte sie aus und das war ein schwieriges Unterfangen, da der Supermarkt nur drei Farben, braun, weiß und schwarz anbot. Ein Set mit BH und Slip hatte Herzchen darauf, das andere erinnerte Matt an die Unterhosen seiner Großmutter, die immer großflächig und frisch gewaschen, mit Lavendelduft, auf der Wäschespinne im Garten hangen. Ein drittes »Dessous-Set« war billig verrucht, aus einem ganz zweifelsfrei günstigen Material, welches sogar ich als Laie feststellen konnte. Vermutlich kostete der Meter dieses Stoffes weniger als drei Euro im Einkauf und daraus konnte man immerhin vier solcher billigen Damenunterhosen schneidern. Unsere beziehungsweise seine Auslese fiel auf die sportliche, schlichte Variante und ich muss sagen, die Wahl war nicht nur aufgrund des minimalen Angebots äußerst gut getroffen, sondern sie sah an mir wirklich hübsch aus, ich würde sie also behalten. Ich zahlte die Wäsche aber selbst. Matt meinte, dass er mir, wenn er mir schon Unterwäsche kaufen würde, eine besondere schenken würde und nicht ein Set für 12,99 Euro. Nachdem wir die »Dessous-Abteilung« des Supermarktes hinter uns hatten, begaben wir uns in den kulinarischen Teil, welcher bei Weitem mehr zu bieten hatte als der Erotikfaktor des Unterwäsche-Departments. Wir machten den Einkaufswagen voll, alles kam hinein, was nicht niet- und nagelfest war. Nudeln, Tomatensauce, Hackfleisch, Parmesan, Knoblauch, Zwiebeln, gefolgt von Eiscreme, Schokosauce, Schokostreusel und Sprühsahne. Die Großpackung Nachos mit Dip für später, zwei Alibi-Äpfel – wie es sich für (angehende) Mediziner gehört –, diverse Softdrinks und Smoothies sowie zwei Flaschen Wein, die im Angebot waren. Wir kannten uns beide mit Weinen nicht wirklich aus, entweder wir kauften, was teuer war, oder, was rabattiert war. Dafür konnten wir mit einem Skalpell umgehen und fielen beide im Sezierkurs nicht in Ohnmacht. Die Sache mit dem Wein sollte sich später aber ändern. Durch

Freunde, die wahre Weinkenner sind, lernten wir viel über die vielfältigen Sorten, den Weinanbau und Rebsorten kennen, wir hatten den privaten Grundkurs in Önologie erfolgreich gemeistert. Was sich dadurch aber nicht verändert hatte, war, dass wir beide weiterhin keine Probleme damit hatten, den Wein aus Pappbechern zu trinken. Ein Relikt aus Studententagen, eine Angewohnheit, welche unsere Weinkenner-Freunde schlichtweg »unmöglich« fanden. Wir lachten darüber.

Bei Matt zu Hause übernahm ich das Kochen, während er Musik auflegte. Wieder so einen Song, der mir nicht gefiel, aber ich merkte es damals nicht an. Ich wollte mich von der Schokoladenseite zeigen und nicht meine Krallen ausfahren, wie ich es später oft bei Autofahrten mit langen Musikdiskussionen tat.

Das Auto bietet wahrlich wenig Raum für zwei Personen, die sich auf einer Langstrecke befinden und einen unterschiedlichen Musikwunsch haben. Wir teilten uns nur die Tafel Schokolade im Auto, nicht aber den Musikgeschmack. Er sagt, ich hätte einen scheußlichen Musikgeschmack, ich sage, er hat keinen Sinn für schöne Musik. Wir hatten 400 Kilometer vor uns, waren auf dem Weg zu einer Konferenz zum Thema Krebs und Matt hatte seine gesamte CD-Sammlung dabei. Ich hatte dummerweise an diese Problematik nicht gedacht und nur meinen MP3-Player im Gepäck.

»Du weißt, dass ich dich liebe, aber das geht gar nicht!«, sagte er und drückte Jennifer Lopez weg.

»Hey, aber der Song ist gut.«

»Nein, gar nicht. Geht überhaupt nicht!«

»Okay, dann lass uns Drum & Bass hören …«

»Drum & Bass … nie im Leben. Das klingt so, als wären sich die beiden auf der Uni zufällig über den Weg gelaufen und hätten einen One-Night-Stand gehabt.«

»Einen One-Night-Stand?« Er kramte in seiner Tasche herum und schob eine CD hinein. »Nun komm, das kann doch nicht dein Ernst sein! Wer hört die heute noch? Das ist aus den 90ern!«, stieß ich genervt aus und wechselte den Gang, da wir auf die Autobahn auffuhren.

»Das ist Bush! Die waren gut. *Swallowed* war ein großer Hit.« Er drückte auf den CD-Player. »Oder *Glycerine*. Baby, hör dir das an!«

»Baby?« Ich bekam einen Lachkrampf. Er schaute mich verdutzt an. Ich glaube, er war selbst überrascht, dass er mich so bezeichnete. »Baby«, dieses Wort hasst er nämlich. »Na gut, du hast schon recht, Bush ist gut. Hast du noch was, mit dem du mich rumkriegen könntest?«

»Oh ja! Vieles! Warte ...« Matt sichtete mit einem Auge die CD-Sammlung, mit dem anderen beobachtete er die Fahrbahn. »Hier diese CD. Lied Nummer drei.«

Wenig später ertönte Oasis, *Wonderwall.*

»Oh ja! ... I don't believe that anybody feels the way I do, about you ...«, sang ich mit und hielt meinen Gesang das ganze Lied über aufrecht.

Ich denke, es war meine Eitelkeit hinsichtlich meines Musikgeschmackes, die mich verunsicherte und aggressiv machte. Ich bin realistisch genug, um zu kapieren, dass meine Musikvorlieben nicht die besten sind, das wurde mir in meiner Jugend häufig mitgeteilt, doch Jennifer Lopez? So schlecht ist sie doch nicht.

»Weißt du was? Ich hab da eine Idee.«

»Was?«, fragte er mich und drehte die Musik etwas leiser.

»Der, der fährt, darf die Songs aussuchen.«

Matt nickte und hatte es plötzlich ganz eilig, irgendwo ranzufahren, um die Seiten zu wechseln. Raten Sie mal, wer die meiste Zeit über gefahren ist? Ja, genau, Matt.

Im Nachhinein wurden die Songs *Letting the cables sleep* und *Wonderwall* zu unseren ganz besonderen Liedern. Auch wenn ich es heute höre, assoziiere ich sie mit unserer Anfangszeit, mit dem Beginn unseres »Wirs«.

***

Seit Langem drehe ich das Radio wieder auf, es läuft aber nur Schrott, zumindest kann ich keinem einzigen Song etwas abgewinnen, also mache ich es wieder aus.

»Warum drehst du es ab?«, fragt mich Matt, als er aus dem Badezimmer kommt, frisch geduscht, fertig angezogen, um zur Arbeit zu gehen.

»Es gefällt mir nicht.« Er nickt nur, ich weiß, dass er mich in diesem Moment am liebsten anschreien würde, ich solle mich zusammenreißen, doch er tut es nicht. Vermutlich deshalb, weil heute mein Geburtstag ist. »Vergiss nicht, wir gehen heute Abend aus. Ins *Magnifique*, das magst du doch so gerne.«

»Mmh … Ja, das ist toll«, sage ich, dann nähert er sich mir und drückt mich an sich.

»Alles Gute, mein Schatz.«

Ich lasse ihn gewähren, doch die Umarmung fühlt sich seltsam an. Genau in diesem Moment, in dem er seine Arme um mich schließt, seine Wange auf meine legt, freue ich mich, dass er mich gleich wieder loslassen wird.

***

»Ich weiß nicht, wie du es angestellt hast, aber am liebsten würde ich dich nie wieder loslassen«, sagte ich ihm am Sonntag unseres Datingwochenendes.

»Dann bleib«, meinte er schulterzuckend und lehnte sich gegen den Türrahmen.

»Nein, ich muss mich langsam auf den Weg nach Hause machen.«

Es war nach 22 Uhr. Ich wusste, dass Flora, meine Mitbewohnerin, wieder zu Hause sein würde und sich vermutlich schon Sorgen machte. Immerhin hätte ich aufgrund des Tatortes – vergessenes Handy, verschmutztes Geschirr, angebranntes

Essen, Nudeln, die halbgekocht, halb verdorben am Herd standen, und ein scheinbar fluchtartiges Verlassen der Wohnung – auch in Gefahr sein können. Sie war angehende Juristin, sie würde sagen, Gefahr sei in Verzug.

»Deine Spaghetti waren toll! Danke für die Einladung«, merkte er an und zog mich noch einmal zu sich.

»Danke für das Kompliment, das können wir gerne wiederholen.«

»Ja, das sollten wir. Was machst du morgen Abend?«, fragte er und in diesem Moment zerging ich wie die Butter, die zuvor über die heißen Nudeln gelaufen war.

»Morgen?«

»Ja, ist das zu früh für ein Wiedersehen?«

»Nein, ganz und gar nicht, oder?«

»Nein«, er schüttelte den Kopf, »ansonsten hätte ich dich nicht gefragt. Also machen wir was?«

Ich nickte, dann küsste ich ihn, und glauben Sie mir, ich wollte wirklich gehen, doch dann ließ ich mich aufgrund seines himmlischen Geruches und seines Kusses noch einmal umstimmen und ließ mir mein T-Shirt über den Kopf ziehen. Hätte ich bloß Floras Telefonnummer gehabt, dann hätte sie *nicht* bei meinen Eltern und der Polizei angerufen, dann wäre sie *nicht* verzweifelt einige Runden in unserer Nachbarschaft herumgeschlichen und hätte mich an Wald- und Wiesenrändern gesucht.

***

Flora ruft an.

»Süße! Alles Gute zum Geburtstag. Wie geht es dir?«

»Danke, ganz okay. Man lebt, oder?«

Eigentlich hasse ich diese Aussage »man lebt«, denn es impliziert, dass man nur hinvegetiert, mehr aber nicht. Flora weiß nicht so recht, was sie sagen soll. So eine Situation ist auch wirklich beschissen, denn was sagt man einer Mutter zum Geburtstag, die kurz davor ihr Kind verloren hat? Die im Jahr zuvor noch ihren Geburtstag mit Mann und Tochter gefeiert hatte und der nun ein ganzer Teil fehlt? In so einer Situation kann man gar nicht die richtigen Worte treffen, es ist schier unmöglich.

»Ich komme vorbei«, sagt sie. »Ich hab ein Geschenk für dich.«

»Flora, heute geht es leider nicht.«

»Wieso nicht, was machst du?«

»Ich fühle mich nicht gut. Husten, Halsweh, Gliederschmerzen«, lüge ich.

Sie nickt, das weiß ich, auch wenn ich es nicht sehen kann, doch ich lebte mit Flora über fünf Jahre zusammen, ich kenne ihre Gestik und Mimik, ihre Macken und ihre liebenswerten Seiten.

»Okay, na gut. Bist du versorgt? Ich meine, brauchst du was aus der Apotheke oder vom Supermarkt?«

»Nein, danke, wir haben alles. Du kennst ja unseren Apothekenschrank.«

»Du meinst euren Apothekenraum.«

»Genau.«

Ich lache. Ein seltenes Geräusch.

Ich will Matt nicht verletzen, ich will ihm diesen Abend nicht kaputt machen, also gehe ich ins Schlafzimmer und suche mir aus dem Kleiderschrank ein hübsches Kleid aus. Eines dieser Sorte extravagant, für besondere Anlässe. Da ist es! Es hat die Farbe von Heidelbeeren, geht mir bis zu den Knien, hat kurze Ärmel und saß noch vor einem halben Jahr perfekt an mir. Setzte meinen Po in Szene und machte aus meinen Armen wohlgeformte Aushängeschilder für Kurzarm-Shirts. Dieses Mal ist es anders, es sieht etwas unförmig aus, es ist zu groß geworden. Mein Hintern ist auch abgefallen, so richtig flach, es fehlt das Bergige dabei, er wirkt wie eine langweilige Talfahrt. Mein Spiegelbild verrät, dass es nicht die beste Wahl ist, doch ein besseres Kleid werde ich nicht finden, auch habe ich keine Lust, diverse Kleider auszuprobieren, bis das Passende gefunden ist. Ich belasse es dabei und binde mir einen Gürtel um meine Taille, so kann es gehen.

»Du siehst hübsch aus.«

Matt begrüßt mich im Restaurant und überreicht mir einen Strauß roter Rosen.

»Danke«, sage ich und lasse mir von ihm in den Sessel helfen.

»Was hast du heute gemacht?«, fragt er mich.

Wie ich diese Frage doch hasse!

»Nichts, nichts Besonderes.«

Wie er meine Antwort doch hassen muss.

»Okay, na gut, hier die Speisekarte …«

Er schiebt mir die Menükarte zu und ich fange an, darin zu lesen. Ich verliere mich in den Details, lese einige Male die Beilagen durch, obwohl ich nicht weiß, weshalb, denn ich habe noch nicht einmal eine Hauptspeise ausgewählt. Matt ist längst fertig und nippt an seinem Wasserglas. Ich merke, dass er mit seinen Füßen zappelt, denn der Tisch bewegt sich leicht mit.

»Ich bestelle uns mal einen Wein. Hast du Wünsche?«

Ich blicke von der Dessertkarte auf.

»Nein, keine. Wähle du bitte aus.«

Seine Wahl fällt auf einen Chardonnay. Matt wird langsam ungeduldig, auch die Kellnerin kommt schon zum dritten Mal, ich vertröste sie.

»Einen Moment noch bitte.«

Ganz schön blöd, wirklich! Von der Vogelperspektive aus ärgere ich mich über mein Verhalten, doch ich kann wirklich keine Wahl treffen, ich habe weder Hunger noch Appetit, was also nehmen? Als die Kellnerin nach etlichen Minuten ein viertes Mal kommt, habe ich mich entschieden, nicht ich, aber ich zähle einfach aus, nehme den Geburtstag von Clara, den 3.1., und beordere das Gericht, welches an vierter Stelle steht, die Gemüsepuffer.

»Nichts Besseres? Keine Vorspeise?«, fragt mich Matt. »Die Karte ist voll mit leckeren Dingen. Und du nimmst die Gemüsepuffer?«

»Das passt, die sind sicher gut.«

»Wie du meinst, also dann … auf dich!«

Er hebt sein Glas in die Luft und wir stoßen an.

***

14. Juli 2007, was für ein Tag, mein Tag! Wir feierten meinen ersten gemeinsamen Geburtstag mit einem viertägigen Fest. Zuerst alleine bei mir zu Hause, in trauter Zweisamkeit, mit Schwarzwälder Kirschtorte und Cava, welchen Matt von seiner Auslandsreise mitgebracht hatte. Dann fuhren wir zu meinen Eltern, vielmehr flogen wir, denn sie waren doch etwas weiter weg – damals in Rom – und hatten uns zu sich eingeladen. Matt verstand sich mit meinen Eltern auf Anhieb, er machte es ihnen auch recht leicht. Meine Mutter verzückte er mit frischen Blumen und ihren Lieblingspralinen, meinen Vater beschenkte er mit einem Buch über die besten Hotels der Welt. Mein Dad war hin und weg, konnte es nicht glauben, ein so tolles Geschenk bekommen zu haben. Da fragte ich mich, ob er meine Präsente – das Auto-Fahrsicherheitstraining und den tollen Herren-Day-Spa-Gutschein – vergessen hatte.

Die letzte Station meiner Geburtstagsreise machten wir bei Matts Eltern, inklusive Verwandtschaft: zweimal Eltern – einmal seine, die anderen von seinen drei Cousinen –, seine ehemalige Lehrerin – sehr schräg –, der Pfarrer der Gemeinde – noch schräger – und seine Geschwister, plus fünf, sechs oder sieben Nachbarn. Alles in allem eine Herausforderung für meine Lachmuskeln, denn die heterogene Menge war lustig, sie stritten und diskutierten, dann wurde getanzt und rund um die Uhr gegessen. Matt versprach mir, meinen Geburtstag zukünftig maximal mit Zweien seines Bekannten- und Verwandtenkreises zu feiern.

»Ehrlich, ich hatte keine Ahnung, dass meine Eltern das ganze Dorf einladen würden«, versicherte er mir auf der Heimfahrt geknickt.

»Es macht nichts, es ist so ziemlich der lustigste Geburtstag, den ich je erlebt habe.«

Ich liebte Geburtstagsfeste, nichts besser als das, wenn alle zusammenkommen und man ordentlich hochgelebt wird oder andere feiert. Ich fand es früher immer wichtig und besonders, dass man diese Ehrentage gebührend feiert – eine Huldigung des Lebens und somit unverzichtbar. Matts erstes Geschenk, welches ich von ihm bekommen hatte, war großartig, es war ein reparierter Locher. Ziemlich unromantisch eigentlich, aber es war ein ganz bestimmter Locher. Ja, er war aus Metall, hatte einen stinknormalen Griff, sah auch nach Locher aus. Eigentlich war er nichts Besonderes. Er konnte weder Mücken killen noch war er als Wurfgeschoss einsetzbar, aber mein geliebter Locher war ein Glückslocher, das redete ich mir zumindest ein. Ich hatte ihn eineinhalb Jahrzehnte zuvor geschenkt bekommen und seit ich damals die Blätter damit lochte, bekam ich nur noch gute Noten in der Schule. Verrückt, nicht wahr? Aber genauso war es. Nun war er kaputt und ich am Boden zerstört, denn vor mir lag die wichtigste aller Prüfungen. Jene, die entschied, ob ich weiterhin Studentin oder Turnusärztin sein würde, und Matt war sich meiner innerlichen Tragik bewusst. Der Locher war mein Talisman. Matt hatte so eine Begabung, eine Fingerfertigkeit und irgendwie hatte er es geschafft, das Ding zu reparieren. Er musste es aus dem Abfalleimer gefischt haben, nachdem ich mich minutenlang von meinem Glücksbringer verabschiedet hatte und ihn dann weniger liebevoll in den Mülleimer zur braunen Bananenschale und der leeren Milchpackung geschmissen hatte.

***

Die Gemüsepuffer schmecken okay. Auch wenn sie hervorragend wären, es würde mich nicht tangieren. Matt isst sein Trüffelhuhn, er hat schon sein drittes Glas Wein, ich nippe an meinem ersten. Ich nehme ja Antidepressiva – offiziell – und es ist besser, die Dinger nicht mit Alkohol zu mischen. Ich habe ohnehin keine Lust, ein Glas zu trinken. Ich assoziiere den Begriff »Alkohol« mit schönen Momenten im Leben, die man grandios zelebrieren wollte. In Schlechtwetterphasen greife ich am liebsten zu Schokolade und Gummibärchen, man kann nie genug Buntheit in seinem Leben haben, nie genug Süße.

Nach einer schwierigen Trennung von meinem Ex-Freund Martin ließ ich mir Schokolade sogar nach Hause liefern. Wenn man meinen Kühlschrank öffnete, sah man außer Schokopudding vielleicht noch vereinzelt Vanillepudding darin stehen, Grünzeug suchte man vergeblich. In meiner Tasche hatte ich ein Lager voller Schokobonbons, in den Sofaritzen versteckten sich Schokokrümel – das waren die fünf Prozent Schwund – und in Restaurants, wie dem Vapiano, bestellte ich mir Death by chocolate. Nach dieser Trennungsphase sah ich aus wie ein hormongebeutelter Teenie: pickelüberströmt im Gesicht und leicht rundliche Pausbacken, doch Flora bekam mich wieder hin und verschrieb mir Kinobesuche, Saunagänge, Discotänze, Ausgänge an der frischen Luft und viel Salat. Ganz viel. Seitdem kann ich Eisbergsalat nur noch in wenigen Ausnahmefällen essen. Pausbacken, fettige Haare und Pickel verabschiedeten sich von selbst, so wie Martin, der irgendwann keine Macht mehr über meine Stimmungslage hatte.

»Ist alles okay mit dir?«, fragt mich Matt.

»Entschuldige, ich war nur abgelenkt.«

Ich lege die Serviette beiseite und kratze am Kerzenwachs.

»An was denkst du? Willst du darüber reden?« Ich schüttle den Kopf. »Luisa, wir haben immer über alles gesprochen, wir haben uns jedes Geheimnis erzählt, das machte uns aus, dadurch können wir alles überstehen …«

»Bist du dir sicher?«, unterbreche ich ihn. »Ich halte das alles nicht mehr aus. Das *Uns* nicht, dass wir noch da sind, sie aber nicht mehr …«

Mir schießen Tränen aus den Augen, sie kommen und ich kann sie nicht aufhalten, mit voller Wucht, wie eine Straßenbahn rollen sie hinunter, über meine Wangen, tropfen hart auf das Tischtuch auf. Dabei hasse ich Weinen in der Öffentlichkeit.

»Wir müssen darüber reden. Es ist Monate her. Wir müssen neu beginnen, wir können aus dem Haus ausziehen, wir …«

»Ich will nicht aus dem Haus ausziehen! Ich gebe die Erinnerungen nicht her!«, schreie ich.

»Das meinte ich nicht so. Ich sagte, wir ›können‹, wir müssen es nicht, es war nur ein Vorschlag. Ich vermisse sie genauso, aber es ist unsere Aufgabe, neu anzufangen. Wenn wir es nicht versuchen, werden wir daran zugrunde gehen!« Ich starre in die Kerzenflamme. »Luisa, ich versuche zu retten, was zu retten ist …« Matt hält plötzlich inne und ich schaue von der Flamme auf. »Ach, Luisa!« Er knüllt zornig die Serviette zusammen und wirft sie auf den Tisch. »Doch da ist nichts mehr zu retten! Ich denke, das sollte ich endlich auch verstehen!«

Dann verstummt er und steht ruckartig auf. Ich kratze mich am Hals, ich bekomme keine Luft. Es ist stickig, als ob der Raum voll mit Rauch wäre, als ob Giftgas hineingepumpt würde. Genau jetzt erinnere ich mich an den Moment, in dem Clara starb. Damals war auch alles voll mit Rauch und nicht ich, sondern sie erstickte.

»Oh, mein Gott! Ich krieg' keine Luft! Ich muss nach draußen!«, schreie ich und hüpfe von meinem Stuhl hoch, als ob die Decke herunterbrechen würde.

Matt blickt mich angsterfüllt an, läuft zu mir und stützt mich, während er mich nach draußen bringt. Die Kellner sehen uns erschrocken nach.

»Geht es wieder?«

Ich atme schwer ein, dann noch schwerer aus, ich lasse alles hinaus. Mit dem Atem versuche ich alles loszulassen, doch diese Yogaphilosophie bewirkt rein gar nichts bei mir.

»Bitte, lass uns nach Hause fahren«, flehe ich und Matt beordert ein Taxi.

Auf dem Heimweg hält er meine Hand, ich lehne meinen Kopf gegen die Tür. Meine Handflächen sind kalt, stellenweise warm, vergleichbar mit der Temperatur von halbgefrorener Suppe. Seine Hand ist warm, wie immer, es ist seine innere Ruhe, die mein Chaos überstrahlt, zumindest versucht er es, doch es kommt bei mir nicht an. So vieles, das er versucht, mir zu geben, nichts von alldem kommt bei mir an, nichts von alldem will ich annehmen und genau in diesem Moment weiß ich, dass ich resigniert habe. So sieht also mein Ende aus. Es kommt nicht überraschend, meine Gedanken kreisen ständig darum. Wie es wohl dort ist? Gibt es ein »Dort« überhaupt? Ich dachte immer, ich würde weit über 80 werden, meine Kinder und meine Enkelkinder um mich haben, wenn ich gehe, glücklich sein. Auf ein erfülltes Leben zurückblicken. All meine Hoffnungen und Träume realisiert in Erinnerung halten und sagen: »Danke, schön war's«. Die Realität ist eine andere. Ich blinzle zu Matt, er blinzelt zu mir, sein Blick trifft mich. Es schmerzt mich, dass er mir helfen will und es doch nicht kann.

***

Ich weiß noch, wir saßen damals im Auto, in keinem herkömmlichen Auto, sondern in einer Limousine, es war einer der schönsten Momente in meinem ganzen Leben. Dabei hatte ich so viele, doch dieser war einer der beeindruckendsten. Matt hielt meine Hand, so wie eben, doch damals war es anders. Meine war ebenso warm, pulsierte vor lauter Aufregung, ich hatte schon Sorge, dass ich zu sehr schwitzen würde. Ich weiß, man sagt, man solle die Braut nicht vor der Hochzeit sehen, doch Matt und ich nahmen das nicht so genau. Das Mitfahren in der Limousine war ebenso ein Highlight wie das, was gleich passieren würde, und ich fuhr das erste und das letzte Mal in so einem Ding. Damals sagte ich zu Matt, dass wir unbedingt mal so zum Spaß mit diesem Luxusgefährt durch die Stadt düsen müssten.

»Ja, das machen wir«, meinte er und zog mich an sich.

Ich nahm seinen Geruch wahr, den typischen Matt-Geruch. Ich wusste, es war sein Davidoff-Parfum, das mich fast um den Verstand brachte. Mit Sicherheit auch vermischt mit etwas Schweiß, denn Matt – die Coolness in Person, meine ruhige Hand – war ebenso nervös, auch wenn er es nicht zugeben wollte. Es war unser großer Tag. Nicht nervös zu sein, würde bedeuten, dass irgendetwas nicht stimmte, oder? Als wir zur Kirche fuhren, schaute ich meinen zukünftigen Ehemann musternd an. Und während ich das tat, zählte ich in meinen Gedanken auf, warum ich ihn heiraten wollte:

1. Er ist gutaussehend
2. Er ist liebevoll
3. Er ist größer als ich
4. Er ist unabhängig
5. Er ist ein brillanter Arzt
6. Er sieht am besten in Jeans aus
7. Er liebt die Toskana

8. Er stapelt Manner-Schnitten in unserem Abstellraum wie andere Kohle im Keller
9. Seine Eltern sind ganz okay, seine restliche Familie na ja, aber ich hätte es schlimmer treffen können (der Pfarrer und die Lehrerin sind allerdings grenzwertig)
10. Er sieht auch verschwitzt richtig gut aus, vor allem nach einer Jogging-Runde im Wald ist er einfach nur zum Anbeißen
11. Im OP-Saal himmeln ihn alle an – bis auf den narkotisierten Patienten
12. Er trifft immer die richtigen Entscheidungen, hat einen fabelhaften Instinkt
13. Er wünscht sich eine große Familie mit drei Kindern, genauso wie ich auch
    13a. Die Kombination von uns beiden ist zeugungsfähig
14. Er liebt mein Essen – auch wenn es versalzen ist
15. Er hasst Tennis, dafür schaut er im Winter die ganze Zeit Skirennen (kein Vorteil ohne Nachteil, oder?)
16. Er kann auch nicht länger als bis neun Uhr morgens schlafen; wie herrlich es ist, wenn man gemeinsam wach wird
17. Er bestärkt mich in allem, was ich tue, er gibt mir das Gefühl, besonders zu sein
18. Seine Fingerfertigkeit (im OP-Saal, bei Reparaturen und im Bett – *ja, auch Chirurgen haben ihre Finger woanders*)
19. Sein Lächeln, welches mich von Anfang an irritiert und beeinträchtigt hatte; beim Autofahren darf ich es nicht sehen, denn sonst komme ich von der Straße ab oder fahre gegen einen Pfosten
20. Er hasst panierten Fisch, Quargel und Bodenhaltungseier

21. Er wird in einem Flugzeug unruhig, hüpft wie ein kleiner Junge auf und ab; das ist so süß!
22. Am liebsten erstürmt er Berggipfel, »man muss die Welt von oben sehen, um sie zu verstehen«, sagt er immer
23. Zu Fasching verliert er alle Hemmungen und geht als Ninja Turtle außer Haus
24. Er schaut gerne Greys Anatomy und lästert über die Unwahrscheinlichkeit der Fälle, die dort gezeigt werden
25. Sein Traum ist es, mit einem offenen Cabrio im Regen zu fahren
26. Seine Chirurgensorgenfalte

Ich werde mich nun beeilen und einige Punkte überspringen:

166. Ich liebe ihn, weil er meine Bücherrechnung bezahlt hat, ansonsten wäre ich vielleicht im Gefängnis gelandet, nicht nur, weil ich nicht die Rechnung beglichen, sondern auch den pummeligen Bibliothekar im Eifer des Gefechts bespuckt und gekratzt hätte
167. Er ist die Liebe meines Lebens und ich bin so froh, dass jemand unsere Wege gekreuzt hat
168. (diesen Punkt hätte ich fast vergessen): Er kann besser bügeln als ich (das sagen wir nur niemandem, denn sonst kommt er in Verlegenheit)

Vor dem Traualtar stand er so dicht neben mir, dass ich nicht nur mein, sondern auch sein Herz pochen hörte.

»Ja, ich will«, sagten wir und küssten uns.

In diesem Kuss lag ein Versprechen, ein Versprechen auf eine grandiose gemeinsame Zeit, die – wenn sie auch nicht einfach sein sollte – immer gemeistert werden konnte. Das versprachen wir uns im Gelübde und nun war ich diejenige, die es brechen würde.

Und er derjenige, der daran brechen würde.

***

Matt schläft, die Gläser Wein haben ihn ins Traumland katapultiert. Ich höre ihn schnarchen, er gibt alles, ist richtig laut. Ist es in Ordnung, sich nicht von seinem Partner zu verabschieden – keinen Brief, kein einziges Wort zu hinterlassen? Ist es in Ordnung, einfach aufzugeben?

Ich starre ihn eine Weile aus der Dunkelheit an, setze mich in den Stuhl, der vor dem Bett steht und normalerweise als Kleiderablage fungiert. Plötzlich verstehe ich, was es ist, was mich übermannt, was mich zu dieser Entscheidung zwingt. Es ist die Dunkelheit, die in mir überhandnimmt. Von Sekunde zu Sekunde, von Minute zu Minute, von Tag zu Tag ist sie größer und gewaltiger geworden. *Ich kann ohne Clara einfach nicht weiterleben.*

Ich beobachte Matt, wie sich sein Bauch wölbt, wie seine Lippen zucken. Was er wohl träumt? Er würde von Neuem anfangen, wieder glücklich werden, viel besser, als er es mit mir könnte, da bin ich mir sicher. Ich wünsche ihm alles Glück der Welt – eine neue Frau, Kinder, einen Neuanfang, ein fröhliches, gesundes Leben, bis er weit über 90 ist. Ich kann ihn vor mir sehen, mit grau meliertem Haar, mit einem Gehstock, wie er zufrieden auf der Terrasse sitzt und dem Sonnenuntergang zusieht. Er hat all das Gute verdient, er ist ein großartiger Mensch!

Ich drücke meine Hände in den Stuhl und stemme mich hoch, ganz leise schleiche ich nach draußen, die Stufen hinunter. Die vorletzten Stufen quietschen, fast so, als würden sie sagen: »Tu es nicht!«, doch das bilde ich mir ein.

Ich gehe in die Küche und nehme aus dem Schrank eine Flasche. Ich habe sie am Nachmittag befüllt und ganz hinten im Regal versteckt. Ein letztes Mal öffne ich die Kinderzimmertür, setze mich auf das Bett meiner Kleinen, greife einmal über den weichen Stoff und nehme den ersten Schluck aus der Flasche. Es schmeckt süßlich, das liegt vermutlich am Saft, den ich beigemengt hatte. Ein weiterer Schluck … Noch einer … Bis sie leer ist. Dann lasse ich meinen Blick durch den Raum wandern, und als ich beim Foto von Clara ankomme, überkommen mich das erste Mal seit Langem wieder Hoffnung und Glückseligkeit. Denn vielleicht sehe ich sie dort wieder.

Kapitel 2

Draußen ist es kühl, obwohl es Juli ist. Die Wiese ist nassfeucht, ich spüre es, da ich barfuß darüber laufe. Ein seltsames Gefühl, ein letztes Mal über seine Wiese zu laufen, wissend, dass man nie wieder Gelegenheit dazu haben würde. Mein Blick wandert durch unseren Garten, ich sauge alles ein: Erinnerungen an Momente aus meinem Familienleben, Emotionen, die sich auf unserer Terrasse abgespielt hatten, Gefühle, die nachhallen. Ich sauge sogar die Blütenpollen ein, die klang- und sanglos herumschwirren. Ich lasse mir den Wind auf der Zunge schmecken, der wie ein Eiskunstläufer seine Runden dreht, eine Pirouette vorführt, publikumslos einen Rittberger springt und sich dann mit mehreren Stößen davonmacht. Rundherum die Blätter, ein schönes Schauspiel, denn sie beginnen zu tanzen, und genau in diesem Moment schweife ich ab, lasse den Blick durch meinen Garten Eden wandern. Ich sehe zum Holunderbaum hinüber, er ist nichts Besonderes. Er ist größer als ich, wächst schnell dahin, hat eine beträchtliche Statur angenommen, die schattenspendend für alle ist, die darunter sitzen, die hinauf auf die weißen Blüten blicken, die wie schwere Schneebälle auf den grünen Zweigen thronen. Ab und an von großen, gestreiften Brummern besucht werden und nicht nur den Bienen bedeutungsvoll sind, sondern auch uns Menschen, immerhin wohnen die guten Hausgeister darin. So besagt es der Aberglaube. Der Holunderbaum ist nicht besonders, nein, *er ist vollkommen.* Ich ziehe meine Jacke enger zu, darunter trage ich noch mein heidelbeerfarbenes Kleid. Ich mag die Farbe und den Stoff, er schmiegt sich so angenehm an meine Haut. Passend für die Ewigkeit.

Durch den Windstoß bewegt sich unsere Hollywood-Schaukel wie von Geisterhand und quietscht unstimmig vor sich hin. Es passt ihr nicht, was ich im Begriff bin zu tun. Die Nacht macht den Wald bedrohlich, die Geräusche lassen mich schaudern, doch wovor Angst haben? Das Ende würde so oder so ein Ende sein, egal, wie es passiert. Ich mache die letzten Schritte, bis ich an meinem Ziel ankomme. Die Geschichte von Clara wollte ich noch erzählen, wie sie gestorben ist.

Aber ich bin so müde … Ich möchte zum Sprechen ansetzen, versuche zu denken … Doch ich kann nicht mehr. Ich kann nichts mehr erzählen.

Langsam tappe ich zur Hollywood-Schaukel vor, lege mich darauf und starre einen Moment lang in den erdölfarbenen Himmel. Mein Leben war einmal ein einziges Meer aus Farben. … Und nun … riecht es nach verbrannter Farbe.

Ich schließe meine Augen.

***

Mitleidig starrt er mich an, keine Regung, kein Zucken, nicht von mir, nicht von ihm. Er hält diesen durchdringenden Blick eine Minute, zwei Minuten, zwanzig Minuten, einen Tag, eine Woche, ein Jahr lang. Eine Ewigkeit – wie lange das auch immer ist. Ich habe mein Zeitgefühl verloren. Seine Umrisse spiegeln sich in der Dunkelheit, seine Hände glühen, halten sich an der Finsternis fest. Der Wind kriecht durch seine Ärmel, bläst sein Hemd auf, er rührt sich keinen Zentimeter. Der Schnee fällt, obwohl es Juli ist, bleibt an seinen Haaren hängen, sodass sie engelsgleich erscheinen, obwohl seine Augen die Apokalypse bedeuten. Seine Haut ist durchleuchtet von Adern, zeitgleich verliert das Blau seine Farbe, die Adern werden unsichtbar und treten zurück. Er streckt seine Hand aus, weg von der Finsternis in die Sichtbarkeit. Zu wenig sichtbar und leuchtend, um als Licht zu gelten. Er macht einen Schritt nach vorne, bebend für das Unterholz des Waldes, begrüßend für die Unterwelt der Erde. Verabschiedend für die Welt da draußen, denn er nimmt meine Hand, ergreift sie, so sanft, dass es mich schaudern lässt, so unnahbar, obwohl er meine umfasst, doch nichts ist wie es scheint, nichts war wie es ist. Und dann, dann ertönt eine mir unbekannte Melodie, so verführerisch, so lebendig und doch so totenstill.

»Luisa«, sagt er und fixiert mich mit einem eindringlichen Blick, »ich weiß mehr vom Leben als du glaubst! Ich habe alles erlebt, Liebe durchlebt, Abschiede gesehen, alle schönen Momente der Lebendigkeit millionenfach gefühlt. Diese berauschenden Empfindungen erfahren, genannt Freude oder Hingabe, Zuneigung. Das große Glück verspürt, wenn neues Leben geboren wird, dieses unbändige Verlangen nach Leben aufkeimen sehen. Leidenschaft gekostet, abertausende Male miterlebt, wie die Sonne aufgeht, abertausende Male gespürt, wie sich Hoffnung anfühlt … Abertausende Male all die einzigartigen Gefühle vernommen, die man nicht beschreiben kann, die nur euch Menschen zustehen.

Ach, was habt ihr für ein Glück! Und was bist *du* doch dumm, dieses freiwillig herzugeben.

Jeder, dem ich meine Hand reiche, den ich zu seinem letzten Tanz auffordere, jeder, der durch mich hindurchgeht, mir dann zuflüstert, er wolle noch bleiben, dass er noch nicht so weit sein würde …, der mich um ein paar wenige Monate bittet, weil er nicht Lebewohl sagen konnte, weil er nicht ausgedrückt hatte, wie sehr er seine Familie liebte, dem ich dann mit einem Kopfschütteln bedauere, dass seine Lebenszeit erloschen ist …, ja, jeder von ihnen zeigt mir seine Gefühle, seine Erinnerungen, seine Hoffnungen. Jeder dieser Menschen erinnert sich nur an die schönen Erlebnisse, wenn er seine letzten Schritte macht, genau dann, wenn die Musik verstummt und er einsieht, dass er mit mir kommen muss. Jeder Sterbende durchlebt am Ende alle Augenblicke, die das irdische Leben so vollkommen machen. Und deshalb weiß ich so genau, an was ihr Menschen hängt, von was ihr euch nicht trennen wollt!

Ich kann dir all diese Momente zeigen, diese besonderen Atemzüge geben, unzählige Ausschnitte von Kostbarkeiten, von Regenbögen, von Ebbe und Flut … Von Glühwürmchen, von Schmetterlingen im Bauch, hin zum Gefühl über die Sehnsucht nach dem Leben. *Deinem Leben.*

Wie fühlt sich warmer Sommerregen auf deiner Haut an? Weißt du das noch? Hörst du das Meeresrauschen noch? Siehst du die Sterne noch? Weißt du noch, wie es riecht, wenn neuer Schnee gefallen ist? Erinnerst du dich daran?«

Entsetzt und verwirrt schaue ich ihn an, der Schnee ist gewichen, Sonnenstrahlen kämpfen sich durch eine Decke voller Wolken. Dann stottere ich die ersten drei Worte, ein Kloß sitzt in meinem Hals.

»Wer bist du?« Er antwortet nicht. »Warum glaubst du, mir all das zeigen zu können?« Nichts. Kein Wort kommt aus seinem Mund, er sieht mich nur weiter mitleidig an. Die Melancholie in seinen Augen lässt mich schaudern, wie die Musik, die ihn begleitet. »Die Sonne scheint«, mit Tränen in den Augen blicke ich nach oben, ich blinzle dem Licht entgegen, meine Stimme wird ruhiger, beherrschter, »dennoch ist mir nicht warm. Die Blumen blühen, dennoch rieche ich sie nicht. Die Herdplatte, auf die ich greife, ist heiß, ich verbrenne mich nicht. Der Sommerregen prasselt auf meine Haut, doch ich spüre ihn nicht. Liebe versucht mich zu erreichen, dennoch, sie schafft es nicht. Erinnerungen versuchen mich zu halten, mir die Schönheit meines Lebens klarzumachen, doch ich falle hindurch, sie ergreifen mich nicht. Ich blicke zurück. Alles, was ich sehe, ist Schmerz. Ich blicke nach vorne. Alles, was ich sehe, ist Hoffnungslosigkeit. Wie also willst du mir zeigen, dass mein Leben noch lebenswert ist? Was bist *du* doch für ein Narr!«

Sein Blick wird plötzlich streng und fordernd.

»Eine Verabredung. Mehr will ich nicht. Und ich werde dir beweisen, dass du bleiben willst!«

»Wer bist du, der du glaubst, mir all das wiedergeben zu können? Antworte endlich!«

Er blickt mich durchdringend an.

»Der Tod«, sagt er und schließt die Augen.

Ich erstarre, rühre mich keinen Zentimeter. Alles um mich herum ist still geworden.

»Der Tod?« Er nickt. »Du bist der Tod? Dann bist du es, der meine Tochter mitgenommen hat? Hast du Clara geholt?« Er blickt mich traurig an. »Hast du sie mitgenommen?«, schreie ich und mache einen Schritt auf ihn zu.

Wieder bekomme ich keine Antwort, und da ich meine Wut nicht länger im Zaum halten kann, stürze ich mich auf ihn, mit geballten Fäusten möchte ich ihm ins Gesicht schlagen, doch er hält meine Hände fest.

»Psssst …«, sagt er, doch dadurch werde ich noch zorniger, wehre mich, schreie laut auf.

»Du hast sie geholt! Du warst es! Du …«

»Ja«, sagt er nur und dann versagt meine Atmung.

Ich halte die Luft an.

»Wo ist sie? Wohin hast du sie gebracht?«, stoße ich hervor.

»Sie ist nicht mehr Teil deiner Welt. Das weißt du! Sie wird auch nicht zurückkommen! Sie musste gehen. Ihre Zeit war abgelaufen.« Diese Worte erschießen mein Herz. Auch wenn sie es schon einmal getan haben, so tun sie es erneut. »Doch deine ist es noch nicht. Du musst dich entscheiden! Luisa, du hast die Wahl! Willst du sterben oder bleiben? Willst du sehen und erfühlen, was ich dir zeigen kann? Oder willst du *für immer* gehen?«

Kapitel 3

Da sitze ich nun an einer Bushaltestelle auf einer Bank, auf der schon unzählige Menschen zuvor gesessen haben, mit hunderten von Geschichten, Erlebnissen und Dingen, die sie beflügeln oder verdrängen. Sie steigen in den Bus ein, um irgendwohin zu kommen, um an die Arbeit zu fahren, zum Supermarkt, um vor etwas zu flüchten, um in die Schule zu gelangen, die Großmutter zu besuchen, um sich auf eine Reise ins Nirgendwo oder in die Stadt der Liebe zu begeben. Ziellos und planlos ist meine Reise, doch ich wette, dass niemand zuvor eine so unwahrscheinliche Bekanntschaft an einer Bushaltestelle gemacht hat wie ich. Ich wette, niemandem zuvor ist in einer Julinacht an einer Bushaltestelle Vergleichbares passiert. Vor mir liegt eine Cola-Flasche, die zu zwei Dritteln geleert ist, ein Stückchen weiter vorne, gut zwei Meter von mir entfernt liegt eine zerknüllte Zigarettenpackung. Dazwischen, davor und dahinter graue, feine Kieselsteine. Direkt vor meinem Schuh eine ausgedrückte Kippe sowie ein abgerissenes Gänseblümchen und links neben mir sitzt der Tod.

Ich weiß nicht, wie er es gemacht hat, aber irgendwie hat er es geschafft, mich davon zu überzeugen – noch nicht ganz vielleicht, aber ich gebe ihm diese eine Verabredung.

»Du bist es, die mich gerufen hat«, sagt er, als ich nachdenklich auf die Cola-Flasche starre.

Mein Blick wandert in sein Gesicht, am liebsten würde ich ihn angreifen, um zu erfassen, ob er aus Fleisch und Blut ist oder ich mir das nur einbilde. Vielleicht spielt mir mein Kopf einen Streich und ich kapiere es nicht.

»Worauf warten wir?«, frage ich ihn, nachdem ich mich dazu entschieden habe, ihn nicht anzufassen.

»Auf den Bus.« Das überrascht mich nicht, denn wir sitzen an einer Bushaltestelle und – nun kommt es – wir warten auf den Bus. »Ich habe dir versprochen, dir etwas zu zeigen. Ich kann es dir nicht erklären, du musst es sehen, es fühlen.«

»Okay, und dann? Fahren wir zu dir?«

Er schaut mich irritiert an.

»Vielleicht bitte ich dich um eine zweite Verabredung, ehe du dich entscheidest.«

Ich mache mit meinen Füßen eine Wischbewegung am Boden und sortiere die Kieselsteine vor mir um. Ich dachte, ich wäre so weit, doch … irgendetwas in mir möchte wissen, was er mir zu zeigen hat. Die Kieselsteine wandern von einer Seite auf die andere. Wohin gehören sie? Wo werden sie schlussendlich liegen bleiben?

Der blöde Bus kommt, niemand außer dem Fahrer sitzt darin und mein Begleiter und ich steigen ein. Obwohl der Bus leer ist, setzt er sich neben mich, dicht an mich, es gefällt mir, doch frage ich mich, warum er nicht eine Bank neben mir, dahinter oder davor nimmt, immerhin wäre es viel bequemer. Ein gänzlich unbekannter Mann sitzt neben mir und ich fürchte mich nicht. Im Gegenteil. Auf eine sonderbare Art und Weise freut es mich, dass er mir auf die Pelle rückt.

»Wir schlafen ein wenig«, meint er und schließt seine Augen. Wie kann er bloß ans Schlafen denken, ich bin viel zu aufgeregt. »Luisa, ruhig. Schlaf ein wenig, wir haben eine lange Fahrt vor uns!«

***

Der Bus biegt nach sechs Stunden Fahrtzeit in eine Kleinstadt ein. Natürlich habe ich kein Auge zugemacht. Wie denn auch, wenn neben mir der Tod *schläft*? Den Ort kenne ich nicht, er wirkt nicht sehr denkwürdig auf mich. Wir fahren an einer evangelischen Kirche vorbei, lassen ein kleines Lebensmittelgeschäft mit heruntergelassenen Jalousien hinter uns und passieren eine Praxis, auf der in großen Lettern »Arzt« steht. Der Bus nimmt die zweite Kreisverkehrsausfahrt Richtung See, so steht es zumindest auf der grünen Anzeigetafel.

»Wir fahren zu einem See?«

»Ja«, sagt mein Begleiter.

Ich stutze.

»Aber es regnet doch und es ist Nacht.«

»Das macht nichts, das ist sogar gut!«

»Gut? Kein Mensch fährt an den See, wenn es regnet.« Seine Mundwinkel zucken, beinahe beginnt er zu lachen und ich verstehe die Ironie meiner Worte. »Habe ich ganz vergessen, du bist ja kein Mensch.« Er zieht bedächtig eine Schulter nach vorne und streckt sich ein wenig. »Übernachten wir dort? Oder was machen wir?«

»Das wirst du schon sehen, alles zu seiner Zeit.«

Ich weiß nicht, was er damit bezwecken will, vielleicht, dass ich mir den Tod hole. So oder so ähnlich muss sein Plan sein, denn wir stehen im Regen und starren auf den See. Die Tropfen fallen auf uns herunter, attackieren meine Kleidung, durchnässen meine Schuhe und mein Haar. Es kribbelt ein wenig und es dauert nicht lange, bis auch meine Unterwäsche klatschnass ist.

»Spürst du es?«, fragt er mich und öffnet seine Arme.

»Was?«

»Den Regen.«

»Ja, natürlich … Wie auch nicht? Ich bin patschnass!«

»Gut, dann los.«

»Was?«

»Gehen wir!« Er deutet auf den See, der in der Finsternis vor uns liegt, dann zieht er seine Schuhe aus, gefolgt von seinem Hemd. »Mach schon, zieh dich aus, oder willst du so hineinspringen?« Der Tod ist verrückt. Das kann doch nicht sein Ernst sein, es ist Nacht, es regnet in Strömen und er möchte schwimmen gehen. »Luisa, beeil dich! Eine Verabredung! Hast du mir versprochen, kannst du dich erinnern?«

»Ja, aber doch nicht so …«

»Wie dann? Gibt es etwas Schöneres, als in einer lauen Julinacht im Regen schwimmen zu gehen?« Ich knirsche mit meinen Zähnen. »Luisa, mach schon! Du hast nichts zu verlieren, im Gegenteil, du hast die Aussicht darauf, dass ich dich mitnehme, wenn all das hier dich nicht berührt. Beweise mir, dass es dir vollkommen egal ist, dass du keinerlei positive Regungen für diesen Moment zeigst.« Irritiert sehe ich ihn an. »Man muss nicht immer auf den Sonnenschein warten. Man kann auch im Regen baden. Komm schon!«

Ich mustere ihn und den See. Und plötzlich passiert etwas in mir. Aufregung ergreift mich, dieses Gefühl, etwas komplett Durchgeknalltes zu tun. Es ist der Reiz dieser Situation – patschnass in einer Julinacht vor einem See zu stehen, zu merken, dass es nicht kalt ist, sondern dass sich lauwarmer Regen angenehm auf der Haut anfühlt. Und plötzlich ist es so weit. Die Unvernunft paart sich mit der Absurdität und bringt ein ungewöhnliches Potential zum Vorschein. Der Regen schwemmt alle eingefahrenen Denkmuster davon und lässt die Liebe zur Macht der Gewohnheit alt aussehen. Die Unbeschwertheit lacht erfreut auf – ihr fällt ein Stein vom Herzen.

»Okay, aber du zuerst!«, rufe ich. »Ich möchte nicht, dass du mich in Unterwäsche siehst, du musst dich umdrehen.«

Er leistet meinen Anweisungen Folge und springt vom Steg in hohem Bogen in den See. Platsch! Es ist zu dunkel, ich sehe weder ihn noch mich selbst, doch ich folge dem Geräusch und hüpfe ebenso hinein. Ich tauche unter, tief, ganz tief. Das Wasser ist lauwarm, es schmiegt sich an meine Haut, umarmt mich, gibt mir Auftrieb und lässt mich an die Oberfläche gleiten. Wir strampeln im Wasser, ich lache auf.

»Du meine Güte! Das ist verrückt! Du bist doch wahnsinnig!«

»Nein, ich bin nicht verrückt, der Tod ist nicht durchgeknallt, ich weiß immer, was ich tue!«, ruft er und taucht unter.

***

Dieser Moment erinnert mich an eine genauso dumme Verrücktheit, als Matt geschrien hatte: »Ich bin der Gott des Meeres« und untergetaucht war. Dabei sah er aus wie Flipper in geheimer Mission. Wir schwammen im Freibad unsere Runden, vielmehr plantschten und küssten wir uns. Es wäre beinahe zu Unterwassersex gekommen, hätte nicht das Licht einer Taschenlampe auf uns gezeigt, sodass wir das Schwimmbad blitzartig verlassen mussten. Dabei war der Plan ganz lustig, nach meiner Abschlussprüfung eine Runde schwimmen zu gehen – nach einer Flasche Champagner und nach eineinhalb Flaschen Roséwein irgendeiner Marke, die wir an der Tankstelle besorgt hatten.

»Lass uns etwas Verrücktes tun! Ich werde nur einmal Doktor!«, rief ich aus und schüttete mein Sprudelgetränk auf mein schönes Cocktailkleid.

Matt prostete mir zu und verschüttete ebenso. Sein edler Tropfen blieb an seiner Krawatte hängen, die er sich kurz darauf vom Hals riss.

»Etwas Verrücktes willst du machen?«

Er küsste mich innig, drückte mich, sodass wir beide auch den restlichen Inhalt unserer Gläser verschütteten.

»Ja, absolut verrückt!«

Matt überlegte, schaute mir in die Augen und wischte mir eine Strähne aus meinem Gesicht.

»Okay, ich hab da so eine Idee. Komm, folge mir unauffällig.«

Wir verließen die Party, die nur noch aus uns, zwei, drei Reinigungskräften sowie vielen leeren Gläsern und Bechern bestand.

»Ich bin gespannt.«

Wie zwei realitätslose Teenager rannten wir hinaus, stolperten über die Stufen, dabei verlor ich meinen hochhackigen Schuh und er blieb kurz liegen, bis Matt ihn sich schnappte, mir mit einer dämlichen Prinzen-Handbewegung andeutete, dass ich sein Aschenputtel wäre und dann … Dann liefen der Prinz und die Prinzessin hinaus, über den Sportplatz, vorbei am Sportuniversitätshaus, zu den zwei Freibädern, die umzäunt waren und schon längst geschlossen hatten. Es war nach Mitternacht und stockfinster, selbst Sterne waren keine zu sehen, da der Himmel wolkenverhangen war, was bedeutete, dass der nächste Tag kein schöner werden würde. Und so war es auch. Uns war das egal. Nach dieser berauschten Nacht hatten wir einen dröhnenden Schädel und eine Strafanzeige bei der Polizei.

»Komm, nimm meine Hand«, meinte Matt, der am oberen Ende des Zwei-Meter-Zauns saß. Wie ein kleiner Junge hatte er sichtlich Spaß daran, diese Hürde zu überwinden. Mir fiel es deutlich schwerer mit meinem Kleid und den hochhackigen Schuhen. Zudem fehlte es mir erheblich an Kräften in meinen Armen, denn ich zerrte mich hoch wie eine Schnecke die Straße entlang. »Mach schon! Beeil dich!«

»Ich geb mein Bestes … Huch, ist das anstrengend«, seufzte ich und hatte noch nicht einmal die Hälfte geschafft.

»Du solltest mit mir ins Fitnessstudio kommen. Zu Weihnachten bekommst du einen Gutschein geschenkt.«

»Klappe, Matt …!«

Nach diesem Satz ging es einfacher.

»Klappe? Ganz schön unanständig«, meinte er, als ich mich in seine Arme fallen ließ und wir uns laufend dem Schwimmbecken näherten.

»Los, ausziehen!«, befahl er und riss sich sein Hemd und die Hose vom Leib, wie ein Chippendale in Ausbildung hätte man meinen können, wobei er nicht ganz wie ein Lehrbursche wirkte, sondern es durchaus mit einem sexy Hüftschwung zustande brachte.

Ich hielt mich an Matts Schulter fest und zog meine Strümpfe hinunter, gefolgt von meinem Kleid, bis ich in BH und Slip dastand. Sehen konnte er es nicht, aber er tastete an meiner Haut entlang.

»Wir springen auf drei. Eins, zwei und … drei!«

Wir hielten uns an den Händen fest und machten beide eine Arschbombe ins Wasser, sodass wir beinahe bis an den Grund getaucht wären. Beinahe, denn wir erwischten das Becken mit dem Sprungturm und die Wassertiefe beträgt dort mehrere Meter. Kaum aufgetaucht, nahmen wir uns gegenseitig in die Arme und küssten uns, dabei lief Chlorwasser in meinen Rachen, sodass ich husten musste.

»Alles okay?«

»Wahnsinn!«, rief ich aus und »Scheiße!«, setzte ich nach.

»Was ist?«

»Ich habe meine Kontaktlinse verloren.«

Matt strampelte aufgeregt.

»Oh je … Was …«

»Scheißegal. Es sind nur Monatslinsen.«

Wir ließen uns von dieser Kleinigkeit nicht aufhalten, wir waren wie Kinder, die das erste Mal im Meer plantschten, wie zwei Jugendliche, die sich das erste Mal küssten. Wir waren wie zwei Erwachsene, die sich für den Rest ihres Lebens lieben wollten.

***

Der Tod taucht vor mir auf, er war lange weg gewesen, so lange, wie ich in Gedanken schwelgte. Ich erwarte ein »Komm, lass uns zurückschwimmen«, doch das kommt nicht. Er schaut mich an. Obwohl ich es nicht sehen kann, spüre ich seinen Blick auf mir. Ich vernehme seine Nähe, obwohl er mich nicht anfasst, doch seine Omnipräsenz ist in meinen Gedanken, in meinem Körper und in meiner Zukunft. Matt ist meine Vergangenheit, die Zukunft ist der Tod.

»Luisa, wir müssen!«

»Was müssen wir?«

»Zum anderen Ufer.«

»Bitte was?«

»Wir schwimmen an das andere Ufer.«

»Ja, genau! Bist du irre? Da gehen wir unter! Ich meine, wie weit ist das? Ich lass mich doch nicht auf etwas ein, ohne dass ich weiß, was mich erwartet!«

»Bist du dir da sicher?«

Während ich hastig strample, rufe ich:

»Ja, bin ich!«

»Und warum lässt du dich dann auf den Tod ein? Du weißt doch auch nicht, was dich da erwartet!« Wie treffend. »Außerdem bin ich schon tot, du willst es sein, also wo liegt das Problem?«

Das ist der ultimative Satz, mit dem er mich rumkriegt.

»Okay, du hast ja recht«, gebe ich wie ein kleines Kind zu. »Aber irre bist du trotzdem!«, sage ich ihm, als wir in das schwarze Nichts hinausschwimmen, nicht wissend, ob wir Minuten später oder erst Tage später dort ankommen würden, wo wir hinwollen.

Wo auch immer *er* hinwill.

Es dauert geschlagene 33 Minuten, bis wir das andere Ufer erreichen, 33 Minuten sind ein Klacks für einen Michael

Phelps, das macht er im Freistil in seiner Klopause und bindet sich vermutlich noch Gewichte an Waden und Arme, nicht aber für eine untrainierte Luisa Silber, die schon nach zehn Minuten einen Kampf auf Leben und Tod führt. Nicht physisch, denn der Tod schwimmt ja neben mir, und eigentlich schwimmt er nicht, sondern schwebt in einem Stil, als würde er ein Kunstschwimmer sein. Der Typ besitzt eine Eleganz, die nicht einmal bei Tiffany zu finden ist. Allein seine Haltung signalisiert seine Kostbarkeit, seine Worte sind Zeugen seiner Einmaligkeit und sein ganzes Gehabe unterstreicht seine Unnahbarkeit.

Während er aus dem Wasser steigt, reicht er mir seine Hand. Sie ist kalt, als hätte er die tiefen Temperaturen des Winters in sich aufgesogen, als verkörpere er den Schneesturm, der über mich hereingebrochen ist. Schnell lasse ich sie los. Er erschreckt nicht, im Gegenteil, er scheint erleichtert darüber zu sein.

»Folge mir«, deutet er mir an und ich gehe ihm nach.

Vor uns kann ich Umrisse erkennen, wir nähern uns einem Haus, es ist kein Licht darin zu sehen, doch die Fassade wird deutlicher, sobald wir dem Gebäude näherkommen. Er sperrt die Tür auf und öffnet sie.

»Im Zimmer rechts liegt frische Kleidung für dich … Ganz vorne im Flur ist das Badezimmer, wenn du dich frisch machen möchtest. Blick dich im Haus um, schlaf ein wenig. Ich gehe dann.«

Erschrocken schaue ich ihn an.

»Nein, du musst bleiben, du kannst nicht gehen, ich lasse dich nicht gehen!«

»Wenn du es wünschst, dann komme ich wieder. Ich gehe erst dann, wenn du mich gehen lässt.«

Ich blicke ihm in seine Augen, dann schließt er die Tür hinter sich und verschwindet im Wohnzimmer. Da ich noch immer nur Unterwäsche trage, gehe ich in das Zimmer nebenan. Ich kenne dieses Gebäude, es hat dieselbe Anordnung wie das

Haus, in dem ich den Großteil meiner Kindheit verbracht habe. Der Holzboden knarrt, während ich darüber laufe, die Teppiche sind flauschig und weich. Ich kann mich erinnern, wie ich als Kind auf diesem Teppich gesessen habe, meine ganzen Spielsachen lagen quer über die zwei Quadratmeter verstreut. Auf dem weißen Wollteppich spielte sich meine ganze Welt ab. Ich greife einmal darüber und erinnere mich an eine heile Existenz, an meine eigene Kindheit, dann lege ich mich auf den Teppichboden, rolle mich ein, grabe meine Hände in die flauschigen Wolken aus Geborgenheit und Liebe. Er duftet noch genauso gut wie damals, eine Mischung aus Lavendel und Bergamotte. Beinahe sehe ich mein Spielzeug vor mir, beinahe hätte mich diese Erinnerung einvernommen. Doch dann quält mich der Gedanke an Clara und dass sie ihre Kindheit nie erfahren darf. Auch ihr Leben als Erwachsene würde sie nie leben, sie würde nie Falten kriegen, nie alt werden, denn sie bekommt keine Chance dazu. Genau in diesem Moment springe ich auf, denn ich kann ihn nicht gehen lassen. Er muss bleiben. Ich werfe mir den Bademantel über und laufe nach draußen.

»Du kannst nicht weggehen! Du musst bleiben!«, schreie ich, doch ich sehe ihn nicht mehr.

Kauernd rolle ich mich auf dem Boden zusammen, dann weine ich. Ich kann ihn nicht gehen lassen, denn er kann als Einziger meine Sehnsucht stillen.

… 55, 56, 57 … Ich zähle, als ich am Boden liege, um mich zu beruhigen. *Nicht an Clara denken*, sage ich mir, als mich eine Hand berührt.

»Ich bin doch da.« Er streicht mir über meine Wange. Seine Hand fühlt sich so gut an, obwohl sie eiskalt ist. »Luisa, sieh mich an. Ich habe dir versprochen, erst zu gehen, wenn du es mir gestattest.«

Ich nicke und wische mir die Tränen aus meinem Gesicht. Es ist kurz vor Mitternacht.

»Können wir nun zu dir gehen? Du hast mich um eine Verabredung gebeten, die habe ich dir gegeben, doch nun musst du mich mitnehmen!«

Er schaut mich ratlos an.

»Ich weiß, aber …« Es folgt eine Pause, dann mustert er mich. Wie Blitze dringen sie in mich ein, seine Blicke berühren etwas in mir. »Luisa«, flüstert er und dreht sein Gesicht zu meinem, »hör mir zu. Um eine einzige Sache möchte ich dich bitten …« Ich schaue ihn mit großen Augen an. »Luisa, ich bitte dich, schenk mir noch einen weiteren Tag!«

Kapitel 4

Das Gesamtbild kann kitschiger nicht sein. Nicht schöner, gäbe es die Realität nicht. Ich wache in einem Himmelbett auf. Als Jugendliche habe ich mir so eines immer gewünscht, doch meine Wünsche wurden nicht erhört, meine Eltern haben es ignoriert und irgendwann vergaß ich es selbst. Genau jetzt, in diesem Moment, in dem ich in diesem Himmelbett liege, ärgere ich mich, dass ich es einfach vergessen habe. Man hat in seinem Leben so viele Träume. Kleine, große, bedeutende und unbedeutende, realistische und virtuose. Träume, die man teilt oder für sich behält, Wunschvorstellungen, die sich erfüllen oder für immer ungelebt bleiben, vergessen, unverwirklicht, wie mein Himmelbett.

Dabei wäre es so einfach gewesen, diesen Traum in die Realität umzusetzen. Kataloge durchblättern, von Möbelhaus zu Bettenhaus laufen, Notizen machen, Bankkonto checken, mit Matt darüber sprechen, ihn davon überzeugen, dass ein Himmelbett lebensnotwendig wäre, ein, zwei Stechmücken in das Schlafzimmer einladen, damit Matt endgültig von der Notwendigkeit eines solchen Bettes überzeugt wäre. Er würde schlussendlich zustimmen, nicht nur wegen der Mückenplage, sondern auch bezüglich der wissenschaftlichen Belegung der Förderung der Schlafqualität. Er würde »Aha, interessant« brummen, während er sich die Ergebnisse durchliest. Mir dann in mein erwartungsvolles Gesicht schauen, mich belustigt mustern, weil ich wie ein kleines Kind auf und ab springe und »Bitte, bitte lass uns ein Himmelbett kaufen!« rufe und genau dann, wenn er mir tief in meine Augen blickt, kann er mir nicht widerstehen. Ich konnte ihn immer um den Finger wickeln. Aber auch er war ziemlich gut darin. Wir blieben uns nie etwas schuldig.

Und nun liege ich in meinem vergessenen Traum und stülpe die Decke über den Kopf. Ich greife auf die andere Seite, die leer ist. Er fehlt mir.

Die Sonnenstrahlen kriechen durch die Ritze der Jalousie, zeigen mir, dass es Zeit ist, meinen Hintern aus dem Himmelbett zu kriegen. Wie spät es wohl ist? Ich habe keine Uhr bei mir und irgendwie macht mich das nervös, weil Zeit plötzlich keine Rolle mehr spielt, dabei lebte ich immer nach Zeitvorgaben. Ich beugte mich verschiedenen Zeitplänen und richtete mein Leben nach diesen Vorgaben. Dienstplan Nummer eins bedeutete beispielsweise von 23 Uhr bis 6 Uhr schlafen, von 6.15 Uhr bis 6.45 Uhr frühstücken, gegen 7 Uhr duschen, gegen 7.30 Uhr außer Haus gehen und an die Arbeit fahren. Um 12 Uhr Mittagspause halten, gegen 17 Uhr ab nach Hause. Ungefähr um 18.30 Uhr Abendessen kochen, je nach Matts Zeitplan zwischen 19.00 Uhr und 20.30 Uhr dinieren, manchmal um 20.15 Uhr durch das Hauptabendprogramm zappen. Es ist mir schon damals aufgefallen, dass ich Zeitpläne nicht mag. Doch erst jetzt verstehe ich, warum das so ist. *Ich hasse sie.* Von Montag bis Freitag lief mein Tagesablauf meist nach diesen Punkten ab, an Wochenenden herrschte ein anderer – versucht planlos hatten wir es gehandhabt, obwohl auch das Wochenende schlussendlich randvoll mit Terminen oder Vorhaben war. Mit Clara änderte sich mein normaler Alltagsplan komplett, alles richtete sich nach ihren Bedürfnissen. Das war eine schöne Zeit.

Langsam strecke ich meine Füße aus dem Bett und berühre mit meinen Zehenspitzen den Boden, dabei rekle ich mich ein wenig, um meine müden Glieder aufzuwecken. Der Holzboden ist weder warm noch kalt, ich ziehe mir Socken über und meinen Bademantel an, dann kurble ich die Jalousien hinauf. Für einen Julitag ist es frisch draußen, die Temperaturen sind weiter gefallen, ungewöhnlich für diese Zeit. Kurz lasse ich meinen Blick gleiten, streife die Bäume, wandere über die Wiese, hin zum See, der wie eine Wanne voll mit Silber vor mir liegt.

Als ich nach draußen schleiche, ist mir komisch zumute, denn ich suche nach meinem Begleiter. Dabei fühle ich mich in seiner Nähe befreit. Ich mag es, neben ihm zu sein. Tapp. Tapp. Ich spähe zuerst in den Flur, eine große Vase mit getrockneten, verstaubten Blumen steht links neben der Eingangstür, die Garderobe ist leer, nur einzelne silberne Kleiderbügel baumeln von der Stange, die bei einem Windhauch, der durch das geöffnete Fenster aus meinem Schlafzimmer dringt, zusammenstoßen und leise klirren. Mein Blick wandert nach links. Auf der Ablage neben der Garderobe liegt eine Zahncreme, ich zucke mit den Schultern und nehme sie in die Hand, um sie ins Badezimmer zu legen. Es ist so still im Haus, als ob ich Kopfhörer tragen würde, ich höre absolut nichts. Die Stille ist befremdlich, sie bekommt mir und meinen Nerven nicht. Ich würde gerne nach ihm rufen, doch ich weiß nicht, mit welchem Namen ich ihn ansprechen soll. Ob auch er einen Namen besitzt, einen richtigen, einen irdischen? Ich lege die Zahnpasta in den Spiegelschrank. Zwei Zahnbürsten befinden sich darin, immerhin scheint er viel von Mundhygiene zu halten, denn daneben stehen Mundwasser und Zahnseide. Niemand wird mir glauben, wenn ich sage, dass der Tod sich gut um seine Zähne kümmert. Absurd.

In der Küche angekommen fängt mein Herz zu rasen an. Da sitzt er, mit dem Rücken zu mir gewandt. Sein Oberkörper steckt in einem T-Shirt, einem stinknormalen Baumwollshirt, es ist dunkelbraun. Was er darunter trägt, kann ich nicht erkennen, denn der große Holztisch verdeckt den Blick auf seine Beine. Er weiß, dass ich hinter ihm stehe, denn er deutet mir mit einer Handbewegung an, zu ihm zu kommen. Dabei dreht er sich nicht um. Sein Haar glänzt im Einfall des Sonnenlichtes und er wirkt in seiner gesamten Gestalt so real.

»Wie soll ich dich eigentlich nennen?«, frage ich ihn und mache drei vorsichtige Schritte auf ihn zu.

Schulterzuckend gibt er ein leises Brummen von sich.

»Wie würdest du mich gerne nennen?«

Ich gehe weiter, ganz langsam.

»Ich weiß es nicht, wie willst du genannt werden?«

Pause und Distanz lassen mich nervös werden. Ich bleibe stehen, ich fürchte mich davor, mich ihm gegenüber zu stellen. Es liegt eine mir unbekannte Stimmung in der Luft, sie ist schwer und erdrückend. Am liebsten würde ich ein Fenster öffnen, um die erstickenden Gedanken hinauszulassen, vielleicht auch, um zu fliehen, doch über Letzteres bin ich mir nicht sicher, denn irgendetwas drängt mich dazu, weiterzugehen. Diese Seite in mir ist angezogen von seiner Kraft, von dem Wunsch, ihn zu berühren, ihm näher zu kommen als nahe. Dieser Teil in mir wünscht sich, dass er mich umschließt, mich einengt und mit sich nimmt. Und der andere Teil in mir hat Angst, *dass* er mich mitnimmt. Er blickt mich durchdringend an und öffnet seine Lippen, die ebenso rot sind wie die eines Menschen, dann schmunzelt er.

»Manche nennen mich Gevatter Tod, andere sagen zu mir Sensenmann, wobei Sensenmann wirklich fürchterlich ist! Auch Gevatter Tod ist zu retro, extrem veraltet.« Er blinzelt, dann fährt er fort: »Manche nennen mich Grim Reaper, klingt cool, ist es aber nicht, denn es ist viel zu blutrünstig! Thanatos heiße ich in Griechenland, man könnte meinen, ich sei eine

Insel. Ankou kommt noch aus dem Keltischen, die Hinduisten und Buddhisten sagen zu mir Mara oder Yama, erinnert ein wenig an Yum-Yum-Suppe … Findest du nicht?« Er unterbricht und nimmt einen Schluck vom Orangensaft. »Mmh… sehr lecker … Wo waren wir …? Ach ja, in Japan heiße ich Izanami, ich kann diesen Namen kaum aussprechen, dabei bekomme ich immer einen Kloß im Hals, doch wenn es die Japaner können, so ist es gut.« Ich verkneife mir ein Kichern. »In Lateinamerika bin ich Santa Muerte …« Er erhebt sich, macht erst einen, dann einen zweiten Schritt auf mich zu. »In *Sims3* bin ich Mephisto Schauer, geprägt durch Goethes *Faust*. Auch in *Jedermann* bei den Salzburger Festspielen komme ich vor. Joe Black nannte man mich in Hollywood, doch schaue ich besser aus als der Hauptdarsteller, nicht wahr?« Er fährt sich einmal durch sein Haar, dann zwinkert er und sucht eine Bestätigung, indem er mich fragend anblickt, doch ich ziehe nur beide Augenbrauen in die Höhe. Was soll ich auch sagen? – Dass der Tod gut aussieht? »Also, es gäbe noch weitere Namen …«

»Sensenmann?«, grüble ich.

Plötzlich zuckt er erschrocken zusammen, sein Gesicht bekommt einen angewiderten Ausdruck.

»Tu mir einen Gefallen, nenn mich nicht Sensenmann, denn wie du siehst, ist das ein Aberglaube. Der Tod rennt nicht mit Kapuze und Sense herum.« Er deutet auf sich hinunter und mein Blick bleibt bei seinen schwarzen Lederschuhen hängen. »Das sind alles Gerüchte«, fügt er hinzu und seufzt.

»Nein, der Name passt auch nicht, doch ich musste ihn einmal laut aussprechen. Ich glaube, ich habe dieses Wort noch nie in meinem Leben benutzt.«

Er nickt.

»Manche nennen mich Hel, das klingt doch modern, oder? Du kannst mir auch jeden anderen Namen geben, der dir beliebt, das ist deine freie Wahl. Such dir einen aus. Du kennst ja jetzt meine No-Goes.« Noch immer blicke ich ihn überrascht an. »Nun schau nicht so, dir wird schon ein Name einfallen. Ein wenig Kreativität bitte, außerdem brauche ich sowieso ein neues Wording, einen neuen Namen, der alle bisher dagewesenen übertrifft. Etwas Cooles, Lässiges, aber zugleich Mächtiges. Solange nenne mich einfach Hel. Kurz und bündig, aber nicht mit doppeltem L, denn das ist nur eine menschliche Spinnerei … Eure Weltanschauung muss mal jemand verstehen!«, setzt er nach und dreht sich wieder um. »Kaffee?«

»Ja, bitte.«

Seine nächste Bewegung ist abrupt. Er schiebt mir die Zuckerdose in hoher Geschwindigkeit über den Tisch, sodass sie klirrt und beinahe über die Tischkante gefallen wäre, hätte ich sie nicht rechtzeitig erwischt. Kann der Tod Humor haben? Darf man über ihn lachen? Die Kirche würde mich dafür verschmähen. Wie gut, dass ich nicht mehr daran glaube. Seit Claras Tod nicht mehr. Mit ihr habe ich den Glauben an Gott begraben.

Wir sitzen schweigend am Tisch, ich halte mich an der Kaffeetasse fest, er blickt in die Zeitung, ein Bein hat er lässig über das andere gelegt.

»Liest du Nachrichten?«

Belustigt blickt er auf und schaut in mein Gesicht.

»Manchmal, zum Zeitvertreib. Ihr schreibt so lustige Geschichten über das Leben und den Tod, es ist unterhaltsam.«

Ich schaue auf das Titelblatt. »Zugunglück: 15 Tote«, steht dick und fett darauf.

»Das findest du lustig?«

»Nein, aber ich lese gerne nach, wie ihr über etwas schreibt, von dem ihr keine Ahnung habt. Zum Beispiel hier: Drei Menschen starben sofort im Feuer … Das stimmt nicht, hat sich nicht so zugetragen. Der Mann hat seine Frau ermordet und danach ein Feuer gelegt, in dem er selbst und sein Sohn umgekommen sind, doch das werdet ihr nie erfahren. Eure Geschichten sind vage Vermutungen, wie es sich zugetragen haben könnte. Ihr schafft eure eigenen Realitäten. Und genau das amüsiert mich.«

»Warst du dabei?«

Hel wirkt zögerlich, ehe er ein Nicken andeutet.

»Ja.«

»Dann bist du also jedes Mal dabei?«

Er nickt abermals.

»Wie ist es, wenn man stirbt? Fühlt es sich so an wie bei unserer ersten Begegnung?«

»Ach, Luisa«, seufzt er und erhebt sich vom Stuhl. »So viele Fragen, doch der wichtigsten willst du dich nicht stellen!«

»Ich hatte mich entschieden, dachte, es wäre alles klar, aber das ist es nicht.«

»Nein, das ist es nie. Das Leben ist nicht schwarz oder weiß. Was du daraus machst, ist deine Sache. Du kannst so vieles beeinflussen … Aber lass jetzt die Fragerei, wir haben etwas vor. Ich will Spaß haben. Und du auch, oder?«

»Spaß?!«

Man könnte meinen, der Tod würde verstehen, warum ich mit ihm abhänge, doch es kümmert ihn nicht, er zieht alles künstlich in die Länge. Er will mir irgendetwas zeigen, nur mich mitnehmen, das will er nicht.

»Kannst du Brote schmieren?«, fragt er mich und zieht einen Rucksack aus dem Garderobenschrank, dabei fallen ihm ein Fußball und ein kaputter Gummistiefel entgegen.

»Brote schmieren, aber sicher doch! Warum fragst du? Schaue ich aus, als würde ich das nicht können?«

»Ich meine richtig gute Sandwiches, nicht etwas Halbherziges. Deshalb frage ich. Da bin ich penibel. Ich liebe gutes Essen …«

Will er mich verarschen?

»Natürlich kann ich gute Brote schmieren! Aber wozu brauchen wir die?«

Hel stopft den Gummistiefel und den Fußball wieder zurück in den Schrank.

»Wir haben einen längeren Weg vor uns. Wir werden Hunger bekommen.«

Er öffnet den Rucksack und riecht daran.

»Wo gehen wir denn hin?«

»Das wirst du schon sehen.«

Während er im Haus herumrennt und Dinge in den Rucksack packt, schmiere ich uns ein paar Brote mit Butter, Wurst und Käse. Kurz schaut er zu mir in die Küche und nimmt zwei Getränkeflaschen aus dem Kühlschrank, dann steckt er noch Schokoladenriegel in die Tasche.

»Die sollen gut sein?«

»Hey, die sind gut!«

»Na ja …«

Er lässt den Blick von den Broten ab und dreht sich von mir weg.

»Hel, kann ich einen dieser Schokoriegel haben?«

»Jepp!«

Er wirft mir einen zu.

»Mmh! Ich habe ganz vergessen, wie gut …«

Bevor ich weiterreden kann, nehme ich einen zweiten Bissen davon. Der Vorteil am Sterben ist, dass man sich um seine Figur keine Sorgen mehr machen muss, so denke ich zumindest darüber. Aber würde man genauso bleiben, wie man ist, wenn man stirbt? – Das wäre für manche einfach schrecklich. Ältere Personen sind beträchtlich im Nachteil. Aber vielleicht besteht genau darin die Gerechtigkeit. Jene, die alt werden durften, also ihre ganze Jugend und ihr Erwachsenenleben voll ausgekostet haben, sind dafür im Totenreich alt und gebrechlich. Und jene, die jung sterben mussten, sind dort so fit, dass sie täglich in Aerobic-Kurse pilgern oder Marathons laufen, während die Alten ihre Rollators vor sich her schieben.

»Komm schon, wir müssen los!«

Schnell nehme ich den letzten Bissen meines Schokoriegels, ich kann ihn gar nicht genießen, da ich gedanklich im Altenheim der Toten bin.

Kapitel 5

»Was soll das?«

Ich blicke auf die Dinger, die vor mir liegen.

»Gefallen sie dir nicht?«

»Darum geht es nicht. Aber was soll ich mit diesen Bergschuhen? Wohin gehen wir? Liegt das Reich der Toten im Gebirge?«

»Du bist lustig, Luisa. Was glaubst du, wohin wir gehen? Ins Totenreich?« Plötzlich beginnt er zu lachen. »Wieder so eine tolle Erfindung von euch! – Das Totenreich!«

Ich kann seinem Auslachen nichts abgewinnen, es macht mich klein, kleiner als ich bin. In seiner Gegenwart fühle ich mich ohnehin nur minimal wichtig, beinahe so wie eine Ameise neben einem Elefanten, der zufälligerweise auch noch über Leben und Tod entscheidet.

Hel deutet nach draußen.

»Dort hinauf gehen wir.«

Ich folge seiner Handbewegung und blicke aus dem Fenster, dann wieder auf die braunen Schuhe, die vor mir stehen.

»Auf den Gipfel?«

»Oh ja!«

Ich begutachte weiterhin die Bergtreter. Die Verarbeitung ist super, die Sohle ideal für das Gelände, das sehe ich, obwohl ich sie nicht genau untersuche. Wahrscheinlich ist auch das Material wasserfest. Trendbewusste Bergsteiger würden dafür schwärmen, vor allem wegen der gelben Streifen, die sich signalartig wie Blitze auf der Vorderseite des Leders entlangziehen.

»Du willst mich auf einen Berg bringen?«

»Nein, das wirst du selbst tun.«

»Aha, wie toll.«

Ich senke meinen Kopf und schaue auf die gelben Streifen des Geländeschuhes.

»Komm schon, das wird ein toller Tag!«, sagt er und ich weiß, dass ich ohnehin keine Wahl habe, dabei wollte ich in meinem Leben nie wieder eine Wanderung unternehmen.

Die letzte Bergbegehung unternahmen wir gemeinsam mit Clara. Zwei Tage vor ihrem Tod. Dieses Wochenende in der Waldhütte zerrt seither an mir.

***

Clara saß in einer Kinderkraxe auf Matts Rücken, Teile des Weges legte sie alleine zurück, doch sie war noch zu klein, um alles zu bewältigen. Die Sonne schien, der Wetterprophet sagte keine Umschwünge vorher. Wir sangen Lieder, tanzten fröhlich den Berg hinauf. Wir waren die Trapp-Familie aus *The Sound of Music*, nur trugen wir Bergbekleidung und ordentliche Rucksäcke. Ich kann mich noch an das Knarren des Unterholzes erinnern, wenn wir darüber liefen, an die Geräusche des Waldes, das Gezwitscher der Vögel, das Rascheln der Blätter, wenn ein seltener Windstoß durch die Bäume fuhr, zeitgleich eine meditative Stille herrschte, die uns umgab. Ich ging neben Matt, dicht neben meiner Tochter, denn Clara hatte mir immer etwas zu zeigen. Mal entdeckte sie eine Blume, mal einen Baum oder einen Vogel, der ihr gefiel. Sie deutete eifrig mit ihren kleinen Händen auf die Flora und Fauna und plapperte vor sich hin.

Sie wäre eine vorbildliche Schülerin geworden, da bin ich mir sicher, denn sie hinterfragte die Dinge stets höflich und liebevoll und hatte eine schnelle Auffassungsgabe. Sie hätte mit Leichtigkeit die Matura geschafft, wir hätten bei der Feier in den ersten Reihen gesessen, hätten ihr zugewunken, sie stolz betrachtet, wenn sie ihr Diplom in den Händen gehalten hätte. Vielleicht wäre sie Ärztin geworden, vielleicht Präsidentin, vielleicht Verkäuferin. Alles wäre theoretisch möglich gewesen, nichts war es. Nichts ist aus all unseren und ihren Träumen geworden.

Als wir zu diesem Wochenendhaus fuhren, war unser Auto mit drei fröhlichen Personen besetzt, bepackt mit sechs Paar Bergschuhen, drei wetterfesten Jacken und Hosen, ausgestattet mit lustiger Musik, denn Clara erheiterten Songs von Abba. Der Innenraum des Autos war randvoll mit Liebe.

Zurück fuhren wir zu zweit, mit gebrochenen Herzen, zwei Paar Wanderschuhen, zwei wetterfesten Jacken, zwei Hosen und einer tiefen Trauer, die mich seither beherrscht. Es war das Ende von allem. Seitdem ging ich nie wieder wandern, bis heute nicht. Und als wäre das nicht schon genug, nagt auch noch das Schuldgefühl an mir. Es frisst sich in mich, weil ich ihren Tod verantworte.

***

Ich befinde mich mit Hel am Fuße des Berges, stehe im Kies und schaue demotiviert hinauf, vorbei an den Bäumen und dem Geröll. Er packt eine Wanderkarte aus und begutachtet sie, fährt mit seinem Finger die Route entlang.

»Wir werden ein paar Stunden wandern«, merkt er an und faltet die Landkarte zusammen, um sie dann in seinem Rucksack zu verstauen.

Er hat den größeren Rucksack, der vollgepackt mit Proviant und Kleidung ist. Wenn ein Wetterumschwung käme, wären wir darauf vorbereitet. Wenn wir länger als einen Tag im Gebirge sein würden, wären wir mit Essen versorgt. Wenn sich einer von uns eine Schramme zuziehen würde, wären wir gewappnet, denn Hel hat ein Erste-Hilfe-Wanderpaket in seinem Rucksack verstaut. Ironie, dass der Tod auch Erste-Hilfe beherrscht, nicht wahr?

Das Wetter ist für eine Bergbegehung ideal, die Sonne scheint nicht mit voller Kraft, denn es schieben sich immer wieder Wolken davor, die aber weder bedrohlich noch ungemütlich erscheinen. Der Berg liegt erhaben vor uns, er wirkt unbezwingbar für mich und weist eine beträchtliche Steigung auf. Ich kann es vom Fuße aus erkennen, dabei ist er weder der K2 noch der Mont Blanc, dennoch wird für mich die Begehung eine Herausforderung werden. Für Hel mit Sicherheit nicht, denn als er seine Hosen hinaufkrempelt, sehe ich seine durchtrainierten Waden und seine Motivation, die in Freude umschwingt, als er sich einen Hut aufsetzt.

»Du besitzt einen Wanderhut?«

»Ja, schön, nicht wahr?« Er schiebt den grauen Filzhut auf seinem Kopf hin und her, bis er die richtige Position erlangt hat. »Er war ein Geschenk.«

»Du bekommst Geschenke?«

»Manchmal. Der Hut ist hübsch, oder?«

Na ja, nicht so mein Fall, aber das sage ich ihm natürlich nicht.

Wir starten am Fuße des Berges. Meistens startet man von ganz unten. Nur manchmal umgeht man ein Stück, indem man mit einer Seilbahn einen Weg zurücklegt und von weiter oben loslegt. Beschiss sozusagen. Wir aber, wir legen jeden Zentimeter zu Fuß zurück, schummeln geht nicht, das würde Hel nicht zulassen. Er rennt den Berg hinauf wie eine Gams, ich schleiche. Immer wieder bitte ich ihn, langsamer zu laufen, dann zügelt er seine Schritte. Wir gehen nie gleich auf, wir reden nicht miteinander, eineinhalb Stunden wandern wir getrennt dahin. Vier Stunden würden wir brauchen, bis wir oben wären.

»Können wir eine Pause machen?«

Abrupt bremst er ab.

»Pause?« Er scheint zu überlegen, dann schwingt er seinen Rucksack nach vorne. »Wie du möchtest.«

Er packt die Brote aus der Tasche und überreicht mir eines.

»Nein danke, ich möchte jetzt nichts.«

»Das gibt Energie.«

Ich verneine.

»Wirklich nicht. Ich möchte jetzt nichts.«

»Nimm es!«

Seinem letzten Satz widerspreche ich nicht und nehme das Brot aus seiner Hand. Geschafft setze ich mich auf einen Stein, strecke die Beine aus und massiere meine Waden. Ich bin jetzt schon müde, meine gesamte Muskulatur ist eingeschlafen, untrainiert und erinnert ein wenig an die Verfassung einer 80-jährigen Dame.

»Gefällt es dir?«

Er blickt sich um und deutet auf die Landschaft. Ich folge seiner Handbewegung.

»Ja, ist schön«, sage ich beiläufig und konzentriere mich auf meine Füße, denn ich bemerke, wie sich eine Blase auf meinem linken Ballen bildet.

Das hat mir gerade noch gefehlt.

»Tut es weh?«

»Ja.«

»Na ja, zumindest ist nur ein Fuß betroffen.«

Er zuckt mit seinen Schultern.

»Ein Fuß, das reicht doch, oder? Es tut weh … Vielleicht drehen wir besser um.«

Er schaut mich böse an.

»Schmerz, meine Liebe, kann man auch aushalten. Eine kleine Blase bringt dich schon aus der Fassung?« Seine Worte klingen aggressiv. »Du willst den leichten Weg nehmen, doch der ist nicht immer der richtige! Iss dein Brot und dann gehen wir weiter.«

Ich mag diese Art nicht, manchmal erscheint er liebevoll, dann wird er regelrecht herrisch. Er nimmt den letzten Bissen des Salamibrotes und knüllt die Folie zu einer kleinen silbernen Kugel, dann packt er den Müll in seinen Rucksack und erhebt sich. Folgsam stehe ich auf, ich habe ihm nicht widersprochen, das hätte ich mich nicht getraut, also gehe ich hinter ihm her. Wieder legt er ein ordentliches Tempo vor und dieses Mal versuche ich mitzuhalten. Er hat recht. Einfach so umzudrehen, ist feige, einfach so aufzugeben, kommt nicht infrage. Ich würde mir beweisen, dass ich es schaffe. Früher hatte ich doch auch diesen Biss, diesen Ehrgeiz, durchzuhalten, Dinge zu schaffen, die anfänglich unmöglich schienen.

Ich spüre, dass es mit jedem Schritt leichter wird, dass es mir mit jedem weiteren Tritt gleichgültiger wird, dass meine Blase wächst. Sie schmerzt nicht mehr, denn ich schenke ihr keine Aufmerksamkeit. Die Landschaft um mich nehme ich wahr, ihrer vollen Schönheit widme ich meine Achtsamkeit, meine volle Konzentration. Ich bin wie ein Vogel, der über den Wald schwebt, elegant und locker ziehe ich meine Runden, betrachte die Bäume, die Gräser, die Sträucher. Jeden einzelnen Stein kann ich sehen, bemerke, wie sich die Wolkendecke über meinem Kopf verschiebt, schnell und zügig verändert sie ihr Bild. Ich erblicke Blumen, die nur in gewissen Höhen erblühen, seltene Gewächse, Raritäten des Gebirges. Ich habe die Zeit aus meinen Augen verloren, ich folge Hel und Hel folgt mir. Mal geht er vor mir, mal hinter mir, doch er spricht kein Wort mit seiner Gefährtin. Ich habe auch gar nichts zu sagen, viel zu sehr bin ich mit dem Betrachten meiner Umwelt beschäftigt und erkenne, wie gut es mir tut, aufmerksam nach oben zu steigen. Jetzt spüre ich die Blase nicht mehr, auch meine Muskulatur fühlt sich stark an. Das letzte Stück, welches aufgrund der Felsbrocken bedrohlich wirkt, werde ich mit Leichtigkeit gehen. Tapfer werde ich hinaufklettern und die letzte Distanz schaffen. Ich schnalle den Rucksack enger, gewähre ihm nicht, sich einige Millimeter zu bewegen. Hel ist aus meinem Blickfeld verschwunden, doch weiß ich, dass er da ist, er ist weiterhin mein Begleiter, doch entfernter, distanzierter. Bevor ich den ersten Schritt auf den großen Felsbrocken mache, schaue ich nach unten in das Tal, blicke hinab auf alles, was hinter mir liegt, und ich bin stolz, dass ich schon so weit gekommen bin. Hastig ergreife ich einen Vorsprung im Stein, um mich hochzuziehen. *Immer weiter, nur nicht aufgeben*, sage ich mir, als ich merke, dass die Anstrengung meine gesamte Armkraft auffrisst. Ich seufze und murmle, als ich mich hinaufziehe. Ein, zwei Schweißtropfen kullern von der Stirn über meine rechte Wange. Ich ziehe mich weiter hoch, Zentimeter für Zentimeter, Meter für Meter, immer weiter … Bis ich oben bin. Bis ich es vollbracht habe.

»Ich habe es geschafft! Juhuuuu!«, schreie ich und wische mir den Schweiß von meiner Stirn. »Ich bin tatsächlich bis nach ganz oben gekommen!« Meine Ausrufe hallen im Gebirge, dann verlieren sie sich in der Unendlichkeit der Weite. Ich stelle mich vor das Gipfelkreuz, berühre es und erkenne an, was ich geschafft habe. »Da bist du baff, was?«, sage ich meinem inneren Schweinehund, der den Hut vor mir zieht.

Eine gewaltige Leistung! Knappe vier Stunden habe ich durchgehalten, um das alles hier zu sehen.

Es ist atemberaubend.

Die Landschaft liegt in Miniatur vor mir, die Sonnenstrahlen erhellen alles um mich herum, legen auf jeden Grashalm einen sonderbaren Glanz. Der See erstreckt sich geschwungen unter mir, ich überblicke ihn ganz. Das Grün der Wälder ist grüner, als es von der Nähe erscheint, die Häuser sehen aus wie Legobausteine und um mich herum ist es ruhig. Nur mein Atem und ein leichter Windhauch sind zu vernehmen. Und dann ertönt eine Stimme im Hintergrund, weit weg von mir: *»Man muss die Welt von oben sehen, um sie zu verstehen.«*

Kapitel 6

»Du hast sicherlich Hunger, oder? Lass uns was essen gehen«, sagt Hel und schlüpft aus seinen Bergschuhen, um sich seine Füße zu reiben. Ich mache es ihm gleich, merke, wie groß meine Blase inzwischen geworden ist, ignoriere sie, belächle sie nur und wische einmal mit dem Zeige- und Mittelfinger darüber. »Tut es weh?«

Ich schüttle den Kopf. Mein Magen knurrt, als wolle er die Aufmerksamkeit der ganzen Stadt auf sich lenken.

»Nein, geht schon. Ja, lass uns was essen gehen.«

Nachdem wir uns frisch gemacht haben, geduscht und umgezogen sind, beschließen wir, in das italienische Restaurant *La Camorra* zu fahren.

»Glaubst du, das hat was mit der Mafia zu tun?«

Hel überlegt nicht lange.

»Nein, ganz bestimmt nicht«, meint er, nimmt sich den Autoschlüssel von der Ablagefläche in der Garderobe und hält mir die Tür auf. Erst nach mir verlässt er das Haus und versperrt die Tür. »Ich war dort noch nie, was heißt, dass es dort keine Toten gegeben hat.«

Ich blicke ihn überrascht an, so eine Schlussfolgerung habe ich nicht erwartet. Wir steigen in Hels Auto ein, zu meiner Enttäuschung fährt er keinen schwarzen Höllenflitzer, keinen

Lamborghini, Maserati oder Ferrari, er fährt VW. Zumindest ist er schwarz.

»War das auch ein Geschenk?«

Er mustert mich und legt den Gurt um.

»Was meinst du?«

»Na, dieses Auto?«

Er lacht.

»Nein, das ist ein Leasingwagen.«

»Der Tod fährt einen Leasingwagen?«

»Ja, na und? Wir denken auch ökonomisch. Nichts dabei, oder? Die Rate, die ich für den Wagen bezahle …«

Er erklärt mir die Vor- und Nachteile eines Leasingvertrages. Fast komme ich mir vor wie in einer Vorlesung, Betriebswirtschaft drei, Kurs Kreditgeschäfte – schräg, aber immerhin bin ich nun um einiges schlauer. Würde ich nicht wissen, dass ich mit ihm gehe, sobald unser Ausflug zum Italiener vorbei ist, würde ich ernsthaft überlegen, mir einen Leasingwagen zuzulegen. Ich habe immer von einem Cabrio geträumt, und nicht nur ich, sondern Matt auch. Warum wir uns keines gekauft haben? Diese Frage stelle ich mir, als wir auf den großen Parkplatz vor dem italienischen Restaurant einbiegen.

Grundsätzlich ist die Wahl sehr gut getroffen, ich liebe italienisches Essen, ich kann nicht genügend Nudeln mit viel Sauce und doppelt Parmesan bekommen. Ich habe eine besorgniserregende Vorliebe für Farfalle, Penne, Spaghetti und Co., die getränkt in Olivenöl und Gewürzen sind, abgerundet mit einem edlen Parmigiano. Bei Lasagne versagt bei mir der Verstand und ich kann nicht anders, als das Ding in nur wenigen Bissen zu verschlingen. Dazu ein Gläschen Wein, bevorzugt einen roten, gehaltvollen, eventuell serviert mit ein paar Cantuccini – und schon befinde ich mich mitten in der kulinarischen Emilia Romagna. Während ich daran denke, rinnt mir das Wasser im Mund zusammen.

»Kommst du?«, fragt mich Hel, da ich stehen geblieben bin und gedanklich schon Pavarotti höre.

»Ja, lass uns reingehen.«

Er öffnet die Tür, deutet mir an hineinzugehen und folgt mir.

»Buona sera!«, begrüßt uns ein Kellner. »Haben Sie reservierte?«, fragt er mit italienischem Akzent.

»Nein, aber …«

Hel drängt sich nach vorne.

»Buona sera!«

»Oh, signore, ich haben Sie gar nicht gesehen. Für Sie wir haben immer Tische frei, das wissen Sie. Kommen Sie, folgen Sie mir bitte.«

Ich blicke ihn fragend an.

»Du hast doch gesagt, du kennst das nicht.«

Er zuckt mit den Schultern.

»Ja, aber das heißt nicht, dass ich die Personen nicht kenne.«

Wir werden bevorzugt behandelt, das merkt man an der Wahl des Tisches, der uns zugewiesen wird, denn sie versetzen zwei Personen vom Fensterplatz in die Mitte des Raumes.

»Hervorragend, danke, Giovanni«

Hel klopft dem Kellner auf die Schulter und setzt sich, während er nach der Stoffserviette greift.

»Giovanni? Wo seid ihr euch begegnet?«

Kaum habe ich meinen Satz beendet, kommt auch schon Kellner Nummer zwei herbeigelaufen und gibt uns die Abendkarte.

»Die Pasta soll hier köstlich sein. Oder das Risotto mit Pilzen … Obwohl du ja am liebsten Lasagne hast …«

Ich beobachte Hel, während er die Karte zurückgibt, ohne wirklich hineinzuschauen.

»Wieso weißt du das von mir?«

»Ich kenne dich sehr gut.«

Er macht ein paar weitere Vorschläge, angefangen von Pasta asciutta, über Ravioli mit Trüffelfüllung, hin zu Pasta nero di seppia, und während er mit Begeisterung über die vielen Geschmacksrichtungen fachsimpelt, frage ich mich, ob er hier mal als Kellner oder Koch gearbeitet hat. Ist er Lobbyist für *Barilla*-Nudeln?

»Ich nehme die Lasagne«, mache ich es kurz, ansonsten wäre er wahrscheinlich zu den Secondi übergegangen und irgendwie nervt er langsam mit seinen Aufzählungen.

Doch er mustert die Karte weiter, blickt mich kurz an, dann wieder die Karte.

»Nein, das ist noch nicht alles!«

Während er mit dem Kellner über dessen Empfehlungen spricht, schweife ich gedanklich ab.

***

Matt und ich suchten ein passendes italienisches Restaurant für unsere Verlobungsfeier. Es gab 22, die infrage kamen, die Pizza-Take-Aways nicht mit eingerechnet. Es war kein leichtes Unterfangen, das ideale zu finden. Manche waren ausgezeichnet, mit diversen Sternen oder Kochlöffeln, andere wurden uns von Bekannten empfohlen, wieder andere kannten wir durch eigene Besuche. Wir hätten es einfacher machen können, doch Matt schwärmte für *Da Francesco* und ich liebte das *Roma*. Wir konnten uns nicht einig werden. Eine unabhängige Entscheidung musste her. Wir grenzten die Restaurants ein, indem wir einen Kriterienkatalog erstellten, und anstatt von Lokalität zu Lokalität zu pilgern, bestellten wir die Speisen nach Hause.

An einem Freitagabend also beschlossen wir, uns mit Nudeln und Antipasti vollzustopfen, bis sich unsere Bäuche durch Schmerzen und Sodbrennen bemerkbar machten und wir mit Sicherheit die nächsten Tage die Finger vom Dolce-Vita-Essen lassen würden. Wir orderten Gerichte aus sieben verschiedenen Restaurants, jene, die nach Überprüfung des Ambientes, der Sauberkeit und der Freundlichkeit des Personals noch übrig geblieben waren. Rechtzeitig wurden Unmengen an Lasagne, Nudelgerichten und Dolci geliefert. Wir dimmten das Licht, legten alte Songs auf, die man in italienischen Restaurants die ganze Zeit rauf und runter spielt. Man hätte meinen können, wir feierten eine italienische Orgie mit 30 Familienmitgliedern, begleitet mit den Klängen von Adriano Celentano, Eros Ramazotti, Zucchero, Luciano Pavarotti und der musikalischen Quotenfrau Giana Nannini. Man hätte meinen können, wir wären bescheuert, als *Viva la mama* aus unseren Lautsprechern dröhnte und wir in der Wohnung herumtanzten, zeitgleich die Gerichte aus den Wärmeboxen nahmen und auf Teller platzierten, sodass wir die Herkunft nicht mehr feststellen konnten. Das war dann übrigens später das Problem.

Matt verband mir mit einer schwarzen blickdichten Strumpfhose meine Augen. Darüber stülpte er mir die große pinke Sonnenbrille, die wir normalerweise nur für das Pink Panther-Kostüm verwenden.

»Jetzt siehst du richtig cool aus«, versicherte er mir und durch sein Lachen erkannte ich, dass er seinen Satz selbst nicht ganz glauben konnte. »Okay, los geht's! Hier sind einmal Antipasti.«

Es folgten Lasagne, Farfalle in Lachssauce – die ich am liebsten komplett aufgegessen hätte –, dann Ravioli mit einer undefinierbaren Füllung, die mir heute noch negativ in Erinnerung sind, als Intermezzo ein Stück lauwarme Pizza, gefolgt von einem Zitronenlikör, um mein Verdauungsfeuer zu stärken. Weiter ging es mit einer anderen Lasagne, mit Tortellini á la irgendwas und zahlreichen Bissen von anderen Nudelgerichten. Immer wieder kommentierte ich und gab meine Wertung ab.

Wir benoteten nach dem Schulnotensystem. Wenn etwas gar nicht ging, vergaben wir nicht einmal ein Nicht-Genügend. Das Gericht flog aus der Wertung hinaus, direkt in den Müll.

Matt war dran und ich band ihm meine blickdichte Strumpfhose um die Augen. Weil ich es so witzig fand, setzte ich ihm einen Hut auf und malte ihm mit einem schwarzen Kajal einen Schnauzer auf.

»Sono il Signore Fantastico!«, rief er mit verstellter Stimme aus.

Die Fotos, die ich noch von diesem Abend habe, sind ein Hingucker, alles unter Ausschluss der Öffentlichkeit, versteht sich. Hingebungsvoll verkostete Matt dieselben Gerichte und kommentierte wie ein Restaurantkritiker und Mediziner.

»Oh je …« Er schauderte. »Gar nicht gut. Überhaupt nicht gut. Das humpelt ein wenig. Vielleicht auch innere Verletzungen. Man kann es nicht essen.«

»Kann man es nicht mehr retten?«

»Meiner Meinung nach nicht, was sagst du?«

Ich kostete.

»Oh je … Ja, klarer Fall. Ich tippe auf Herzinfarkt.«

»Ja, oder Lungenembolie … Egal.«

Und schon landete die Speise im Müll.

***

»Luisa!« Ich reagiere nicht sofort, schwelge noch in Erinnerung. »Hey Luisa!«

»Äh, ja …«

»Was möchtest du als Vorspeise?«

»Nichts, nur die Lasagne.«

Er blickt mich unzufrieden an, und als der Kellner kommt, bestelle ich meine Lasagne und er die Hälfte der linken und die Hälfte der rechten Speisekarte.

»Bitte bringen Sie uns jeweils zwei Teller«, beordert er und bestellt als Draufgabe noch die Weinbegleitung.

»Was machst du?«, unterbreche ich ihn, doch er antwortet nicht, sondern unterhält sich weiter mit dem Kellner.

»Ist die Sauce frisch gemacht? Machen Sie die Calamari mit Knoblauch und Kräuterbutter?«

Er bekommt alles, was er möchte. Das Restaurant ist auf Sonderwünsche eingestellt.

»Keine Problem, Signore, wir bereiten Ihnen alles genau nach Wunsche zu.«

Hel nickt zufrieden, er freut sich, dann bestellt er zwei Campari-Soda. Ich blicke mich im Restaurant um, die Atmosphäre gefällt mir, es ist genau nach meinem Geschmack, erinnert ein wenig an das *Roma*. Die Kellner sind schnell und freundlich, dabei versprühen sie den echten, italienischen Charme. Die Düfte, die im Raum hängen, verzaubern. Es riecht nach Oregano, Basilikum und Süßem. Es duftet nach einer gemütlichen Fahrt durch die Toskana, vorbei an diversen Olivenhängen, Zypressen und Sonnenblumenfeldern, über die zahlreichen Hügel bis nach Florenz, abgerundet mit Glückseligkeit, dessen berauschender Duft alles bisher Dagewesene übertrifft. Genau in diesem Moment ertönt Zucchero und ich erinnere mich daran, dass er immer einer meiner Lieblingskünstler war.

Ich konnte seinem *Alla Fine* nie widerstehen. Wann immer ich es hörte, legte ich meine Arbeit nieder, klappte das Buch zu, legte die Gabel beiseite, hörte auf zu sprechen und lauschte dem Klang seiner Stimme, die so beruhigend ist und mich ganz tief im Inneren berührt. Gänsehautfaktor. Immer schon wollte ich zu einem seiner Konzerte fahren, doch immer wieder kam etwas dazwischen. Nun werde ich melancholisch, denn diese Gelegenheit habe ich vertan. Man sollte den Mut haben, Dinge sofort zu tun, auch wenn man gerade keine Zeit dafür hat. Das *Heute* ist die beste Gelegenheit, denn man weiß nie, ob es den Morgen auch geben wird. Sich in seine Traumwelt schaukeln lassen … inmitten einer sich bewegenden, singenden Masse. Zeit mit Menschen verbringen, die einem alles bedeuten. – Das sind unvergessliche Erlebnisse. Das ist Qualitätszeit. Ich bereue mit Sicherheit nicht, dass ich zu wenig gearbeitet habe oder dass ich wahrscheinlich nie wieder arbeiten werde. Doch es schmerzt, dass ich so einiges, was mir tatsächlich wichtig ist, nie erlebt habe. Zucchero ist mein Synonym für all diese unvollendeten Dinge.

Der erste Gang wird serviert. Wir nehmen das Besteck in die Hände und geben uns der kulinarischen Höchstleistung des Küchenchefs hin. Hel schwärmt und seufzt.

»Exzellent!«, kommentiert er, dann nimmt er den nächsten Bissen. »Hervorragend!«

Der Kellner schenkt uns Wein ein. Ich lasse die Antipasti auf meiner Zunge zergehen, sie schmelzen dahin. »Hervorragend« trifft es nicht mal ansatzweise, es ist unübertrefflich. Abgerundet durch einen perfekt gekühlten Weißwein und ein frisch gebackenes Brot, werde ich süchtig, süchtig nach mehr. Hel schließt seine Augen, während er einen Schluck nimmt, er genießt es, hat alles um sich herum ausgeschaltet.

»Genuss ist was Schönes, oder?«, sagt er und stellt sein Weinglas zurück, dann fährt er fort: »Essen kann wie eine Droge wirken, nicht wahr?«

»Weißt du, Hel?« Ich mache eine Pause. »*Du* wirkst wie eine Droge auf mich.« Ich kann nicht glauben, dass ich das soeben gesagt habe, und laufe knallrot an. Sein Blick drückt Überraschung aus und seine Gestik verlangt nach einer Erklärung. »Ich fühle mich wohl in deiner Gegenwart. … Ich kann mich bei dir fallen lassen … Seit du an meiner Seite bist, fühle ich mich so viel unbeschwerter.«

Erschrocken neige ich meinen Kopf Richtung Boden, denn ich wollte diese Offenheit nicht zu Tage legen. Hel räuspert sich, von der einen Sekunde auf die andere verhärten sich seine

Gesichtszüge und er nähert sich mir. Ganz langsam beugt er sich über den Tisch, blickt mitten in mein Gesicht und mustert meine Augen, als suche er etwas darin.

»Mmh…«, raunt er und ich weiß gerade nicht, wie mir geschieht. Er kommt näher, sodass ich seinen Atem spüre, dann streift er eine Haarsträhne hinter mein Ohr und öffnet seine Lippen. Mein Herz pocht vor lauter Aufregung und wartet darauf, was sein nächster Schritt ist. »Das ist gefährlich, denn du findest den Tod anziehend«, lispelt er in mein Ohr. »Das darfst du nicht, denn dann ist alles für dich verloren!«, fügt er mit drohender Stimme an.

Ich schaudere, denn seine Nähe und sein Atem betören mich. Doch ich kann einfach nicht anders. Wie soll ich mich diesen Augen bloß entziehen?

Noch bevor ich wieder eine normale Atmung aufnehmen kann, kommt der Kellner an unseren Tisch und bringt uns den zweiten Gang, ein Champagnersorbet. Ich bin froh, dass er uns unterbrochen hat, denn so kann ich meine Gedanken auf das Sorbet lenken. Noch nie zuvor habe ich so etwas gegessen, ich wusste noch nicht einmal, dass es so etwas gibt. Ich führe den Löffel zu meinem Mund. Genau in dem Augenblick, als es meinen Gaumen berührt, bereue ich meine Unerfahrenheit, mein Unwissen, denn es folgt eine geschmackliche Explosion auf meiner Zunge. Die Perlen des Champagnersorbets kitzeln meine Mundhöhle und begeistern meine Geschmacksknospen. Mein kulinarisches Herz hüpft. Nun kann auch ich mir ein »Hervorragend!« nicht mehr verkneifen.

»Probier eine Olive dazu.«

Ich nehme den Löffel, den Hel mir reicht, dann verschwindet das grüne, kugelige Ding in meinem Mund.

»Ja, noch besser!« Er grinst. »Ich wusste nicht, dass der Tod gutes Essen liebt. Eigentlich dachte ich immer, dass der Tod nicht essen muss.«

Hel schmunzelt und nimmt sein Weinglas in die Hand.

»Wir sind euch in manchen Dingen sehr ähnlich. Ähnlicher als du glaubst. Ich liebe die schönen Dinge des Lebens. Erinnerst du dich an die ersten Worte, die ich dir gesagt habe, als wir uns trafen?«

»Ja.«

»Und welche waren es?«

»Dass du mir all das Schöne dieser Welt zeigen kannst.«

Er nickt zufrieden und wendet sich ab, blickt zu Boden.

»Luisa.« Er klingt plötzlich nachdenklich, dann schaut er auf und sieht mir herausfordernd in die Augen. Ein Schaudern durchströmt mich, ehe er weiterspricht. »Luisa, es gibt noch so viel Schönes auf der Welt. Ich möchte dich um etwas bitten.« Gespannt nicke ich, damit er fortfährt. »Luisa, ich bitte dich, schenk mir noch einen weiteren Tag!«

Kapitel 7

»Aufstehen, Luisa! Aufstehen!« Jemand rüttelt an meinem Bein, ich halte weiterhin meine Augen geschlossen. »Komm schon, Luisa. Guten Morgen.«

Es riecht nach frischem Kaffee im Raum, rundherum ist es finster.

»Wie spät ist es?«, frage ich ihn und setze mich auf.

»4.15 Uhr.«

»4.15 Uhr, bist du verrückt?«

Hel schüttelt seinen Kopf und reicht mir die Tasse mit der braunen Brühe, die einen Teil der Hitze als Rauch in den Raum abgibt.

»Nein, aber wir haben viel vor!«

»Sicher nicht, es ist erst 4 Uhr!«

»4.16 Uhr!«

»Na und? Viel zu früh!«

Ich gebe ihm demonstrativ die Tasse zurück und lege mich wieder auf mein Kopfkissen. Wenige Sekunden später reißt er mir die Decke weg, ich ziehe sie zurück, er reißt sie weg.

»Du bist schlimmer als ein kleines Kind!«

»Ach was!« Er steht auf und zieht die Jalousien nach oben. »In einer Stunde geht die Sonne auf. Das dürfen wir nicht verpassen!«

»Oh Mann, Hel ...«, seufze ich und fahre mir durch mein Haar.

»Am besten wäre es, wenn du dir was anziehst.«

Er zieht eine Augenbraue nach oben und fixiert mit seinem Blick meine nackten Beine.

»Ich trage ein Nachthemd!«

»Etwas kurz, oder?«

»Es ist für die Nacht bestimmt. Und für den Sommer. Glaubst du, eine Frau trägt lange Hosen, wenn es warm ist?«

Er sagt nichts darauf, sondern deutet auf die Uhr, die im Zimmer hängt.

»Beeilung!«

»Hel! Wir sind gestern erst um Mitternacht ins Bett gekommen, ich bin noch müde, das kann doch nicht dein Ernst sein!«

»Sehe ich so aus, als würde ich Scherze machen?« Er stemmt demonstrativ seine Arme in die Hüften. Er hätte diese Bewegung gar nicht tun müssen, um zu untermauern, wer er ist, er wirkt auch aufgrund seines Blickes beängstigend auf mich. Das Faszinierende an ihm ist, dass er einerseits liebevoll und andererseits bedrohlich wirken kann, als würde er zwei Gesichter haben, als würde er Alpha und Omega gleichermaßen vertreten. Als ich ihm gestern versichert hatte, dass ich noch einen weiteren Tag mit ihm verbringen würde, stellte ich mir das alles etwas anders vor. »Frühstück nehmen wir unterwegs«, fügt er an und verlässt das Zimmer, »in einer halben Stunde ist Abfahrt!«

Ich habe gestern »Ja« gesagt. Einen Tag noch, habe ich zugesagt. Es lag wohl an diesem tollen Abend, an den guten Antipasti und Nudelgerichten, am Tiramisu und an den verschiedenen Weinen. Vermutlich spielte das alles eine Rolle, doch mehr noch das befreiende Gefühl, das ich hatte, als ich oben auf dem Berg stand, alles um mich herum nichtig war und ich nach unten sah, zeitgleich nach vorne. Stolz blickte ich zurück auf alles, was ich geschafft habe, auf alles, was hinter mir lag, und dann zielgerichtet immer wieder nach vorne, bis ich ganz oben war. Dieses Gefühl, einen Berg bezwungen zu haben, kann einem keiner nehmen. Man fühlt sich plötzlich ganz groß, gewichtig für die Welt und blickt herab auf sie. Ein friedvolles Gefühl, Unendlichkeit und Genugtuung, das spürte ich und ich fühle, wie es noch immer in mir ist, ein Teil davon ist geblieben. Deshalb habe ich zugesagt. Deshalb habe ich mir überlegt, dass ich noch bleibe, zumindest diesen Tag lang.

»Luisa! Jetzt mach schon!«, höre ich Hel vom Flur aus rufen und dann knallt etwas zu Boden und er flucht laut.

Der Knall bewegt mich dazu, aufzustehen.

»Was ist passiert?«

»Die hässliche Vase hat sich endlich umgebracht …«, zischt er und steigt über den Scherbenhaufen hinweg.

Ich starre ihn an.

»Umgebracht?«, murmle ich, während er nach draußen läuft und das Chaos am Boden zurücklässt.

Ich hole einen Besen aus der Abstellkammer und kehre die zerbrochene Vase und die vertrockneten Blumen auf. Die großen Stücke nehme ich in die Hand und schmeiße sie in den Eimer.

»Pass auf, dass du dich nicht schneidest.«

Ich erschrecke und sehe Hel, wie er lässig am Türrahmen lehnt und mich dabei betrachtet, wie ich die letzte Glasscherbe aufhebe. Sein Hemd spannt ein wenig um seine breite Brust, die Enden stecken locker in seinem Hosenbund und die Arme hat er verschränkt. Er mustert jede meiner Bewegungen und verunsichert mich mit seinen funkelnden Augen. Mir wird ganz anders.

»Du hättest mir helfen können«, murmle ich und dann flüchte ich in das Badezimmer. Erschrocken knalle ich die Tür zu, um die Atmosphäre, die sich soeben zwischen uns aufgebaut hatte, auszusperren. *Was war das?*, frage ich mich und steige in die Dusche. »Scheiße, ist das kalt!« Fluchend drehe ich den Knopf auf die rechte Seite, sodass das Wasser wärmer werden kann. Doch nichts ändert sich. Im Gegenteil, es wird immer kälter. »Puh!«, fasle ich mit zitternder Stimme und bleibe eisern unter dem Duschstrahl stehen.

Noch immer geht mir Hels Blick nicht aus dem Sinn. Wie er mich eben angesehen hat … Während ich mich einseife, hüpfe ich unter dem Wasserstrahl auf und ab und rufe mir die Vorteile von kaltem Wasser in den Kopf: Einerseits wird man sofort munter und frisch, es macht alles lebendig, ob Brustwarzen oder Gänsehaut, alles rekelt und streckt sich. Andererseits wirkt es präventiv gegen Cellulite, also zumindest kommt mir das so vor. Es zieht alles zusammen, Muskeln und Fett, weshalb man nach einer kalten Dusche nicht nur knackig und frisch aussieht, sondern auch um zwei Kilo leichter wirkt. Die Jeans sitzen danach freier an den Hüften und Beinen, zumindest acht Minuten lang, dann ist der Effekt dahin.

Ich greife nach meinem Handtuch. Es fühlt sich weich an, vielleicht wurde es mit einem Weichspüler gewaschen, denn es riecht gut. Ach, was sag ich da? Es riecht wahnsinnig intensiv, regelrecht fantastisch. Ich stecke meine Nase in das Frottee und atme den Geruch ein, an irgendetwas erinnert mich das. Ich überlege und während ich angestrengt nachdenke, gehe ich zum Waschbecken und nehme die Zahnbürste in die Hand. Genau! Wie konnte ich das nur vergessen? Meine Großmutter war eine ordentliche Frau, ein liebevoller Mensch, eine Person, von der man alles haben konnte, die bereit war, alles zu geben. Sie begleitete mich 29 Jahre lang. An das erste Drittel kann ich mich kaum erinnern, an das zweite nur noch vage, doch das letzte Drittel ist mir sehr gut in Erinnerung, ich werde sie nie vergessen. Beinahe hätte ich aber vergessen, wonach ihre Wäsche roch, hätte beinahe vergessen, wie ordentlich sie die Blusen, Handtücher und Hosen gewaschen und gebügelt hatte.

Ja, sie bügelte selbst Handtücher und Geschirrtücher, eine liebevolle Mischung aus Perfektion und Arbeitseifer, die ich als Kind immer hinterfragt hatte.

»Oma, wieso bügelst du Geschirrtücher? Ist das nicht schade um deine Zeit?«, fragte ich sie des Öfteren und eigentlich bekam ich nie eine zufriedenstellende Antwort darauf.

Noch einmal schnuppere ich an dem Frotteehandtuch und ziehe es enger um meinen Körper. Ich bin so froh, dass es sie gab, dass dieser wertvolle Mensch ein Teil meines Lebens war. Sie wäre enttäuscht, würde sie wissen, was ich vorhabe, und es enttäuscht mich, dass ich nicht so handeln kann, wie sie es sich wünschen würde.

»Kindchen«, sagte sie einmal, »das Leben ist eine Pralinenschachtel«, dann lächelte sie, ich unterbrach sie und entgegnete:

»Das Zitat ist geklaut!«

Sie stutzte. Wir machten damals in der Schule das Thema »Plagiate« durch und ich setzte mein Wissen bei jeder Gelegenheit um. »Klugscheißer« würde man heute sagen. Sie meinte bloß:

»Ich weiß, mein Schätzchen. Aber wenn jemand etwas Schlaues sagt, so kann man es verbreiten. Forrest Gump hatte recht, er hat es doch äußerst trefflich formuliert. Ich blicke auf einige Jahrzehnte an Lebenserfahrung zurück und glaub mir, du wirst nie wissen, was kommen wird. Doch es liegt an dir, etwas daraus zu machen, damit du glücklich bist.«

Ich spucke die Zahnpastareste aus und gurgle mit dem Minzmundwasser, es brennt auf meiner Zunge. Ich nehme einen Schluck Wasser und lege das Handtuch auf die Seite, streiche einmal darüber und ziehe mir meine Jeans und ein T-Shirt an. Ich vermisse sie, gerne würde ich jetzt mit ihr sprechen, gerne würde ich sie um Rat fragen. Meine Großmutter war eine optimistische Person, und das, obwohl sie einen Krieg miterlebt, eine lange Zeit nicht genug zu essen hatte und schlussendlich von der Sozialhilfe lebte. Sie hatte es immer schwer, doch eines hat sie nie: aufgegeben! Sie würde sich vermutlich schämen, würde sie wissen, wie leichtfertig ich resigniere.

»Bist du so weit? Fahren wir?«, ruft Hel durch die Tür und klopft energisch dagegen.

»Ja, ich komme schon!« Schnell schmiere ich mir das Puder und die Wimperntusche auf die erforderlichen Stellen und öffne die Badezimmertür. Hel wartet davor. »Okay, ich bin so weit«, sage ich und halte kurz inne, da ich den Tränen nahe bin.

»Luisa.« Er schaut mich mitfühlend an. »Sie würde sich nicht schämen, sie wäre traurig.«

Irritiert blicke ich Hel ins Gesicht.

»Wie …?«

Ich kann meinen Satz nicht beenden und schluchze.

»Komm, lass uns gehen.«

Er legt mir seine Hand auf den Rücken und wir gehen nach draußen zum Auto. Als wir vor das Haus treten, kriecht bereits die Sonne hervor, ganz langsam. Sie erscheint von der linken Seite, wandert weiter in die Mitte meines Blickfeldes, glüht vor Aufregung, dass sie soeben die Bühne des Lebens, einen neuen Tag betreten hat. Divenhaft steigt sie auf, dann wirkt sie zaghaft und jugendlich. Es ist ihr großer Moment, jeden Morgen und jeden Abend zeigt sie sich in einem besonderen Glanz. Sie begrüßt und verabschiedet sich, begleitet uns den ganzen Tag und überlässt am Abend und in der Nacht ihrer Nachbesetzung, dem Mond, die Bühne. Hel und ich halten inne und warten die Minuten ab, bis sie nach oben gestiegen ist.

Sagenhaft, unbeschreiblich und wunderschön schaukelt sie am Himmelszelt.

»Lass uns fahren«, sagt er und stößt mich mit seinen Händen an. »Wir haben eine weite Reise vor uns und wir müssen uns beeilen, wenn wir es pünktlich schaffen wollen.«

»Mmh??«, mache ich und übergebe ihm meinen kleinen Rucksack, den ich einpacken sollte. Dann öffne ich die Wagentür und setze mich auf den Beifahrersitz. »Also, wohin fahren wir?«

Der Gurt klickt, als ich ihn einrasten lasse.

»Wir fahren zu einem Konzert.«

»Zu welchem Konzert? Es ist frühmorgens! Doch nicht etwas Klassisches, ein Streichorchester oder Trompetenkonzert? Das mag ich gar nicht!«

Hel biegt mit hohem Tempo aus der Ausfahrt, ich halte mich am Riemen fest.

»Nein, keine Sorge, das weiß ich doch. Kein Streichorchester und wahrscheinlich keine Trompeten. Ich weiß, dass du das nicht magst.« An der nächsten Kreuzung, bei der die Ampel rot ist, hält er an und dreht sich mir zu. »Du wirst es lieben!«

»Okay, aber warum darf ich es nicht wissen?«

Die Ampel schaltet um auf Grün.

»Magst du keine Überraschungen?«

»Doch, aber nur unter bestimmten Voraussetzungen.«

»Interessant. Und welche wären das?«

»Na, wenn ich weiß, um was es ungefähr geht oder zumindest überblickmäßig Bescheid weiß. Hel, spann mich nicht auf die Folter, sag schon …«

Er blickt mich mit halb geöffneten Augen an, mustert mich eine Weile, bevor er antwortet:

»Na gut. Wir fahren zu einem ganz großen Künstler. Du magst ihn.«

»Hel!«

»Luisa!«, zischt er und ich bemerke einen Anflug von Belustigung in seiner Stimme. »Es ist Zucchero.«

»Zucchero?«

Er nickt und dann zieht er seine Mundwinkel nach oben und erhöht das Tempo.

»Zucchero! Wow!«

Ich wechsle vor lauter Aufregung meine Position.

»Aber wir müssen uns beeilen.«

»Wo ist denn das Konzert?«

»Südlich.«

»Südlich?«

»Ja …, etwas südlich.«

»Etwas? Was heißt das?«

»In Bari.«

Ich drehe mich zu ihm, mein Herz pocht wie verrückt.

»In Bari? Bist du verrückt? Wir sind meilenweit davon entfernt.«

»Ja, um genau zu sein, 1.170 Kilometer. Manchmal muss man verrückt sein.«

»Das kannst du doch nicht ernst meinen! Das Bari in Italien?«

»Ja, genau *das*!« Er schaltet den CD-Player ein. *Baila Morena.* »Toller Song«, fügt er an und dreht laut auf.

Die nächste Stunde verstreicht. Ich bezweifle die Sinnhaftigkeit dieses Ausfluges, er kümmert sich nicht darum, sondern singt mit. Brummt zu *Baila Morena*: »Baby, the night is on fire …«, dann kurze Pause, Songwechsel. Er singt zu *Diavolo in me* und gibt seine Stimme bei *Chocabeck* zum Besten, klopft mit seiner Handfläche am Schalthebel wie ein Schlagzeugspieler, zwinkert mir kurz zu und richtet dann seinen Blick wieder auf die Straße. Es hat keinen Zweck, mit ihm zu diskutieren, denn wir befinden uns schon längst auf der Autobahn Richtung Süden.

»Wieso fliegen wir nicht?«

Hel unterbricht sein Klopfen.

»Weil Fliegen unlustig ist.«

»Unlustig?«

»Ja, unspektakulär! Man ist viel zu schnell am Ziel, kann die Reise nicht genießen … Und außerdem mag ich Fliegen grundsätzlich nicht.« Er klopft weiter im Takt der Musik. »Das Ziel ist nicht immer das Ziel, das man anfänglich erwartet.«

»Mmh?«, mache ich.

»Musst du nicht verstehen, aber du wirst es noch. Durst?«

Er reicht mir seine Cola-Dose, dann fummelt er wieder am Radio herum.

Ich teile mit dem Tod eine Coca-Cola. Das glaube ich mir beinahe selbst nicht. Meine Vorstellung vom Tod war immer eine andere: alt, dunkel, hässlich und schweigsam. Der Mann neben mir: jung, fröhlich, ausgelassen und, ja, ich muss es zugeben, er ist sexy.

Links, rechts und hinter mir liegt so vieles, ich nehme flüchtig die Eindrücke wahr, bemerke, dass ich viel hinter mir lasse und richte meinen Blick nach vorne auf die Straße. Der Beton glänzt silbern, draußen ist es heiß, im Auto ist es dank der Klimaanlage angenehm kühl, neben mir sitzt der Tod und wir fahren über 1.000 Kilometer, um zu einem unwichtigen Konzert zu kommen. Unwichtig für viele, doch nicht für mich, das wird mir in dem Moment klar, als ich *Puro Amore* höre. Spätestens beim Lied *Alla Fine* hat es auch mich erwischt und ich singe zusammen mit Hel dazu.

Unser rollendes Duett macht bei der nächsten Autobahnraststation Halt, nicht, um weitere Gesangsmitglieder zu rekrutieren, sondern um unsere trockenen Stimmen mit Getränken zu versorgen. Auf dem Weg zum Klo erinnere ich mich an Matts musikalische Ausflüge in Rock- und Schmusesongzeiten.

Er gründete mit ehemaligen Studienkollegen vor zwei Jahren eine Band. »Erinnerungen aufleben lassen«, sagte er, als er mit einem Schlagzeug, einer Ukulele und einem Keyboard nach Hause kam. Zwei seiner ebenso verrückten Freunde kamen jeden zweiten Dienstagabend zu uns, um in unserem Luftschutzbunker zu spielen. Einmal wagte ich mich in diesen Raum. Ich erwartete Zigarettenqualm, Poster von Rockbands, leere Bierdosen, vielleicht einen Groupie, leere Pizzakartons und einen verschwitzten, ekeligen Geruch. Was fand ich vor? Ein glänzendes Schlagzeug – selbst unser Tafelsilber funkelt nach aufwendigem Polieren nicht so inbrünstig –, drei Paar Filzhausschuhe – ordentlich nebeneinander gestellt –, eine volle Packung Apfelsaft und frische Becher. Auf der Kommode standen eine Raumspraydose *feiner Lavendel*, ein Obstkorb und davor lag ein kleiner Teppich mit orangefarbenen Quadraten, der den Raum wie ein gepflegtes Wohnzimmer aussehen ließ. Wir hatten keine Fenster im Luftschutzbunker, hätten wir jedoch welche gehabt, ich wäre mir sicher gewesen, Matt hätte Vorhänge aufgehängt. Seine Bandkollegen waren ebenso Ärzte, vielleicht erklärt das den Obstkorb. Matt ist in den letzten Jahren vernünftiger geworden, hat mehr Liebe zum Detail entwickelt. Es passierte schlagartig mit Claras Geburt. Ich glaube, in dieser Nacht hat er beschlossen, erwachsen zu werden.

Nach einem halben Jahr verloren er und die restlichen Bandmitglieder das Interesse an der Rockmusik. Sie widmeten sich diversen Lovesongs, doch auch diese Liebe verflog binnen kürzester Zeit und sie verkauften das gesamte Equipment mitsamt des »Schlagzeug-Pflegesprays« auf ebay.

Wir trinken Espressi und essen Buttercroissants. Hel nimmt sogar ein drittes, es schmeckt ihm.

»Fahren wir durch oder machen wir einen weiteren Zwischenstopp?«

»Lass dich überraschen.«

Er wischt sich die Krümel aus den Mundwinkeln und zieht den Autoschlüssel aus seiner Hosentasche.

Hel ist seit einigen Minuten sehr ruhig. Mit einem schweigsamen Partner zu seiner Linken hat man viel Zeit nachzudenken. Über belanglose Dinge. Warum die Klimaanlage nicht die optimale Temperatur zustande bringt, bei der einem nicht zu heiß oder zu kalt ist. Warum die Toiletten auf Autobahnraststätten verdreckter sind als die Sanitäranlagen an der Uni. Über wichtige Dinge. Ob sich Sterben genauso anfühlt wie das Jetzt, ob ich gerade dabei bin und wie das »Leben« auf der anderen Seite wohl sein wird. Ob ich meine Kleine wiedersehen werde? Genau darum geht es. Um ein Wiedersehen. Natürlich glaube ich nicht daran, dass wir von einer rosa Wolke auf die andere hüpfen werden, Harfe spielen und die ganze Zeit grinsen und glücklich sind. Doch ich wünsche mir, sie wiederzusehen, einmal nur, dafür würde ich alles geben. Ich konnte mich nicht von ihr verabschieden, es geschah alles so plötzlich. Doch der Tod einer Vierjährigen passiert immer plötzlich, denn Kind und Tod passen nicht zusammen. Meine Gedanken werden zwangloser, denn ich verstehe in diesem Moment, dass selbst eine Verabschiedung nichts an meinen Gefühlen hätte ändern können. Ich habe ihr doch immer gesagt, dass sie mit Fremden nicht mitgehen darf. Warum ist sie mit dem Tod mitgegangen? Hel spricht kein Wort, fährt konzentriert weiter, wirkt plastisch neben mir, seine Bewegungen sind mechanisch. Die Stille bedrückt mich, also drehe ich das Radio auf, um mich von meinen Gedanken abzulenken.

***

Es ist später Nachmittag, wir haben lange keine Pause gemacht, als Hel plötzlich von der Autobahn abfährt.

»Was ist los? Wohin fahren wir?«

»Wir machen einen Zwischenstopp, schauen uns ein wenig die Gegend an.«

»Die Gegend?«

»Ja, ich war schon lange nicht mehr da und es hat mir hier immer gefallen … Ich möchte dich etwas verwöhnen.« Ich schlucke. Sein letzter Satz irritiert mich. *Verwöhnen?* Alle möglichen Szenarien spielen sich in meinem Kopf ab. Plötzlich werden wir langsamer und Hel biegt nach rechts ein und nimmt die Abfahrt »Assisi«. »Ich möchte dir die Stadt zeigen. Etwas ganz Besonderes davon.«

»Die Heilige Stadt Assisi?«

»Ja, genau.«

»Bist du gläubig?«

Hel sagt nichts darauf, gerne würde ich ihn fragen, ob es so etwas wie Gott gibt, wie er aussieht und warum er die Rettung von Clara verschlafen hat oder sie, aus welchen Gründen auch immer, einfach nicht durchgeführt hat. »Der Himmel brauchte einen Engel« – wenn ich diesen Satz höre, könnte ich mit beiden Fäusten um mich schlagen. Zu gerne würde ich wissen, warum Gott nie da ist, wenn man ihn braucht. Ob ich zornig auf ihn bin? Ja, und wie! Ich schlage die Autotür zu. Doch noch schlimmer ist die Wut auf mich selbst, dass ich als Mutter versagt habe, dass ich als Ehefrau versagt habe, weil ich Matt nun auch alleine lasse.

»Also?!«, schreie ich. »Was machen wir hier? Ich kann Heiliges nicht ausstehen!«

»Luisa, beruhige dich …«

Hel legt mir seinen Arm um meinen Rücken, dann nimmt er mich an sich und drückt mich. Ich vergrabe mein Gesicht in seinem T-Shirt und rotze es ungewollt voll, partiell zumindest. Es ist das erste Mal, dass ich diese Nähe zulasse. Es tut gut. Rechts, auf seiner Brustseite, rollen meine Tränen wie Kieselsteine hinunter und ich kann sie nicht stoppen. Plötzlich drückt er mich von sich weg und ich sehe ihn irritiert an.

»Es ist nicht gut, wenn du mir so nahe kommst«, raunt er. Er hat recht. Ich wische mir meine Tränen aus dem Gesicht und folge seiner Handbewegung. »Siehst du das?«

»Was?«

Ich blicke auf, dann auf die Stadt, die vor uns liegt. Man könnte meinen, Assisi sei gewöhnlich, aber dann hat man sie noch nie von dieser Entfernung betrachtet. Man könnte meinen, sie sei geschichtsträchtig, weil Franz von Assisi darin gelebt hatte, aber dann ist man noch nie über die Plätze gewandert, über die einst schon die alten Römer schlichen. Man könnte meinen, sie sei schön, denn das ist sie, daran gibt es keine Zweifel, doch sie ist mehr noch. Sie ist atemberaubend. Vermeer könnte sie in seiner Fantasie nicht schöner malen. Golden, im Glanz der Sonne liegt sie vor uns, sie ist eine Kostbarkeit, die von der Nachmittagssonne bestrahlt wird. Mir stockt der Atem, alleine schon beim Berühren dieser Stadt müsste etwas Wundervolles geschehen.

»Es ist unglaublich, oder?«

Ich nicke.

»Ja, das ist es.«

Hel öffnet den Kofferraum des Wagens.

»Ich habe mir gedacht, wir machen ein Picknick.«

»Ein Picknick? Das ist eine gute Idee!«

»Hier haben wir eine Decke, halt die bitte mal.«

Ich nehme Hel die Sommerdecke und das Plastikgeschirr ab, als plötzlich ein Mann auf uns zugelaufen kommt.

»Signore!«, ruft er von Weitem. »Ciao Signore!« Er kommt näher, wie eine kleine Dampfwalze bewegt er sich auf uns zu, und als er uns erreicht hat, küsst er Hel dreimal auf die Wange. »Hier haben Sie das Essen. Es ist alles dabei, alles, was Sie gewünscht haben. Mozzarella, Tomaten, Prosciutto und frisches Brot. Ach ja, und Oliven und eingelegte Zwiebeln.«

»Danke, mein Freund, das ist perfekt.«

Hel klopft ihm auf die Schulter. Der kleine Italiener freut sich, sie wechseln keine Worte, nur Blicke, die ich nicht einordnen kann. Dann schaut der Fremde zu mir, sagt »Arrividerci Signora« und verschwindet wieder.

»Der Tod kennt wohl überall Leute, was?«

Hel schmunzelt.

»Ja, man hat so ein kleines Netzwerk. Dort und da.«

»Dort und da?«

»Ja, genau.«

Wir setzen uns auf die Decke mit Blick auf die Stadt, Freiluftkino-Atmosphäre sozusagen. Während ich mir ein Stück Prosciutto in den Mund stecke, begutachte ich das Lichtschauspiel, welches sich auf Assisis Fassaden abspielt. Mittlerweile ist der goldige Schleier einem Rotglanz gewichen. Ob die Stadt aus einem Märchenbuch stammt?

»Möchtest du einen Schluck?«

Hel schenkt mir ein, ohne meine Antwort abzuwarten. Der Duft steigt mir in die Nase, als ich das Glas zu meinem Mund führe. Es riecht nach frischen Beeren, einem Hauch Vanille und etwas Pfeffer. Nicht, dass ich mich auskennen würde, ein Weinkenner würde es professioneller formulieren, doch genauso empfinde ich es.

»Werden wir uns auch die Stadt ansehen? Ich meine, gehen wir hinein?«

»Ja, wenn du das möchtest.«

»Ja, möchte ich, Matt hat mir davon erzählt.«

Mein Ehemann war einmal auf einem Kongress in Umbrien und er hatte sich mit einigen Kollegen Assisi angesehen. Als er wieder zu Hause war, hatte er nur so davon geschwärmt.

»Luisa, diese Stadt ist so schön. Viele Stufen, ein ordentlicher Marsch, aber wirklich schön. Sie würde dir gefallen. Die Außenmauern sind noch viel schöner, vor allem, wenn das Licht der Sonne richtig einfällt. Es sieht so aus, als würde die Sonne rund um die Uhr mit dem Blitzlicht auf die Mauern zielen und die Steine aus Rache zurückfunkeln.«

Er hatte recht, genauso ist es. Ich sitze dicht neben Hel, ich spüre seine Wärme, obwohl *Wärme* nicht der richtige Ausdruck ist. Es ist seine Aura, die mich berührt.

»Sieht so dein Alltag aus?«, frage ich und mustere seine kleinen Falten um die Augen.

»Wie? Du meinst Wein trinken und Weißbrot essen?«

Ich lache.

»Nein, ich meine, begleitest du ständig lebensarme Menschen und versuchst sie umzustimmen?«

»Lebensarm?«

»Ja, lebensarm ... Menschen, die nicht mehr leben wollen.«

»Nein, die begleite ich nicht.« Fragend sehe ich ihn an. »Menschen, die nicht mehr leben wollen, hole ich ab und begleite sie ein Stück, dann verlasse ich sie, wenn sie dort angekommen sind, wo sie hin müssen. Du bist unschlüssig gewesen, deshalb saßen wir auch an der Bushaltestelle. Es war eine Wegentscheidung von dir. Du brauchtest noch Bedenkzeit.«

Die Präzision seiner Worte erlaubt es mir nicht, etwas zu erwidern. Er schüttet mir Wein nach, das zweite Glas schmeckt genauso köstlich wie das erste. Der Rotglanz auf Assisis Fassaden besteht weiterhin, um diese Jahreszeit würde die Sonne lange nicht untergehen. Hel schließt die Augen und legt sich auf die Decke, dabei verschränkt er seine Arme. Kurz kommt es mir so vor, als hätte er ›Weil ich dich nicht gehen lassen kann‹ gesäuselt, doch da habe ich mich vermutlich getäuscht, denn seine Lippen sind versiegelt. Hel hat die Augen geschlossen, ich blicke in sein Gesicht. Ich betrachte ihn, als ob er eine exotische Pflanze wäre. Erkunde all die Falten und Furchen auf seiner Haut. Es sind nicht viele, denn er ist nicht alt, zumindest sieht er nicht danach aus. Hel wirkt menschlich, doch da ist noch etwas – und darum wirkt er mehr als anziehend auf mich. Langsam verstehe ich auch, woran es liegt, und langsam begreife ich, dass ich mich dem vielleicht nicht mehr entziehen kann.

Die Dämmerung tritt ein. Gelb geht in Gold über, Gold wird zu Rot. Die Farben werden durch kleine und große Wolken durchbrochen, die grundsätzlich weiß erscheinen, doch im Glanz der untergehenden Sonne ebenso rot schimmern wie die

Luft, in der sie schweben. Kurz sieht es danach aus, als wäre eine Tasse Blutorangentee in den Himmel gekippt worden, dazwischen kleine Zuckerkristalle, die glänzen. Einmal noch wird Assisi in ein famoses Licht getränkt, als würde die Stadt für den Oscar nominiert sein. Der rote Teppich – die untergehende Sonne – ist ausgebreitet und zeigt auf die hohen Stadtmauern. Diese stehen Spalier und behüten die Geheimnisse dahinter, denn dort ranken sich Mythen und Geschichten aus längst vergessenen Zeiten. Wenige Sekunden noch, dann wird die Dunkelheit ihre Schatten über die Oscarnacht legen. Die Strahlen der Sonne werden schwächer, sie müssen nun Ruhe geben und sich schlafen legen. Es ist Zeit zu gehen. Ein kleiner Wirbelwind – ein Vogel – durchbricht das Aquarell am Himmel und verschwindet nach seinem kurzen Auftritt mit der Sonne hinter den Hügeln.

Die erste Flasche Rotwein ist leergetrunken, die zweite angebrochen, ein wenig Brot, drei Oliven und etwas Prosciutto sind noch übrig. Zu viel, um es noch zu essen, zu wenig, um davon satt zu werden, wäre man hungrig.

»An was denkst du?«, fragt mich Hel und setzt sich auf.

Er hat die ganze Zeit auf der Decke gelegen und sich den Blutorangentee des Himmels schmecken lassen. Einen kurzen Moment lang war er weggenickt, hat wie ein zufriedener Künstler ein Nickerchen gemacht.

»An nichts.«

»An nichts?« Er rückt näher an mich. »Trinken wir noch ein Glas.« Gekonnt schenkt er uns nach. »Verrate mir doch etwas … Was waren deine glücklichsten Momente im Leben?«

»Meine glücklichsten?«

Ich überkreuze meine Beine, schaue in mein Weinglas, dann in die Ferne, auf die Stadtmauern, die nun wie von künstlichen Glühwürmchen erhellt werden.

»Ja, an was erinnerst du dich?«

»Mmh … Clara. Ja, Claras Geburt, das war der schönste Moment in meinem Leben.« Ich nehme einen Schluck, der Wein steigt mir langsam zu Kopf, doch er schmeckt köstlich, intensiv und berauscht mich. Genau das, was ich momentan brauche. Ich lache. »Ich lag stundenlang in den Wehen, die Kleine hat es mir nicht leicht gemacht. Matt auch nicht, und obwohl er Chirurg ist, war er das erste Mal richtig nervös. Hat bei jedem meiner Schreie bei der Krankenschwester nachgefragt, ob auch wirklich alles in Ordnung sei. Na ja, und Stunden später war es vollbracht, das lange Warten hat sich gelohnt … Endlich war sie da!«

»Du hast ein Leben geschenkt.«

Hel setzt sich aufrecht hin, sein Blick klärt sich.

»Ja, und du hast es genommen.« Traurig senke ich mein Gesicht Richtung Boden, es tut weh. »Immer, wenn ich daran denke, kommt es mir vor, als würde mein Herz abermals durchlöchert werden.« Hel sieht mich schweigend an. »Kannst du es nicht wiedergeben?«

»Was?«

»Ihr Leben! Kannst du es wiedergeben?«

»Nein, Luisa, das kann ich nicht. Alles hat seine Richtigkeit. Und ich entscheide nicht über Leben und Tod, das mache ich nicht. Ich bin der Begleiter, der Abholer, der Überbringer dieser Nachricht. Mehr nicht.«

»Aber wer entscheidet dann darüber?«

Hel zuckt mit den Schultern.

»Das kann ich dir nicht beantworten.«

»Irgendwer muss es doch, oder? Gott?« Hel sieht nachdenklich in die Ferne. »Wenn es diesen überhaupt gibt«, füge ich wütend hinzu.

»Irgendwann wirst du eine Antwort auf diese Frage bekommen … Was noch?«

»Wie, was noch?«

»Was hat dich noch glücklich gemacht in deinem Leben?«

Ich brauche nicht lange zu überlegen, ich weiß es, denn ich vermisse ihn.

»Matt.«

»Dein Mann.«

»Ja.«

»Was genau liebst du an ihm?«

»Alles und nichts.«

»Alles und nichts?«

»Ja, ich kann nicht sagen, was es ist, aber es ist das Gesamtpaket.«

»Seine Art? Sein Lächeln? Gar seine Haare?«

Hel schmunzelt.

»Ja, obwohl seine Haare … Seit er sie kürzer trägt, sieht er nicht mehr so sexy aus, er wirkt polierter.«

»Polierter? Das ist ja ein lustiges Wort.«

»Na ja, so geradlinig, geschniegelt, perfekt. Ich mochte sein zerstrubbeltes, unordentliches Out-of-bed-Haar. Aber das sind Äußerlichkeiten. Natürlich hat mich von Anfang an sein Äußeres angesprochen, denn sonst wäre ich nicht mit ihm in das *Café Paris* gegangen. Aber schlussendlich war es seine Art, in die ich mich verliebt habe, und nachrangig seine schönen Augen, seine große Statur … Außerdem ist er ein großer Denker, also er ist wirklich intelligent, scharfsinnig, pointiert witzig und doch vernünftig und ernst. Er entfacht eine Leidenschaft in mir, durch ihn habe ich mich immer lebendig gefühlt.«

»Das klingt nach einem perfekten Partner.«

»Oh ja. Ist er. Für mich schon. Für andere vielleicht nicht. Aber meiner ist es.«

Hel schenkt noch einmal nach.

»Gibt es noch etwas?«

»Ja.« Plötzlich sprudelt es aus mir heraus, meine Erinnerungen sind klar und deutlich, der Wein hat meine Lippen gelockert. »Mein Lieblingsmoment war der Moment auf meiner Terrasse, der erste Morgenmoment eines jeden Tages. Das ist etwas ganz Besonderes … Jeden Tag, 365-mal im Jahr, habe ich den Tag begrüßt. Mmh … Was noch? Ach ja, Nussschnecken, diese süßen Dinger schmecken einfach fantastisch! Und wenn ich schon vom Essen rede, dann auch Lasagne …, da wäre ich am liebsten Garfield.« Hel lächelt. »Dieser Wein hier, der ist ausgezeichnet … Ach ja und gute Musik – nichts ist schöner, als wenn man seinen Lieblingssong im Radio hört und durch die Wohnung tanzt. Oder Reisen, die Berge und das Meer. Es fühlt sich so vollkommen an, wenn man auf einem Felsen steht und in die brechenden Wellen hinab sieht.« Ich unterbreche und blicke verlegen zu meinem Begleiter. »Weißt du, Hel, ich habe mich nie getraut, von einem Felsen zu springen, aber das ist egal, denn ich habe mich mit dem Anblick zufrieden gegeben … Mmh … Es gibt vieles, ja, es gibt vieles in meinem Leben.« Ich mache eine Pause, da ich erkenne, dass diese Dinge einst Bedeutung hatten. »Es *gab* vieles in meinem Leben«, korrigiere ich mich und senke meinen Kopf. Es ist wahnsinnig, was ich hier tue, ich bin wahnsinnig. Kann ich noch umkehren, kann ich wiedergutmachen, was ich im Begriff bin zu tun? Nein. Hel sieht mich erwartungsvoll an. »Das hat mich früher glücklich gemacht. Es kann nicht wettmachen, was passiert ist! Ich weiß nicht, wie ich die Trauer bewältigen soll … Alles ist plötzlich so inhaltslos, so leer geworden … Ich spreche über all diese wundervollen Dinge, doch wenn ich sie tue, sind diese Gefühle von früher einfach nicht mehr da. Ich meine die Zufriedenheit und das Glück.«

Wir schweigen. Ich höre nur die Zirpen im Kornfeld, keine Straßengeräusche.

»Na gut, es wird Zeit«, sagt Hel nach einigen Minuten und stellt sein Glas beiseite.

Während er aufsteht, reicht er mir seine Hand.

»Fahren wir weiter?«

Ich ergreife seine kalte Hand und lasse mir hochhelfen.

»Nein, wo denkst du hin …«

»Was machen wir dann? Ich bin schon müde.«

Ich strecke mich und lasse einen Seufzer los.

»Ja, ich auch. Aber in die Stadt ist es zu weit.«

»Dann fahren wir doch. Wir haben ein Auto, Hel.«

»Ich habe etwas getrunken!«

»Na und? Der Tod trinkt und hat Angst, einen Unfall zu bauen? Ist doch lächerlich, oder?«

»Nein, ganz und gar nicht. Der Tod fährt nicht Auto, wenn er betrunken ist, ich bin ein Vorbild.« Nun muss ich lachen, der Wein und die ganze Stimmung machen es noch lustiger als es eigentlich ist. »Wir schlafen im Auto?«

»Nicht dein Ernst, oder?«

»Doch, sicher, warum nicht?«

»Im Auto habe ich schon seit Jahren nicht mehr geschlafen. Das hab ich nur nach Festivals getan oder einmal mit Matt, weil …«

***

Weil wir damals zu blöd für das Zelten waren. Das meine ich wörtlich. Matt und ich fuhren ans Meer, nach Kroatien. Nachdem wir ein paar Stunden Fahrt hinter uns, nur noch ein wenig Kleingeld und zwei, drei große Scheine in der Tasche hatten, mit denen wir die nächste Woche durchkommen sollten, rollte unser altes, klappriges Auto mit der Guns'n Roses-Musik auf den Campingplatz. Wir zahlten den Stellplatz für ein Zelt und das Auto. Ziemlich billig – dafür kein Warmwasser, kalte Duschen und viel zu wenige Toiletten für die vielen Campingplatzbesucher. Das Toilettenpapier musste man selbst mitbringen und daran hatten wir natürlich nicht gedacht. Egal, wir waren jung, es war unser erster gemeinsamer Urlaub und wir waren knapp bei Kasse. Hauptsache, Sonne und Salzwasser und hoffentlich guter Zeltsex, um mehr ging es uns nicht. Im Kofferraum stapelten wir Dosenfutter, als wären wir Hunde, unzählige Mengen an Mineralwasser, als wären wir täglich verkatert, und Bonbons in allen Farben, als würde die Bonbonproduktion der Welt eingestellt werden. Ich kann mich noch genau erinnern, ich stand verschwitzt in meinen kurzen Jeansshorts da, mein gelbes Tanktop an diversen Stellen leicht durchnässt. Es war so heiß, dass ich mich wahnsinnig auf die kalte Gemeinschaftsdusche freute.

»Hast du es bald?«, fragte ich Matt, der dabei war, das Zelt zusammenzubauen.

»Ich suche noch ein paar Teile … Keine Ahnung, wo die sind!«, rief er mir vom Hinterteil des Autos entgegen.

Er vergrub seinen Kopf in unsere Sporttaschen, in die Konserven und Mineralwasserflaschen.

»Was suchst du?«, fragte ich ihn und ging nach hinten, um nach ihm zu sehen.

»Die Stäbe für das Zelt. Die sind nicht da.« Fragend blickte er mich an. »Hast du eine Ahnung, wo wir die hingetan haben?«

»Also ich hab keine eingepackt.«

»Keine?«

»Nein, aber die müssten doch beim Zelt dabei liegen, oder?«

»Schon, aber tun sie nicht. Sie sind nicht da, ohne die Zeltstangen steht das Ding nicht!«

Matt rollte demonstrativ das Zelt auf dem Boden aus, um mir zu zeigen, dass es so nicht halten kann.

»Das versteh ich schon, aber sie müssten doch in der Verpackung sein.«

»Sind sie aber nicht.«

»Das glaub ich nicht.« Ich schaute in die Tasche, dann in die andere Tasche und in die dritte Tasche auf dem Rücksitz. Nichts. »Was machen wir jetzt?«

»Keine Ahnung.«

Wir blickten uns ratlos an, im nächsten Schritt zählten wir unser Geld.

»Das reicht nie für ein Zimmer. Das ist unser Sprit- und Biergeld. Mehr nicht.«

Matt dachte angestrengt nach.

»Schlafen wir halt im Auto«, sagte er schulterzuckend und rollte das Zelt wieder ein.

»Im Auto?«

»Ja, warum nicht.«

»Sieben Tage campen im Auto? Bist du verrückt?«

»Nein, planlos.«

»Aha. Na gut …« Während er das Zelt im Auto verstaute und eine Mineralwasserflasche öffnete, dachte ich nach. »Okay, dann machen wir das halt. Wir haben keine andere Wahl.«

»Wird sicherlich aufregend.«

Und wie es das wurde. Wenn man fünf Tage später vom Autocamping abreist, ist man froh, dass man es ohne Kollateralschaden überstanden hat. Man kann froh sein, wenn man noch zusammen ist. Sieben Tage hätten wir nie im Leben geschafft. Ich spürte meine Schulter nicht mehr, Matt seine Knie nicht und wir waren keine 60. Doch nicht alles war negativ an der ganzen Sache. Die Konservendosen schmeckten besser als erwartet, das Bier war günstiger als angenommen, der Sex war heißer als wir dachten. Heißer in dem Sinne, dass es im Auto verdammt heiß wurde, wenn sich zwei liebende Körper eine Stunde lang umschlangen, während sie diverses Gestöhne – nicht nur wegen des guten Sexs, sondern vor allem wegen der Hitze – losließen. Der Schweiß rann, die Scheiben liefen an, fast wie der Wagen in der *Titanic*. Wir brachten es auch ohne Heizung mithilfe der Sommertemperaturen und unserer Leidenschaft auf über 40 Grad. So wie Bikram-Yoga. Es war Bikram-Sex.

Nach dieser Urlaubswoche gönnten wir uns eine Auszeit voneinander, ein paar Tage brauchten wir Abstand, denn wir kauerten so eng beieinander, dass einem plötzlich nicht mehr das tolle Parfum des Partners auffiel, sondern nur noch seine Schweißgerüche – und da wussten wir, es war Zeit, ein paar Tage Abstand zu halten. Danach war alles wieder gut, sogar noch besser, denn wir lachten und erinnerten uns an diesen ersten gemeinsamen Urlaub zurück, als wäre es der erste Schultag gewesen. Diese Reise war etwas Besonderes. Es war ein Abenteuer der Emotionen, abgerundet durch Platzenge und Verliebtheit.

***

Hel verstellt die Autositze, versucht, einen gewissen Komfort in seinem Leasingwagen herzustellen. Dieses Mal ist es anders, vermutlich könnte es ohne Schulter- und Knieschmerzen funktionieren, denn das Auto ist um einiges größer als der kleine Fiat, den Matt und ich in unseren Anfangszeiten hatten. Aus dem Kofferraum zieht er eine dünne Decke, mit Karomuster, haucht ein »Für Madame« und blickt mich belustigt an, als wäre er der Earl of Grey.

»Du bist wohl auf alles vorbereitet.«

»Ja, es ist klasse, wenn man so eine Position innehat. Man hat alles zur rechten Zeit immer parat, ich kann mich nicht beschweren.«

Ich nicke und bestätige seine Aussage mit einem Lächeln, dann nehme ich die Decke und öffne die Autotür.

»Ich muss noch pinkeln«, meine ich und deute Hel an, wegzuschauen.

»Was für ein Wort … *pinkeln*!«

»Dreh dich um!«

Ich verschwinde hinter dem Auto und verrichte meine Notdurft.

»Luisa, ich muss dich dann noch etwas fragen!«, ruft er mir zu.

»Ja, gleich!«, antworte ich. »Was denn?«, frage ich ihn, als ich wieder zurückkomme.

»Ich muss dir eine Frage stellen, eine Bitte äußern.«

Er pausiert, dabei fällt das Mondlicht silbern auf sein Haar. Es schimmert, ich sehe, wie sich seine Mimik ändert. Die ernsten Gesichtszüge weichen, lassen einen hoffnungsvollen Blick erscheinen.

»Ja, mach schon. Was möchtest du mich fragen?«

»Luisa, ich bitte dich, schenk mir noch einen weiteren Tag!«

Hel steht unsicher vor mir, ich finde sein Gehabe süß, kichere, dabei geht es um so viel bei dieser Frage. Es ist die Frage meines Lebens.

»Ja, gerne.« Ich tätschle ihn an der Hand und wanke dabei leicht zur Seite. Er greift nach mir. »Der Tag heute war schön. Ich freue mich auf morgen. Und nun lass uns schlafen gehen«, fordere ich Hel auf und steige in das Auto ein.

Er bleibt eine Weile draußen stehen, bewegt sich nicht. Ich beobachte ihn verstohlen. Dann richten sich seine Arme nach oben und unten, als würde er Energie bewegen wollen. Sein Haar hat wieder diesen besonderen Glanz angenommen. Ich überlege, was ich an ihm so anziehend finde. Ist es seine Art? Seine Augen? Seine mächtige Statur? Oder weil er mir als Einziger das geben kann, was ich mir vielleicht so sehnlich wünsche? Meine Augenlider werden schwer. Die Geräusche der Zirpen werden lauter, sie singen im Chor. Intensiver, geräuschvoller nehme ich meine Umgebung wahr, es steigert sich, bis meine Augen zufallen, meine Gedanken zum Stillstand kommen und ich einschlafe.

Kapitel 8

»Du meine Güte, ich hab Kopfweh … Am liebsten würde ich sterben!« Hel blickt mich erschrocken an. »Nicht so gemeint«, bemerke ich und fasse mir an die Stirn.

Nun verstehe ich auch, was förderlich und gut an einer alkoholabstinenten Phase ist. Das Gefühl, betrunken zu sein, also dieses schummrige Gefühl an sich ist nicht schlecht, es kann sich in Form von Hemmungslosigkeit oder intensiven Lachkrämpfen äußern, kann einen beschwingen und Dinge vergessen machen. Doch der Tag danach zeigt einem die negative Bilanz eines unkontrollierten Suchtmittelgebrauchs. Rotwein verleiht eine bleierne Schwere im Kopf, als wäre mein Gehirn eingefroren, als müsste es für jeden Gedanken Schmerzen leiden. Sodom und Gomorrha für die fünfzig Schlucke zu viel am Vortag.

»Hast du eine Kopfschmerztablette?«, frage ich Hel.

»Nein, bedaure, aber so was habe ich nicht.«

»Wieso? Hast du kein Kopfweh?«

»Nein.«

Er schüttelt den Kopf.

»Der Tod kann kein Kopfweh bekommen?«

»Nein«, sagt er kurz und möchte anscheinend nicht weiter darauf eingehen, dann legt er die Decken sorgfältig zusammen und dreht sich weg.

Ich folge ihm.

»Das ist eine Frechheit! Wir Menschen leiden und der Tod hat es schön und bleibt davon verschont. Du kannst trinken, ohne am nächsten Tag dafür zu büßen? Frechheit!«

»Du hast keine Ahnung!«

»Doch, denn du bist unsterblich und du hast keine Schmerzen. Das ist doch toll!«

Hels Blick wird traurig. Ich glaube, diesen Ausdruck habe ich noch nie in seinen Augen gesehen. Er wirkt enttäuscht, als sehnte er sich nach etwas und erkennt im selben Moment, dass er es nie haben kann, nie haben wird.

»Luisa, hör bitte auf, du weißt nicht, wovon du sprichst.«

»Sicher weiß ich das. Fühlst du gar keine Schmerzen?« Er schüttelt den Kopf. »Nie?« Abermals verneint er. »Das ist ein klarer Vorteil, du leidest nicht.«

Ich fuchtle mit meinen Händen wie wild herum, um meiner Aussage mehr Antrieb zu verleihen.

»Ja, genau. Und ich liebe nicht.«

Verwirrt schaue ich ihn an.

»Bitte, was?«

»Der Tod liebt nicht.«

»Nicht lieben …«

»Ich leide nicht, aber ich liebe auch nicht. Ich entwickle keine eigenen Gefühle.«

Hel stapelt die Decken in den Kofferraum, ich folge ihm.

»Keine eigenen Gefühle, aber das verstehe ich nicht.«

»Ich weiß, wie es sich anfühlt, wenn man verliebt ist, ich weiß, wie es sich anfühlt, wenn man verletzt ist, wenn man leidet. Aber es entsteht nicht in mir. Jedes Mal, wenn ich einen Sterbenden begleite, erfahre ich sein Leben, nehme seine ganzen Gefühle in mich auf. Eine Welle voll Liebe, Zuversicht, Enttäuschung, Freude, Trauer, Hoffnung rollt durch mich hindurch … Doch … Es sind nicht meine eigenen, ich bin nur Besucher.

Besucher von Millionen Gefühlswelten. Jedes Mal wird mir klargemacht, was ich versäume, was ich nicht haben kann.«

»Oh …«

»Luisa, das Leben lohnt sich, *weil* man Gefühle hat!«

Ich verziehe mein Gesicht, mitfühlend lege ich meine Stirn in Falten. Nun verstehe ich. Er besitzt die Unsterblichkeit und die Gefühlslosigkeit, die in manchen Situationen willkommen sind, doch eigentlich im Leben fehlen. *Denn was ist das Leben ohne die Liebe?*

***

Nachdem wir die Hügel der Stadt Assisi einige Male rauf und runter gegangen sind, ich mir zwei Eistüten gekauft und Hel mir belustigt dabei zugesehen hat, wie ich mein Eis auf mein T-Shirt gekleckert habe, fahren wir weiter. Ein Stück zumindest.

»Warum fahren wir hier ab?«, frage ich Hel.

»Wir steigen um.«

»Was?«

Ich lege die kühle Mineralwasserflasche auf die Seite, die ich noch vor wenigen Minuten über meine Stirn gleiten ließ.

»Na, es ist so heiß, wir brauchen ein anderes Mittel der Fortbewegung.«

»Nein, bitte nicht Rad fahren«, seufze ich und knirsche mit meinen Zähnen. »Das ist mir heute viel zu anstrengend, das schaffe ich nicht. Wirklich nicht!«

»Soso, zu anstrengend?«

Er lächelt spitzbübisch, dann blickt er mich abschätzend an.

»Schau nicht so!«, fordere ich ihn auf, doch er hält diesen durchdringenden Blick und lässt mich eine Weile im Ungewissen, bis er das Schweigen bricht und seine geheimnisvolle Aura verschwindet.

»Keine Sorge, wir machen heute keinen Sport.«

Puh … Glück gehabt, denn ich hätte nach zehn Metern auf dem Drahtesel eine Infusion gebraucht, so trocken ist meine Kehle. Hel biegt bei einer Kreuzung in die rechte Straße ein und parkt das Auto vor einem Rent a car-Shop.

»Was machen wir hier? Wir haben doch ein Auto.«

»Das stimmt, aber es ist viel zu heiß, wir brauchen etwas Luftigeres, Spritzigeres …«

Hel nimmt mich an der Hand und zerrt mich in das Geschäft hinein.

»Buongiorno!«, begrüßt mein Begleiter den Mitarbeiter, der erfreut aufsteht und ihn ebenso grüßt. »Signore, wir brauchen ein neues Auto.«

»Gerne, aber natürlich! Was schwebt Ihnen vor?«

Noch bevor der Mitarbeiter uns auffordern kann, Platz zu nehmen, hat sich Hel lässig in den Stuhl vor ihm fallen lassen und zieht mich auf den leeren Platz neben ihm.

»Etwas Luftiges! Etwas, dass unsere Coolness unterstreicht …« Ich laufe rot an. Der Mitarbeiter blickt Hel stutzig an. »Ein Cabrio. Wir wollen ein Cabrio.«

Mein Mund bleibt offen stehen – ein Cabrio!

Ich brauche vermutlich nicht erwähnen, dass wir wenige Minuten später in einem tollen Cabrio sitzen, welches nicht nur in der Hardware gelungen ist, sondern auch bei der Software keine Wünsche offen lässt.

»Das Beste, das ich habe«, sagt uns der Signore und winkt uns, als wir damit davonfahren.

»Bist du bereit?«

Hel macht das Motorengeräusch des Wagens nach, zieht dabei eine Augenbraue nach oben, und als ich nicke, drückt er aufs Gaspedal. Einen Moment lang hält er einen intensiven Blick zu mir, ich halte diesem Blick stand, dann lenkt er seine Aufmerksamkeit auf die Straße und beschleunigt weiter. Ich werde in den Sitz zurückgepresst, kurz schlägt mein Magen einen Purzelbaum und meine Augen versuchen die Bäume zu erkennen, die verschwommen an uns vorbeiziehen. Hels neues Spielzeug hat eine Top-Ausstattung, Ledersitze – kaltes Leder auf der Haut fühlt sich im Sommer fantastisch an –, eine Soundanlage, mit der wir eine Strandparty machen könnten, ein poliertes, glänzendes Cockpit und Pferdestärken, dass selbst Alonso seinen Spaß daran hätte.

»Das ist dolce vita!«, schreit Hel und gibt weiter Gas, während er mit der rechten Hand an der Soundanlage dreht und Bob Marley sein Übriges tut.

Wie fühlt sich oben ohne an, wenn einem der Wind durchs Haar bläst? Die Landschaft der Toskana an einem vorbeizieht und Beats aus den Boxen strömen, die es vermögen, die Jugend zu erwecken? – Fantastisch, sexy, grotesk, abartig gut ... und ich habe nicht vor, wieder auszusteigen.

Irgendwann tue ich es dann doch, denn wir halten an einem Restaurant, wir haben Hunger und ich muss aufs Klo.

»Das ist der Wahnsinn! Cabrio fahren macht einfach Spaß!«, rufe ich und schmeiße die Autotür zu.

Hel grinst und wir betreten das Restaurant und beordern die halbe Speisekarte, da wir heute noch kein Frühstück hatten.

»Wir fahren weiter ans Meer.«

»Ans Meer?«

Ich verschlucke mich am Brot, welches ich mit Apfelsaft nachspüle.

»Ja, wir haben noch Zeit, das Konzert ist erst in einigen Tagen und du hast noch einen Sprung zu erledigen.«

Ich verschlucke mich erneut.

»Einen Sprung?«

»Ja, von der Klippe hinunter.«

Hel macht diese Aussage, als wäre es das Normalste der Welt. Nervös beginne ich zu gestikulieren.

»Nein!«

»Vielleicht?«

»Nein, Hel!«

»Ach komm, Luisa. Sag nicht jetzt schon Nein. Lass uns dort hinfahren und dann kannst du noch immer einen Rückzieher machen, aber schließe es nicht von Vornherein aus. Das ist typisch für deine momentane Einstellung.«

»Was heißt *momentane Einstellung*?«

»Du denkst, du kennst den Ausgang und versuchst die Dinge gar nicht zu ändern!«

Ich verziehe meinen Mund.

»Und was heißt, das Konzert ist erst in einigen Tagen? Ich dachte, wir hätten es eilig?«

»Das war gelogen … Aber ich habe noch einiges mit dir vor.«

Wir haben es nicht eilig? Diesen Gedanken finde ich interessant.

»Gut, fahren wir dorthin. Aber ich werde nicht springen!«

»Wir werden sehen.«

Wütend sehe ich ihn an. Unsere Blicke treffen wie Blitze aufeinander und die Funken explodieren in der Luft. Ein paar Sekunden nach der hemmungslosen Explosion erscheint die Kellnerin an unserem Tisch und zerstört mit ihrer Präsenz die faszinierende Atmosphäre, die sich in Sekundenschnelle zwischen Hel und mir aufgebaut hatte.

Der Pecorino schmeckt hervorragend, das Olivenöl, welches ich auf mein Brot träufle, mundet intensiv und die Nachspeise sprengt meinen Hosenknopf. *Wortwörtlich.*

»Du meine Güte!«, rufe ich aus und halte meine Hand vor das Knopfloch. Hel beginnt zu lachen, er kann sich kaum vor Lachen halten. »Die Hose war sowieso schon eng. Ich vermute, sie ist durch die Hitze eingegangen …«, sage ich und probiere davon abzulenken, dass mir mein Knopf fehlt. »Ich brauche eine neue.«

»Oder Nähzeug«, wirft er ein, während er sich eine Olive in den Mund stopft.

»Nein, lieber eine Neue.« Ich war schon lange nicht mehr einkaufen und die Italiener haben bezüglich Kleidung einen fantastischen Stil, immerhin haben sie Armani, Versace und Cavalli. »Shoppen …«

Hel scheint nicht begeistert davon zu sein.

»Okay«, sagt er.

»Wir kaufen dir auch was Schönes«, schlage ich vor.

»Wenn es sein muss, dann stürmen wir eben einen Shopping-Center.«

»Komm schon, mehr Begeisterung!«, fordere ich Hel auf.

Er murrt nur zurück und stopft sich einen großen Happen Weißbrot in den Mund. Wir fragen bei der Servicemitarbeiterin nach, doch diese belächelt uns nur. Dann erklärt sie, dass wir uns hier in der Pampa befinden würden, weit und breit kein Geschäft, wo man Hosen für meine Altersklasse finden würde. Nur weite Kleider, »Oma-Kleider«, meint sie und empfiehlt uns, nach Florenz zu fahren.

»Wenn, dann nach Firenze!«, sagt sie und klatscht überschwänglich in die Hände.

»Florenz?«, fragt Hel skeptisch.

»Dort gibt es viele tolle Geschäfte, Designer, kleine Boutiquen und für jeden Geschmack etwas.«

Die Kellnerin nickt heftig, während sie das sagt.

»Hast du gehört, viele Boutiquen und für jeden Geschmack etwas«, plappere ich nach, denn ich möchte nun unbedingt dorthin fahren.

»Und wenn Sie schon in Florenz sind, müssen Sie sich die Stadt anschauen. Firenze ist einfach belissima!«

»Hast du gehört, einfach belissima!«

Nun bin ich es, die in die Hände klatscht. Er verzieht sein Gesicht. Ich kenne diesen Blick, er kommt mir bekannt vor, ich weiß, dass auf diesen Gesichtsausdruck eine Bestätigung folgt.

»Na gut, dann lass uns dorthin fahren.«

***

Firenze liegt 60 Kilometer entfernt in der anderen Richtung. Aber es gibt Schlimmeres, als bei Schönwetter in einem so tollen Schlitten durch die Gegend zu fahren. Meine Strähnen fallen mir ins Gesicht und ich bin die meiste Zeit damit beschäftigt, sie hinter meine Ohren zu streifen. Hel blickt immer wieder zu mir rüber. Plötzlich fährt er an den Rand und parkt unser Cabrio auf der Seite.

»Warte hier«, sagt er und steigt aus dem Auto.

Während er schnellen Schrittes in ein Geschäft eilt, klappe ich den Schminkspiegel auf der Beifahrerseite hinunter.

»Ach, du Scheiße!«, rufe ich und versuche mein Haar zu glätten und zu entwirren.

Ich schaue nicht gut aus … Eine Föhnfrisur wie aus den 80er-Jahren! Mit gekonnten Bewegungen fahre ich mir einige Male durch mein Haar und kurze Zeit später sitzt Hel auch schon wieder neben mir und schnallt den Gurt um sich.

»Hier«, meint er und zieht ein Seidentuch aus seiner Tasche.

»Hast du das gerade gekauft?«, frage ich und blicke begeistert auf das schöne Tuch, das er mir entgegenhält. »Du bist extra stehen geblieben, um mir das zu kaufen?« Er nickt und ich bemerke seinen verlegenen Blick, auch wenn er versucht, diesen zu überspielen. »Danke!«, lächle ich und binde mir das Tuch im Grace-Kelly-Stil um meinen Kopf.

»Es passt zu dir. Es passt zu deinen Augen.«

Oh, mein Gott! Ich erröte und kann seinem Blick nicht standhalten.

Wir fahren weiter. Am Anfang genießen wir die Kulisse, die sich um uns herum bietet, doch nach einigen Kilometern wird es uns langweilig. Um uns die Zeit zu vertreiben, spielen wir ein Spiel. Also eigentlich spiele ich mit Hel, indem ich ihm immer wieder Liedbrocken vorspiele und er raten muss, um welchen Song es sich handelt. Mit dem MP3-Player ist das nicht so einfach, deshalb geben wir kurze Zeit später auf und ich lasse die Umgebung und die Stille auf mich wirken, als wir vorbei an den vielen Zypressen und Kornfeldern fahren.

***

Matt hat früher immer gewonnen. Bei langen Autofahrten hörten wir entweder Musik oder diskutieren über kontroverse Themen. Mit uns im Auto war es nicht immer einfach, denn wir erörterten des Öfteren, vor allem bei langen Autofahrten, harte Themen wie die Todesstrafe, selbstbestimmtes Sterben, politische Parteien oder diskutierten über das Lobbying diverser Unternehmen, vor allem jenes der Pharmaproduzenten. Matt hatte seine Standpunkte und ich hatte meine, es ging nicht immer harmonisch her, weshalb wir, wenn wir uns nicht einig werden konnten, auf Autospiele á la »Koffer packen«, »Kennzeichen-Raten«, »Tiere oder Berufe erkennen« und manchmal nicht ganz jugendfreie Varianten wie »Sexstellungen erraten« umgestiegen waren.

Einmal mussten wir rechts ranfahren, weil uns ein Spiel so heiß gemacht hatte, dass wir beide bebend im Auto saßen und es keine 33 Kilometer mehr zu unserem Hotel ausgehalten hätten. Es war dunkel, irgendwo im Nirgendwo und unseres war das einzige Auto auf der Straße. Wenngleich es am Anfang sehr erotisch war, so war der Schluss romantisch, denn es war eine heiße Sommernacht und wir setzten uns danach zum Abkühlen in die Wiese, hielten uns in den Armen und blickten zu den Sternen. Als Matt »Rate mal, wie viele Sterne …« sagte, hielt ich ihm meine Hand vor den Mund, säuselte: »Jetzt nicht, nicht einen fabelhaften Moment zerstören« und vergrub mein Gesicht an seinem verschwitzten Oberkörper. Ich nahm seinen Geruch wahr und bestätigte das, was er mir ins Ohr hauchte: »Ich liebe dich!«

***

»Hey Luisa, schau mal!« Hel reißt mich aus meinen Gedanken und deutet auf eine Brücke, an der wir vorbeifahren. »Das ist die Ponte Vecchio, die älteste Brücke über den Arno. Schön, nicht wahr?«

»Ja, wunderschön!«

Aufgeregt blicke ich mich um, wir haben Firenze erreicht. Hel lenkt das Cabrio durch einige Seitengassen, bis wir in ein Parkhaus einfahren und er das Auto abstellt.

»Wir werden heute nicht weiterfahren, wir werden in einem Hotel übernachten. Komm, lass uns einchecken«, sagt er und geht mit mir zum Lift.

»Warst du hier schon mal?«

Ich ziehe das untere Ende meines T-Shirts über die Hose, sodass der fehlende Knopf nicht auffällt.

»Du meinst das Hotel?«

»Ja, denn in der Stadt warst du sicher schon tausende Male.«

Er lächelt.

»Ja, ich war hier schon mal. Das Hotel ist etwas ganz Besonderes. Wirst du gleich sehen.«

Wir steigen in den Tiefgaragenlift ein und Hel drückt auf »piano terra«. Ich würde gerne wissen, wie lange Hel schon existiert, doch ich stelle ihm diese Frage nicht. Ob er auch einen Geburtstag hat? Obwohl, wenn er nicht sterben kann, so hat Zeit vermutlich keine Relevanz für ihn. Es wird ihm egal sein, wie viel Zeit schon vergangen ist, weil für ihn noch alle Zeit der Welt übrig ist. Der Lift hält im Erdgeschoss, und als ich den ersten Schritt hinaussetze, trifft mich beinahe der Schlag.

Es ist ein alter Palazzo, obwohl alt nicht alt ist, sondern restauriert. Die Fassaden sind braun, an den Wänden befinden sich Malereien. Die Gemälde sind umrahmt von Gold und der Boden ist aus Marmor. Die großen Fensterscheiben hinter der Rezeption zeigen einen begrünten Innenhof, mit Palmen und

Kakteen, einigen Sitzbänken aus Stein und inmitten des Patio einen Brunnen. Gediegen trifft es nicht annähernd, romantisch – mit Sicherheit –, unübertrefflich – ja –, ob ich mich als Prinzessin fühle, weil ich über diesen Boden laufe? – Irgendwie schon.

»Signorina«, sagt Hel und reicht mir seine Hand, »obwohl …« Er hält kurz inne und wir stoppen. »Eigentlich müsste es Principessa heißen.«

Dabei sieht er mich verlegen an. Ich kichere, irgendwie ist mir das Ganze nun peinlich. Aber da es ohnehin schon außergewöhnlich ist – immerhin reise ich mit dem Tod –, beruhige ich mich wieder. *Warum sich nicht einmal wie eine Prinzessin fühlen?*

Das letzte Mal, als ich mich so gefühlt habe, war ich acht Jahre alt und hatte ein goldenes Krönchen auf und einen weißen Spitzenvorhangstoff um meinen kleinen Körper drapiert. Damals war die Welt noch in Ordnung! Mit mir als Oberhaupt der Nation, die aus zwei Freunden und dem Nachbarsjungen bestand, der mein Prinz, also mein Gemahl wurde, doch leider in einem Duell gefallen war. In Wirklichkeit war er mit seiner Familie weggezogen und ich habe nie wieder von ihm gehört.

Hel bucht zwei Einzelzimmer und legt die Hälfte meines letzten Monatsgehaltes dafür hin. Er zahlt mit Kreditkarte. Platin. Woher er die wohl hat? Ob er auch Aktien oder Anleihen besitzt? Vielleicht einen Bausparvertrag?

»Ich frage jetzt nicht, woher du eine Kreditkarte hast.«

Er zwinkert mir zu und unterschreibt auf der Rechnung. Nachdem wir eingecheckt und ein Erfrischungsgetränk aus Quitte und Zitrone getrunken haben, gehen wir auf unsere Zimmer. Aufgeregt reiße ich die Tür auf und erblicke mein neues Gemach, im wahrsten Sinne des Wortes. Sissi hätte nicht vortrefflicher wohnen können, und obwohl ich auf diesen Kitsch normalerweise überhaupt nicht stehe und eher der puristische Typ bin, beeindruckt es mich und ich finde Gefallen an der frei stehenden Badewanne mit den goldenen Wasserhähnen und am riesigen Doppelbett mit den großen Zierkissen. Seitlich an den Fenstern hängen schwere Vorhänge, wie goldenes Haar umrahmen sie den Blick nach draußen. Mitten auf dem Tisch steht ein frischer Blumenstrauß, eine Geste des Hotelmanagements. Alles im Zimmer ist gut überlegt, jede Anordnung macht Sinn, die Farben sind edel und wirken heimelig, nichts ist zu groß, nichts zu klein, alles stimmig. Hier lässt es sich aushalten. Ich bin eine Prinzessin und das hier ist mein Königreich – ich bin wieder acht Jahre alt. Meine Tasche werfe ich auf die Ablage, als es an der Tür klopft.

»Na, wie ist dein Zimmer?«

»Toll, einfach nur toll! Und deines?«

»Etwas alt vielleicht.«

Wir lachen beide.

»Das gehört doch so!«

Er zieht neckisch eine Augenbraue nach oben und dann wendet er mir den Rücken zu und geht zum Fenster. Diese paar Schritte tut er auf galante Art und Weise, dann dreht er sich schwungvoll wieder zu mir um.

»Das Zimmer ist wunderschön, vor allem die Aussicht ist ein Traum. Hast du schon hinausgesehen?«

Ich schüttle den Kopf und eile neugierig zum Fenster.

»Der Dom!«

Ein Kreischen entfährt mir und Hel nickt stolz, dann setzt er sich auf den Stuhl, schlägt die Beine übereinander und liest den Stadtplan.

»Möchtest du jetzt schon einkaufen gehen? Oder lieber die Stadt anschauen?«

»Zumindest eine neue Hose kaufen oder einen Rock und dann das Zentrum besichtigen«, schießt es aus mir heraus.

»Gut, dann lass uns gehen.«

Ich bin das erste Mal in Florenz. Matt hatte immer geplant, mit mir hierher zu kommen. Wir hatten den Aufenthalt sogar schon gebucht, doch dann kam uns die Grippe dazwischen und wir beide lagen mit Fieber im Bett. Die Reise wurde gecancelt, da halfen auch die ganzen Medikamente nichts. Matt war in seiner Jugend schon mal da. »Die ganze Kultur, die ganze Atmosphäre, so viel Romantik, Luisa!«, erzählte er mir damals schon im *Café Paris*.

Er schilderte mir die Geschichte der Medici, schwärmte von Michelangelo und von den tollen Eissorten. Hätte ein Reisebüro einen neuen Mitarbeiter gesucht, das wäre ihr Mann gewesen, denn er konnte so überzeugend sein und einen für diese Reise gewinnen. Roadtrip oder Trampen nach Florenz? Werbefahrt mit Verkauf von Kochgeschirr? Ich wäre dabei gewesen.

Kurze Zeit später stehe ich mitten im Stadtzentrum von Florenz, ohne Matt. Wie gerne würde ich nun seine Hand halten, wie gerne würde ich mich von ihm halten lassen. Mir entwischt in diesem Moment eine Träne, denn ich realisiere, dass die Sehnsucht nach ihm größer ist als die Sehnsucht nach dem Tod. Genau in diesem Moment tun mir meine Gedanken weh, sie stechen wie Blitze durch meinen Brustkorb, meine Sehnsucht lässt mein Herz zittern und der Gedanke an eine Zukunft ohne ihn erstickt mich. Hektisch drehe ich mich um, ich fühle mich alleine, ich brauche Hel. Wo ist er? Er ist nirgendwo zu sehen.

»Hel?«, rufe ich und dann kann ich mich nicht dagegen wehren. Ich bekomme eine Panikattacke, setze mich auf den Boden. »Hel!«, schreie ich, umklammere meine Beine, mache mich ganz klein, die Leute um mich herum schauen schon, sie bilden einen Kreis. »Hel!!!« Ich weine. Nichts passiert, nur weitere Personen, die sich um mich häufen. »Hel, du musst da bleiben!«

Und dann endlich, er streckt mir seine Hand entgegen.

»Ich bin doch da, Luisa, ich bin doch da«, sagt er und beruhigt mich, indem er sich zu mir hockt und mir über mein Haar streicht.

Ganz zärtlich fährt er mir über den Kopf. Ich schlucke den Kloß in meinem Hals hinunter und mein Zittern verflüchtigt sich. Langsam verschwinden die Personen um uns herum, sie wollen nicht mehr die Rettung rufen, sie lassen uns alleine und wir sitzen inmitten der Piazza auf dem Steinboden.

»Ich hatte Angst, du wärst weg!«

Stürmisch ergreife ich seine Hand, aus Furcht, er könnte wieder verschwinden.

»War ich auch. Einen Moment lang, denn …« Hel unterbricht sich, löst meine Hand von seiner und legt sie mir behutsam auf meinen Schoß. Dann packt er mein Kinn und sieht mir direkt in die Augen. Ich beginne schwer zu atmen, mein Herz flüstert mir etwas zu, doch ich verstehe es nicht. Als er seine Stirn an meine legt, beruhigt sich mein Atem und er schließt seine dunklen Augen. »… denn du wolltest leben. Weiterleben. Einen Moment lang«, flüstert er und ich spüre seinen Atem auf meinen Lippen.

***

Den restlichen Tag über ist die Stimmung getrübt. Wir schweigen und gehen langsam nebeneinander her, kaufen mir eine neue Hose, sehen uns den Dom an, stellen uns in die Warteschlange, um David zu begutachten. Unsere letzte Station ist der Palazzo della signorina und wir besichtigen die Uffizien.

»Hast du Lust, etwas zu essen?«

Ich überlege nicht lange, denn mein Magen knurrt schon seit mehreren Stunden.

»Ja, lass uns in ein Restaurant gehen, gute Idee.«

Wir finden eine nette Osteria, auf Empfehlung eines Italieners in glänzenden Lackschuhen, und nachdem wir uns dort den Bauch vollgeschlagen haben, machen wir uns auf den Weg zurück ins Hotel.

»Also, gute Nacht.«

»Gute Nacht«, antworte ich.

»Heute schlafen wir besser. Ruh dich aus, schlaf so lange du willst. Wir haben Zeit«, meint Hel und dann dreht er sich um und sperrt seine Zimmertür auf.

»Schlaf auch du gut!«, rufe ich ihm nach und begebe mich in mein KuK-Zimmer.

Ich lasse mir ein Bad ein, ziehe die Vorhänge zu, dimme das Licht und streife mir meine Kleidung ab. Von der neuen schwarzen Hose, die ich gekauft hatte, habe ich dunkle Stellen auf der Haut bekommen, Farbe, die sich übertragen hat. *Ich werde das gute Stück in die Reinigung geben*, überlege ich, als ich in die Wanne voller Schaum steige. Mit der linken Hand bediene ich die Fernbedienung für das Radio und suche mir einen Sender, der meiner aktuellen Stimmung angepasst ist. Das Hotel bietet einige Kanäle an. Von rockig und fetzig, über chillig bis hin zu klassisch und ruhig. Ich wähle Letzteres, denn ich fühle mich unsicher und verwirrt. Ich trage zwei Sehnsüchte in mir, die sich die Waage halten. Die eine ist das Verlangen nach Leben, nach all dem hier, eine Zukunft zusammen mit Matt. Die andere Sehnsucht ist die nach dem Tod, in der Hoffnung, meine Clara wiederzusehen, in der Hoffnung, dass dann all der Schmerz endlich aufhört, dass alles still steht. Die Klänge aus den Lautsprechern umgeben mich, genauso wie der Schaum auf meiner Haut, der sich links und rechts um meinen Körper formt. Ich tauche unter, halte die Luft an, dann tauche ich wieder auf. Die Melodie erfüllt den Raum, meine Sehnsüchte tanzen mit ihr und mit meinen Gedanken. Dann schließe ich meine Augen und sehe Clara vor mir. Sie wirbelt in ihrem Zimmer herum. Dabei lächelt sie und winkt mir zu. Meine schmerzenden Gefühle werden unterbrochen, denn es klopft an der Tür. *Das habe ich mir eingebildet*, denke ich und schließe wieder meine Augen, tauche wieder unter, dieses Mal länger. Ich beginne zu zählen: 1, 2 … 14. Es klopft noch einmal. Ich gleite wieder an die Oberfläche, das Klopfen wird zu einem Hämmern.

»Einen Moment!«, schreie ich und greife hektisch nach dem Handtuch, welches ich zuvor auf den Boden gelegt hatte.

Hastig steige ich aus der Wanne und tropfe dabei den Fußboden nass. Mit der rechten Hand greife ich nach meinem Bademantel und schlüpfe schnell hinein. Wenige Schritte später stehe ich vor der Tür. Unsicher bleibe ich stehen. Ich weiß, dass er es ist. Ich spüre es.

Wieder ein Klopfen. Erst dann öffne ich die Tür und unsere Blicke begegnen sich.

»Ich habe vergessen, dich etwas zu fragen. Und ich merke, dass es wichtig ist. Wichtiger denn je! Jetzt genau in diesem Moment!« Ich verziehe mein Gesicht, senke meinen Kopf. Er berührt mein Kinn mit seinen Fingern und zieht es dann vorsichtig nach oben. »Luisa, ich bitte dich, schenk mir noch einen weiteren Tag!«

Kurz verharre ich in dieser Starre, die auch meine Gedanken unbeweglich macht. Doch dann ist alles glasklar.

»Glaubst du etwa, dass eine Wanderung und eine Fahrt mit dem Cabrio alles gut machen kann? Glaubst du, dass es genügt, gut essen zu gehen, um alles zu vergessen, um die Vergangenheit hinter mir zu lassen?!«, schreie ich und schlage mit meinen Händen wütend gegen seinen Brustkorb. Hel ergreift meine Arme, hält sie fest, doch er sagt kein Wort, starrt mich nur entgeistert an. »Nein, das tut es nicht, Hel! Ich hab Schuld, dass sie gestorben ist! Verstehst du? Ich ganz alleine! Und du willst mir mit einer Fahrt nach Florenz beweisen, dass mein Leben noch schön ist?« Wütend stoße ich mich von ihm ab, dann tropfen Tränen über meine Wangen auf den Boden. »Ich mach mir solche Vorwürfe … Sie fressen mich auf! Verstehst du das?«

Mit meinem Rücken gleite ich am Türstock zu Boden und stütze meinen Kopf in die Hände. Hel berührt mich, fährt mir sanft mit seiner Hand über meine Schultern und sein verlockender Blick fixiert meine Gedanken. Ganz leise kriecht sein Atem über meinen Nacken, verführt meine Haut und beinahe scheint es, als ob auch er es wollte. Beinahe.

»Es war nicht deine Schuld, Luisa, und du kannst es nicht ändern. Es war ihr bestimmt zu gehen …«

»Aber sie war erst vier! Wie kann es in diesem Alter bestimmt sein zu gehen?«

»Es gibt keine Grenzen! Es gibt keine Altersgrenzen! Verstehst du?!«

Seine Stimme ist lauter geworden.

»Weißt du, wie es sich angefühlt hat?«

»Was angefühlt?«

»Als sie gestorben ist … Also das danach … Es ist, als hätten nur zwei Dinge an mir überlebt: mein Kopf und mein Herz. Beide sind schmerzerfüllt und schleppen sich von der einen in die andere Leere. Alle Orte und Plätze sind dunkel. Am schlimmsten sind die Gedanken und Erinnerungen an sie oder an den Tag, als es passierte. All die Erinnerungen …, sie tun so weh!«

»Ich weiß … Ich kann es fühlen. Ich fühle deinen Schmerz, doch ich kann ihn dir nicht nehmen.«

»Aber durch den Tod …«

»Vielleicht, Luisa, vielleicht findest du darin Erlösung.«

»Kannst du mir sagen, wie es ihr dort geht? Oder was danach kommt?« Er macht keine Geste, kein Wort kommt aus seinem Mund. Dann schüttelt er langsam den Kopf. »Das dachte ich mir schon! Und weißt du?«, schluchze ich. »Ich weiß, dass Matt mir die Schuld an ihrem Tod gibt. Ich konnte nie mit ihm darüber sprechen.«

»Das glaubst du? Dass er dir die Schuld gibt?«

»Ja.«

»Aber so ist es nicht. Er gibt dir keine Schuld, du hast dich wie eine gute Mutter verhalten, du …«

»Ach, hätte ich das nicht getan, hätte ich nicht zu ihr gesagt …«

»Luisa, du musst sie loslassen.«

»Aber das ist so schwer!«

Ich vergrabe mein Gesicht an seiner Brust und möchte für immer dort verharren.

»Luisa, denk an deine Eltern, an deine Freunde oder an Matt. Vermisst du sie nicht?«

Ich schließe meine Augen.

»Ja«, hauche ich kraftlos.

»Kämpfe ihretwillen! Gib nicht auf!«

***

Der zentimeterhohe Schaum in der Wanne ist verschwunden, hat sich mit dem lauwarmen Wasser verbunden. Keine Wölkchen bilden sich an der Oberfläche. Die Klänge der Musik sind verstummt, wurden abgelöst von der Geräuschlosigkeit meines Zimmers, ersetzt durch die wenig melodischen Geräusche meiner Atmung. Kein Nachbar ist zu hören, ein leises, monotones Tropfen vom Wasserhahn gesellt sich zu meinen Atemgeräuschen hinzu. Ich habe Hel dieses Versprechen abermals gegeben, doch nun stehe ich an der Wand zu seinem Zimmer. Sie ist kalt, ich lege meine Hand darauf, berühre die Mauer. Einige Zentimeter trennen uns voneinander, dabei fühlt sich der Beton eisern an. Ich lehne mein Gesicht dagegen, schließe meine Augen und versuche mir vorzustellen, wie uns nichts voneinander trennt. Da drüben liegt meine Sehnsucht, da drüben ist der Tod, der mich befreien, der mich zu Clara bringen kann. – *Und doch bringt er es nicht über sich.*

Kapitel 9

Mehrere Filme habe ich geträumt. Erlebnisse aus meiner Vergangenheit waren Bestandteile dieser Szenen und die Hauptrollen waren besetzt mit Personen, die mir nahestehen. Schöne Träume waren das. Ausschnitte einer Zukunft, in der es Hoffnung gibt.

Die Sonnenstrahlen treffen auf meine Haut, ich seufze und öffne langsam meine Augen, genieße die Wärme und das Licht um mich. Ich wache in diesem King-Size-Bett auf und mich trifft der Schlag, als ich auf die Uhr sehe. Ich muss zugeben, ich habe vorzüglich geschlafen, keine sechs oder acht Stunden, nein, ganze zwölf Stunden und dreizehn Minuten lang. Wie gibt es denn so etwas? Ich habe schon viel zu lange nicht mehr richtig ausgeschlafen. Das schaffte ich nur früher, wenn ich viel zu lange unterwegs gewesen war – dann bekam mich nichts und niemand vor Mittag aus dem Bett. Erst wenn der Essensgeruch seinen Weg in mein Zimmer fand, sich durch die Ritze der Türen hindurch zu meinem Schlafplatz bewegte, wachte ich auf. Im Studentenheim wurde ich dadurch nicht munter, denn niemand kochte dort für mich. Die Fürsorge der Eltern bleibt einem in einer heruntergekommenen Studentenbude verwehrt. Zu Mittag konnte man noch die Reste von letzter Nacht leertrinken oder ein Pizzastück in einem der unzähligen Pappkartons finden.

Ich schaue noch einmal auf die Uhr, ich traue meinen Augen kaum, es ist kurz vor zwölf Uhr – Mittag! Halleluja, ich fühle mich wie Gott nach einem Marathonschlaf! Als ich meine Füße gegen den Himmel strample, überkommt mich ein Anflug von Panik. Ich möchte hinaus, ich möchte Florenz erkunden, Kaffee an der Piazza della Signoria trinken, ein üppiges Frühstück genießen, den Leuten zuschauen, sie beobachten, wie sie verliebt durch die Gassen schlendern. Die Tauben beim Spazieren betrachten, denn zum Fliegen sind sie – auch hier in Florenz – viel zu dick und träge. Ich möchte die Sonne auf meiner Haut spüren, ihr mein Gesicht direkt entgegenstrecken, ohne Angst zu haben, einmal an Hautkrebs zu sterben. Ich möchte Davids Schniedel angreifen, einmal nur etwas ganz Verrücktes tun! – Nicht nur dumme Fotos von seinem besten Stück machen, auch wenn das schon ein Risiko wäre, denn fotografieren ist in der Galleria dell'Accademia verboten. Nein, sondern richtig ordentlich zupacken und überlegen, ob es mit ihm Spaß gemacht hätte. Vielleicht würde ich auch singend und tanzend über den Platz hüpfen, mit Hel eine Merengue tanzen, mir ein Tattoo stechen lassen mit »I love Firenze« …

Ich blicke mich im Zimmer um, keine Ahnung, woher mein Übermut kommt. Nirgendwo sehe ich leere Alkoholflaschen oder Marihuana, vielleicht wirkt sich auch zu langes Schlafen drogenähnlich auf mich aus. Kann gut möglich sein. Ich hüpfe aus meinem Bett, stolpere beinahe über meine Schuhe, ziehe mir den Bademantel über und laufe zur Tür hinaus. Ob Hel noch schläft? Ich brauche nicht so weit zu laufen, denn vor meiner Tür liegt eine Karte. *Ich warte in der Lobby auf dich. Hel* steht darauf. Der Satz ist ziemlich unattraktiv. Ich sage ihn laut vor:

»Ich warte in der Lobby auf dich. Hel«

Kein Gruß, kein Kuss, kein gar nichts. Nicht mal »Todesgrüße Hel«.

Nachdem ich mich geduscht und mir meine Hose, die ich dann doch nicht in die Reinigung gegeben hatte, angezogen habe, hüpfe ich aufgeregt in die Lobby. Ich bleibe stehen und betrachte ihn von Weitem. Er liest die Tageszeitung und scheint vertieft darin zu sein. Ich ertappe mich dabei, wie ich an seinen Händen hängen bleibe, die stark und zärtlich aussehen, beobachte ihn, wie er ganz langsam ein Blatt in seinen Daumen- und Zeigefinger nimmt und es in gemächlichem Tempo wendet, dann spitzt er seine Lippen und wie aus dem Nichts sieht er von seiner Zeitung hoch, direkt in mein Gesicht. Ich erschrecke. Er musste geahnt haben, dass ich da bin. Nervös fahre ich mit meinen Händen über meine Hose und bewege mich auf ihn zu. Während ich meine zaghaften Schritte tue, bleibt sein Blick an mir kleben und es erregt mich.

»Guten Morgen«, sage ich, als ich ihm gegenüberstehe.

»Guten Morgen, Luisa.« Er betrachtet mich weiter, ehe er die Tageszeitung auf den Glastisch legt. »Du siehst gut aus. So frisch und …«

»Danke.« Ich erröte. »Wie lange sitzt du schon da?«, versuche ich mich aus dieser unangenehmen Situation zu retten.

»Eine Weile.«

»Hast du dich gelangweilt?«

Er schüttelt den Kopf.

»Nein, überhaupt nicht, ich habe drei Espressi getrunken, mit dem Frühstück habe ich gewartet, ich war eine kleine Runde einkaufen … Schau, das hier ist für dich.« Er hebt eine Tüte vom Boden hoch und fährt fort: »Ich dachte mir, du möchtest es vielleicht zum Bummeln anziehen, denn es ist sehr warm draußen. Außerdem ist es Zeit, dass du diese schwarze Kleidung endlich ablegst. Sie steht dir einfach nicht.« Ich nehme die kleine Papiertüte entgegen, blicke einmal hinein, erspähe ein Seidenpapierpäckchen und grinse erfreut. »Aber wenn es dir nicht gefällt, dann sag es einfach. Wir können es umtauschen …«

Ein Geschenk! Hastig ziehe ich das Paket aus der Tüte.

»Was ist das?«

»Mach es auf.«

Keine drei Sekunden später habe ich es geöffnet, wie ein kleines Kind falle ich über die Verpackung her und erfühle zuerst den Stoff. Er ist weich, ich schmiege ihn an mein Gesicht. Dann erkenne ich, was es ist: ein Kleid. Ein wunderschönes Sommerkleid, aus bunten Farben, gemacht aus einem leichten Stoff, der sich wunderbar kühl auf meiner Haut anfühlen wird. Ich schaue Hel an.

»Ich weiß nicht, was ich sagen soll … Es ist wunderschön!« Ich kann mich nicht zurückhalten und nähere mich seinem Gesicht, immer näher … Doch dann weiche ich erschrocken einen Schritt zurück. »Danke«, sage ich nur.

»Gern geschehen«, murmelt er.

Nachdem die Röte auf meinen Wangen wieder verschwunden ist, zeige ich auf die Toiletten.

»Ich ziehe mich schnell um.«

»Du kannst auch in dein Zimmer gehen, wir haben es nicht eilig!«, ruft er mir nach, doch zu spät, ich möchte keine Sekunde mehr mit unnötigen Wegstrecken verplempern.

Die Tür zum Waschraum schlage ich mit einer Wucht zu, sodass sie klirrt, als sie ins Schloss fällt. In der Toilette lehne ich mich mit dem Rücken gegen die Wand und stoße alle Luft aus mir hinaus. *Was war das? Was macht er mit mir?* Die Anziehung zwischen uns ist größer geworden, ich verstehe nicht, was das Kribbeln in mir zu bedeuten hat. Ich sollte mehr Abstand zu ihm halten, denn meine Gefühle, die sich in mir zusammenbrauen, beängstigen mich. Dieses starke Prickeln, das sich zwischen uns aufgebaut hat, kann ich nicht zuordnen. Hastig schüttle ich den Kopf, um klare Gedanken zu bekommen, dann spritze ich mir etwas Wasser ins Gesicht und ziehe die Hose und das Oberteil aus.

Kurz darauf stehe ich umgezogen vor dem Spiegel und betrachte mich. Das Kleid ist fantastisch. Die Farben, der Schnitt, der anschmiegsame Stoff, alles wirkt harmonisch, wie für mich gemacht. Wie konnte ich bloß vergessen, wie gut mir Himmelblau, Smaragdgrün und Preiselbeer-Pink stehen? In den letzten Wochen trug ich Schwarz, manchmal ein ganz dunkles Blau, dann, wenn ich nicht zum Waschen kam oder es nicht schaffte, weil sich in mir keine Ambition dafür regte. Ich lächle mir selbst zu, begutachte noch einmal die schönen Farben des Kleides, dann meine rosige Haut. Beinahe könnte ich mich so für eine Model-Castingshow bewerben, wäre ich nicht bereits 36 Jahre alt …

»Wow!«, sagt Hel, als ich wenig später aus der Toilette komme.

»Danke. Es ist umwerfend!«, strahle ich und er bemerkt die Ehrlichkeit meiner Worte, doch mit diesem Geschenk habe ich Blut geleckt. »Lass uns einkaufen gehen. Ich brauche unbedingt neue Sachen! Viele bunte Kleider, Röcke und Hosen.«

»Na gut, los geht's«, ist sein Startschuss und er hält mir die Tür auf.

Kurze Zeit später befinden wir uns im Getümmel, mitten auf der Piazza. Die Italiener reden laut, gestikulieren wild, als ob sie eine Show abziehen würden, dabei tratschen sie bloß über das Wetter. Das nennt man Leidenschaft! Ich lausche den Personen, auch wenn ich nichts verstehe. Hel versucht ein paar Worte und Sätze zu übersetzen, denn er hat mitbekommen, dass ich neugierig geworden bin.

»Er sagt ihr, wie viel sie ihm bedeutet.«

Dabei deutet mein Begleiter auf ein Pärchen, welches sich neben uns lautstark unterhält.

»Oh, wie schön!«

»Na ja«, meint Hel, nachdem er das Gespräch weiter belauscht hat. »Er hat sie betrogen und nun bittet er um Verzeihung.«

»Oh, dann ist es nicht mehr schön. Und, verzeiht sie ihm?«

»Nein.« Hels Aussage wird mit einem Schlag ins Gesicht, welchen die Frau ihrem nun vermutlich Ex-Freund gibt, untermalt. »Wie du siehst, nicht.«

Ich komme mir wie die größte Spannerin vor, doch ist es interessant, welche kurzen Auszüge aus diversen Leben sich auf der Piazza abspielen. Nun verstehe ich die Leute, die die ganze Zeit auf einer Bank sitzen und den Menschen zusehen und zuhören, die ihren Weg kreuzen.

»Komm, lass uns hier Platz nehmen«, schlage ich vor und deute mit meiner Hand auf eine leere Bank aus Marmor. »Perfekt für den nächsten Lauschangriff.«

Hel schmunzelt und setzt sich bereitwillig hin, ich glaube, er würde alles dem Shoppen vorziehen.

»Was, glaubst du, reden die?« Wir beobachten eine ältere, adrette Dame, mit zwei Einkaufstüten namhafter Häuser in der Hand, die mit einer jüngeren Frau spricht. Zuerst eher leidenschaftslos, dann wilder, dann zeigt sie hastig auf die Einkaufstaschen. »Na, mach schon, rate mal!«, versucht mich Hel zu motivieren.

»Mmh …«

Ich beginne zu überlegen.

Mit Matt habe ich dieses Spiel öfters gespielt, immer dann, wenn wir uns gelangweilt hatten und irgendwo warten mussten. In einem Stau, auf den Bus, auf einen Zug oder einmal acht Stunden, weil wir unseren Anschlussflug versäumt hatten. Die Warterei war das kleinste Übel, denn die Neubuchung kostete uns 1.200 Euro. Am liebsten wären wir für diesen Betrag die ganzen Flugmeilen zu Fuß gelaufen, doch so abenteuerlustig waren wir dann doch nicht, also legten wir Matts Kreditkarte hin. Er hatte einen Überziehungsrahmen, welcher noch nicht ganz ausgeschöpft war und somit war das die Lösung unseres Problems. Zum Zeitvertreib spielten wir am Flughafen »Geschichten raten«, angefangen mit plausiblen Lebensgeschichten, hin zu ganz sonderbaren Fällen, mit den unterschiedlichsten Statisten: FBI-Agenten, Fußmodels, Schuhfetischisten, Lottomillionären, Diamantenschmugglern oder Angelina Jolie, die sich umoperieren ließ und dann als Angelo Jolie unerkannt durch Europa reiste.

»Ganz klar, sie ist ihre Tochter und die ältere Dame, also ihre Mutter, ist eigentlich ihr Vater, der aber gerne eine Frau wäre. Siehst du den Ansatz der dunklen Haare? Das ist eine Perücke. Beobachte mal die Gangart, doch sehr männlich, oder?«

Hel blickt den beiden angestrengt nach.

»Hm. Und weiter?«

»Er liebt Frauenkleidung. Das Praktische ist, sie können sich die Teile gegenseitig ausleihen. Sie streiten sich gerade darum, wer das Kleid als Erstes ausführen darf.«

Wir mustern die beiden weiter, anscheinend haben wir deren Aufmerksamkeit erregt, denn die jüngere Frau lächelt zu uns, vielmehr zu Hel als zu mir.

»Lass uns einkaufen gehen.«

Hel zieht mich von der Bank hoch.

»Okay. Aber jetzt verpassen wir den weiteren Verlauf der Geschichte …«

»Nicht so wichtig«, winkt er ab und ich folge ihm.

Wir schlendern die nächste Querstraße entlang.

»Übrigens«, unterbricht er unsere Schlenderei. »Deine Geschichte, also die mit der Frau, die eigentlich ein Mann ist …«

»Ja?«

»Die war nicht lustig!«

Ich boxe ihm in die Seite.

»Das ist gemein, das hat Matt mir auch immer vorgeworfen.«

»Dann ist mir dein Mann echt sympathisch.«

»Komm, lass uns da reingehen.«

Ich zerre Hel in einen dieser jugendlichen Stores. Laute Musik dröhnt durch die Eingangstür zu uns hinaus, und obwohl die Tür geschlossen ist, höre ich die Beats klar und deutlich. Es ist ein Song aus den Charts, der anscheinend in Italien total angesagt ist, denn manche Teenies stehen kaugummikauend und wippend inmitten von hunderten Shirts und Hosen. Viele von den tänzelnden Jugendlichen singen laut mit.

»Nicht dein Ernst, oder?«, fragt mich Hel, als ich die Tür öffne.

»Doch, komm schon, heute hab ich meinen verrückten Tag!«

»Deinen … was?«

»Verrückten Tag!«

Er nickt und folgt mir anstandslos. Während ich an den bunten Kleiderständern vorbeischleiche und kapiere, dass ich für diese hippen Klamotten doch nicht verrückt genug bin und bauchfrei seit Claras Geburt eigentlich nicht mehr tragen kann, bleibe ich bei einem Ständer mit bunten Haarbändern stehen. Wenn es schon kein quietschgelber Minirock sein soll, dann zumindest ein neonpinkes Haarband.

»Okay, wohin jetzt?«

»Vielleicht in ein normales Geschäft? Gehen wir einfach da entlang.«

Wir spazieren eine Weile die Einkaufsstraße hinunter, lassen alle jugendlichen, hippen Buden hinter uns, riskieren manchmal einen Blick hinein, um endgültig zu kapieren, dass wir dazu viel zu spießig und langweilig sind. Dann kommen wir in die teure Straße, zu den richtig noblen Shops.

»Ich könnte eine neue Hose gebrauchen«, meint er und schaut durch die Glasscheibe von Hugo Boss. »Ich nehme an, dieses Geschäft ist schon eher was für dich.«

»Ja, lass uns reingehen.«

»Wenn man beschließt, in einen Designer-Store zu gehen, dann sollte man seine Gangart an so ein Geschäft anpassen.« Ich schaue Hel fragend an. »Na ja, es muss doch glaubwürdig erscheinen, oder?« Ich beginne zu lachen, als er mir seinen Arm reicht, damit ich mich einhängen kann. »Und nun den Kopf hoch!«

»Hel?!«

»Schultern zurück … Und Abmarsch!«

»Du bist mir einer!«

Schwungvoll gehen wir am Türsteher vorbei und dann tun wir so, als hätten wir Geld. Die Verkäuferin schluckt es oder zumindest zeigt sie uns nicht, dass sie längst weiß, dass wir kein neureiches Paar sind. Die hübsche Dame in Schwarz errät sofort, welche Größe Hel trägt und welche Materialien ihm zusagen könnten. Sie überreicht ihm zwei schwarze Hosen und dann verschwindet er in der Kabine.

»Bin gleich fertig!«, ruft er durch den Vorhang hindurch.

»Kein Problem, lass dir Zeit!«

Das meine ich wörtlich, denn ich habe die Handtaschen entdeckt. Ich säusle ein »Hui!«, weil ich so begeistert von den Modellen bin. Das »Hui« verstärkt sich, als ich den Preis sehe. Ich lasse die Tasche fallen wie eine heiße Kartoffel. Die Verkäuferin quittiert meine Aktion mit einem bösen Blick.

»Sorry«, seufze ich und gehe Richtung Umkleide. »Und passt dir etwas?«

»Nein, nicht wirklich«, meint er und erscheint zwei Minuten später vor dem Vorhang.

»Aber die sieht doch gut aus, oder?«

»Meinst du?«

»Ja, kauf sie dir! Ich weiß nicht, was ihr Männer immer habt. Die sitzt fabelhaft.«

Tut sie. Nachdem ich Hel überzeugt habe, bezahlt er und wir verschwinden, denn sonst hätte ich mich womöglich noch in die rabattierte 999-Euro-Tasche verliebt und meine Unvernunft wäre mit mir durchgegangen.

Der nächste Store ist preislich nicht viel besser: Versace.

»Was Italienisches! Lass uns hineingehen.«

Hel zieht mich in das Geschäft und ich folge ihm, nehme mir aber vor, mich nicht lange umzusehen, denn sonst verliebe ich mich vielleicht in so ein saumäßig teures Teil und bereue es, sobald ich meine Kreditkarte zücke. Als ich den Raum betrete, sehe ich es: *das* Teil, das Kleid meines Lebens, die Schönheit in Stoffform! Ein schwarzes Cocktailkleid mit grauem Muster, an Eleganz nicht zu übertreffen, mit Sexnessfaktor 910, perfekte Länge, perfekter Schnitt, der aus meiner Figur eine Ballerina-Silhouette machen würde. Wenn ich eines weiß, ist es das: Ich würde darin fabelhaft aussehen! Mir rinnt der Sabber von den Lippen. – Beinahe.

»Kann ich Ihnen helfen?«, fragt mich eine Verkäuferin auf Englisch.

Ich kralle meine Hände in Hels Arm.

»Au«, sagt er kurz.

»Nein, danke.«

»Nein, danke?«, zischt er. »Du hast mich gerade gekratzt, ich glaube, du solltest das Kleid probieren.«

»Hast du das Preisschild gesehen?«, knirsche ich.

Mir wird heiß.

»Nein.« Jetzt schaut auch er genauer. Er bleibt ganz cool. »Na und? Probier es doch an.«

»Das kostet 2.400 Euro! Ein einziges Kleid, ein Fetzen Stoff … Na gut, ein Versace-Fetzen, aber trotzdem. Vermutlich hergestellt in Taiwan so wie die Klamotten von H&M.«

»H&M stellt …«

»Hel, lass das bitte!«

Ich weiß, dass er alles weiß, aber dennoch, ich kann keine 2.400 Euro für ein Kleid ausgeben, das ich ohnehin nur einmal tragen würde. Selbst wenn ich 90 werden würde – werden wollen würde –, ich hätte kaum Gelegenheit, es zu tragen.

»Probier es doch an. Es schadet nicht, mach schon!«

Der Glanz des Stoffes wirkt wie eine Droge auf mich.

»Okay, einmal anprobieren, einmal nur.«

Gesagt, getan. Keine Minute später stehe ich aufgeregt in der Umkleidekabine, streife mir mein Kleid ab und das Cocktailkleid über.

»Nein!«, schreie ich laut auf.

Ganz laut.

»Was ist los?«

Hel wirkt panisch.

»Es sitzt wie angegossen!«

»Zeig mal, komm raus!«

Ich wage es, den Vorhang auf die Seite zu ziehen, gehe einen Schritt nach vorne und betrete meine Bühne.

»Wow!«

Ihm bleibt der Mund offen stehen.

»Ja, wow!«, gebe ich zu. »Es ist der Hammer! … Leider!«

»Das musst du kaufen!«

»Nein.«

»Doch, schau dich mal an. Bezaubernd.«

»Ich weiß …, aber nein.«

»Aber sicher doch.«

»Das ist viel zu teuer.« Ich drehe mich um meine eigene Achse, ich glaube, noch nie ein so wunderschönes, edles Kleid getragen zu haben. »Weißt du, was man mit 2.400 Euro alles kaufen kann? Jahresvorräte an Babywindeln, ich schätze so um die 200 Packungen Pampers, 24 Monate lang heizen, 21 Einkaufswagen beim Nobelsupermarkt voll machen, und ich meine randvoll. Jeden Tag Essen gehen, mir 34 Kleider bei Zalando kaufen und die würden sicherlich auch gut aussehen! Über 100 Mal *Herr der Ringe* im Kino schauen, die Extended-Version, oder 250 Taschenbücher kaufen.«

Hel beginnt zu lachen.

»Ja, ich verstehe … Eine heikle Angelegenheit!« Ich seufze laut, dann schaue ich mein Spiegelbild noch einmal an.

Irgendwie kann ich das Kleid nicht ausziehen. Ich suche nach weiteren Gründen, warum ich es mir am besten vom Leib reißen sollte. »Oder aber, du könntest für 2.400 Euro einen Abend lang Prinzessin sein!«

Na ja, es kam, wie es kommen musste.

»Nehmen Sie Visa?«, frage ich die Verkäuferin und sie nickt.

Kurz darauf verlasse ich mit einem knallroten Schädel und einer wunderschönen Versace-Tüte das Geschäft. Heute ist wirklich mein Crazy-Tag, die Unvernunft kriecht mir aus den Ohren und freut sich, dass ich sie zum Spielen eingeladen habe. Aber warum auch kleinlich sein?

»Hel?«

»Ja?«

»Ich brauche noch passende Schuhe für dieses Kleid.«

»Gute Idee«, meint er schulterzuckend.

Kurze Zeit später befinden wir uns in einem waschechten italienischen Schuhgeschäft ohne Importware aus dem restlichen Europa, der USA oder China. Alles handgemacht, wie uns der Verkäufer versichert.

»Für dieses Geld, was ich heute ausgegeben habe, würde ich einen Gebrauchtwagen bekommen.«

»Vielleicht.« Hel sieht das locker, er wäre der perfekte Vater für eine Teenager-Tochter. »Du wirst das ganze Geld so oder so nicht mehr brauchen. Hast du vergessen, warum ich hier bin?«

Ich bremse abrupt ab, bleibe stehen. Du meine Güte! Ja, das habe ich. Der ganze Tag war so wunderschön, schwerelos, leichtsinnig, dass ich beinahe meine Vergangenheit vergessen habe, meine Last. Alles fühlte sich so möglich, bezwingbar an, und hätte Hel mich nicht daran erinnert, ich hätte es vergessen. Zumindest eine Zeit lang. Ich möchte mir nichts anmerken lassen.

»Ja, ich weiß! Also, was machen wir heute noch? Ich habe ja dieses fabelhafte Kleid, es schreit förmlich danach, ausgeführt zu werden.«

Nun grinst er wieder.

»Du möchtest nicht in dein Zimmer gehen und schlafen?«

»Nein, doch nicht jetzt, wo ich im Geldausgeben so gut geworden bin.«

»Fabelhaft.«

»Obwohl …« Als ich meine Achseln rieche, also den Geruch, den sie von sich geben, schlage ich vor, doch einen Sprung auf das Zimmer zu gehen, um sich frisch zu machen. »Na gut, dann treffen wir uns in einer Stunde wieder am Eingang.«

»Eine Stunde?«, fragt mich Hel verblüfft.

»Okay, 45 Minuten.«

Immerhin muss ich meine Beine rasieren, meine Achseln enthaaren, meine Haare waschen, mich eine Zeit lang im Spiegel betrachten, während ich dieses wunderschöne Kleid trage. Ich möchte diesen Moment in meiner Erinnerung festhalten. Er nickt.

»Also putze ich mich auch fein raus«, meint er und steckt seine Zimmerkarte ins Türschloss.

»Ja, mach das.«

Wir verabschieden uns und ich beginne meine Schönheitsbehandlungen. *Wann habe ich mir zuletzt so viel Mühe gemacht?*

***

Es regnete in Strömen. Die grauen Wolken wurden ausgedrückt, wie patschnasse Handtücher. Ausgerechnet an diesem Tag wollten wir nach draußen gehen. Jeder Hund hätte beim Anblick des Regens wieder kehrtgemacht. Es war unser letzter

Hochzeitstag. Matts Mutter betreute Clara, ich konnte mich beinahe nicht von ihr trennen, doch die Aussicht, mit Matt ein paar ruhige Stunden zu verbringen, ließ mich dann doch nicht zweifeln.

»Gib der Mama noch einen Kuss«, sagte ich einige Male, dann kitzelte ich Clara, sie kicherte und wir tauschten Küsschen aus, wie zwei Schnabeltiere.

»Wir müssen los!«, rief mein Mann und kam langsam die Treppe hinunter.

Plötzlich stand er vor mir. Mein Atem stockte, ein Lächeln zwang meine Lippen nach oben. Die Art und Weise, wie er mich ansah! Hätte ich mich in diesen Mann nicht schon längst verliebt, ich hätte es just in diesem Augenblick wieder getan. Galant stand er in seinem neuen Anzug vor mir. Der Raum hatte sich von der einen auf die andere Sekunde verändert. Er nahm ihn gänzlich für sich ein. Die weißen Wände verwandelten sich zu einem perfekten Hintergrundbild für seine Silhouette, die Farben des bunten Teppichs verblassten und auch die frischen Blumen auf dem Holztisch schauten im Vergleich zu Matt leblos aus. Die Uhr hörte auf zu ticken, denn sie staunte, selten sah sie den Hausherren in einem so extravaganten Smoking. Er saß wie angegossen. Schwarz, feinstes Material, fließender Stoff. Dazu ein weißes Hemd, schmaler Gürtel. Wir schauten ihn alle lange an. Clara hatte ihre Augen aufgerissen, seine Mutter lächelte stolz und ich sagte nur:

»Das ist mein Ehemann!«

Unsere Tochter kannte ihren Vater in Jeans, Jogginganzügen und im weißen Kittel, wenn wir ihn im Krankenhaus besuchten. Nicht aber in so eleganter Kleidung. Er nahm Clara hoch auf seinen Arm, beinahe hätte sie sein Hemd mit ihrem roten Lutscher vollgeschmiert, doch er konnte ihre Hand noch rechtzeitig aufhalten. Wie sehr sie ihn doch liebte, denn sie hing förmlich an ihm.

»Du bleibst bei der Oma. Wir sind bald wieder da«, meinte er und küsste sie auf die Stirn, dann gab er seine kleine Tochter in die Arme seiner Mutter.

Er vertraute ihr blind und sie machte es fabelhaft. Nicht nur uns brach es das Herz, als Clara starb, sondern auch seinen und meinen Eltern.

»Du siehst wahnsinnig sexy aus«, merkte ich an, und während Matt eine Vorwärtsneige tat, musste ich kichern.

Er schaffte es auch Jahre später noch, mich verlegen zu machen. Dass auch ich wahnsinnig hübsch in dem Kleid aussah, sagte er mir die ganze Zeit während der Taxifahrt. Mir war es schon peinlich! Aber Frauen brauchen das manchmal, also genoss ich diesen Lobesgesang. Es war einmalig! Wir gingen fein essen, dann in die Oper. Es war das erste Mal, dass wir dort waren, und auch wenn ich von Anfang an der Meinung war, dass diese hohen Töne nichts für mich sind, so wurde ich eines Besseren belehrt. Auch Matt gefiel es. Wir kauften uns zwar kein Jahresabo, aber ein- bis zweimal im Jahr gingen wir zu solchen Aufführungen. Zu besonderen Anlässen oder wenn uns danach war. Selten, aber wenn, spielten wir das komplette elegante Programm, mit Smoking, Ballkleid und Scampi zur Vorspeise, welche mit Champagner nachgespült wurden. Eines unserer Liebesgeheimnisse für eine gute Beziehung und tollen Sex – auch nach einigen Jahren Ehe – war es, in trauter Zweisamkeit, oder auch nicht, inmitten von purer Eleganz oder in abgefuckter Umgebung, dem anderen mitzuteilen, was man an ihm liebte. Es gab da den einen oder anderen Klassiker:

Er: Deine Brüste.

Ich: Deine Hände.

Er: Dein Muttermal am Hals.

Ich: Deine Augen.

Er: Weil du immer über alles lachen kannst, selbst wenn es keinen Ausweg gibt.

Ich: Weil *du* immer einen Ausweg findest.

Doch umso später es wurde, desto intimer konnte es werden, und wir sprachen offen über alles:

Er: Ich liebe deine Zunge in meinem Ohr.

Ich: Oh Mann …, das macht mich ganz verrückt!

Er: Ich mag es, wenn du mir mit deinem Zeigefinger über den Bauchnabel fährst und dann weiter in die Hose, während wir eigentlich fernsehen wollen.

Ich: Ich mag es, dass du dich so leicht ablenken lässt, wenn doch Tom Hanks auf der Bildfläche zu sehen ist. *(Matt hat noch nie einen Film mit Tom Hanks verpasst.)*

Er: Das schaffst nur du.

Ich: Da bin ich aber froh.

Er: Ich könnte stundenlang mit dir in einem Raum verbringen, ohne dass es mir langweilig werden würde.

Ich: Nur Stunden?

Er [räuspern]: Nein …, natürlich Tage und Wochen.

Diese Dialoge konnten wir lange so fortführen. Meist brachen wir dann ab, wenn es schon viel zu kitschig oder unzüchtig war. Wenn man seinem Partner sagt, was man an ihm liebt, so kommt Liebe zurück und sie wird größer, sie wächst ins Unermessliche. Diese Erfahrung habe ich gemacht und genau dafür bin ich dankbar. Weil unsere gemeinsame Zeit wunderschön war.

***

Es klopft an der Tür.

»Ich bin fertig!«, rufe ich und stecke die letzte Haarnadel in mein Haar.

Matt würde jetzt sagen:

»Hinreißend.«

Das weiß ich ganz genau.

Ich nehme meine Handtasche vom Sessel, überprüfe den Inhalt und öffne die Tür, dabei blicke ich Hel von oben bis unten an. Nun bleibt mir der Mund offen stehen, und noch bevor ich etwas sagen kann, flüstert er:

»Hinreißend.«

Kapitel 10

Es ist bereits dunkel geworden, die Sterne zeigen sich am Firmament und die Straßenlaternen leuchten. Der Beton glitzert im Licht der Neonröhren, während sich ein Pärchen unter einer Kunstpalme küsst. Als wir das Hotel verlassen, ich in meinem sündhaft teuren Kleid und in diesen atemberaubenden italienischen Schuhen, komme ich mir vor wie Monica Bellucci. Neben mir eine Erscheinung, mein Tod.

»Nehmen wir uns ein Taxi oder gehen wir zu Fuß?«, frage ich Hel, als wir draußen vor der Tür stehen.

Eine laue Sommernacht umhüllt uns. Es liegt der Duft des Sommers in der Luft, es riecht nach Zypressen, Limonen und einem Sonnenuntergang. Ich finde, dass alle vier Jahreszeiten ganz besonders riechen, alle sind einzigartig. Der Frühling riecht nach Erwachen, nach Tulpen und nach geschmolzenem Schnee. Der Sommer erfrischt mit seinen Düften nach Gräsern, nach Feldern voll mit Weizen und Korn. Manchmal durchströmt die Nase eine laue Meeresbrise, füllt die Lungen mit salziger Luft, sodass man es am Gaumen schmecken kann. Im Herbst riecht es nach Veränderung, nach frischem Herbstlaub, welches bunt von den Bäumen fällt, und nach Hibiskustee, der auf der Herdplatte vor sich hin siedet. Im Winter, wenn die Öfen mit Holz versorgt werden, dann verbreitet sich eine warme Atmosphäre,

Zimt, Nelken und Weihrauch steigen einem in die Nase. Der Kreislauf wiederholt sich jedes Jahr, die Duftnoten verändern sich, so wie die Geschichten der Menschen. So wie meine oder Claras. So wie Matts oder Hels. Mit jeder neuen Erfahrung duftet der Frühling anders, mit jeder neuen Begegnung ist der Geruch des Sommers verändert. Mit jedem Erlebnis tauscht der Herbst seine Duftnuancen, mit jedem Winter stellt man sich die Frage, was bleibt. Genau dann, wenn man die Veränderlichkeit der Jahreszeiten und des eigenen Lebens kapiert hat. Genau in diesem Moment, wo man bemerkt, dass sich der Geruch der jeweiligen Jahreszeit verändert hat, hat man es verstanden. Es kommt ein Zeitpunkt, der unweigerlich kommen wird. Man stellt sich eine gewichtige Frage, jene, die entscheidend ist, die wir manchmal wissen und manchmal nicht wissen wollen: *Wie viele Sommer werden noch bleiben?* Ich weiß, ich müsste nun sagen, man darf keinen einzigen Sommer davon verschenken, für jeden einzelnen dankbar sein. Das würde ich gerne, das würde ein Teil meiner verbleibenden Luisa liebend gern hinausschreien, denn ich weiß, es wäre richtig. Doch der andere Part in mir ist nicht so weit, vielleicht noch nicht. Er will diesen Sommer nicht erleben.

Hel unterbricht meine melancholischen Gedanken und holt mich in seine, unsere Realität zurück.

»Bist du bereit?«

»Wofür?«

Plötzlich beginnt er runterzuzählen.

»5, 4, 3, 2 … 1, ta ta!«

Dabei macht er eine Geste zur Straße.

Elegant fährt ein monströses, schwarzes Ding auf vier Rädern um die Ecke. Die noble Karosse bleibt direkt vor meinen Füßen stehen.

»Eine Limousine!«, kreische ich und fühle mich wie ein Groupie des vorgefahrenen Wagens.

Ein riskantes, aber gekonntes Parkmanöver hat der junge Chauffeur hingelegt. Er steigt aus, um uns die Tür aufzuhalten. Er wirkt mindestens so elegant wie die Nobelkarosse.

»Du bist echt verrückt!«, sage ich zu Hel.

»Ich weiß und dir gefällt es!«

Ich quittiere diese Aussage mit einem Grinsen, wie recht er doch hat. Bejahend tätschle ich seine kühle Hand, das ist auch das Einzige, was wirklich tot an ihm wirkt, ansonsten ist er aufgeweckt, leidenschaftlich, lebensfroh. Doch seine Haut ist kühl, so kalt, dass ich meine wieder zurückziehe. Zu viel Nähe zu ihm verkrafte ich nicht …

»Wir machen heute Abend das volle Programm. Wie immer gehen wir gut essen. Verdammt gut, mit Vorspeise, Hauptspeise und Nachspeise. Obwohl, in diesem Kleid verkneifst du dir vielleicht besser das Dessert.«

Für diese Beleidigung kneife ich ihm in die Seite, auch wenn sie nicht ernst gemeint war, denn das zeigt mir sein Grinsen.

»Und dann?«

»Dann, Signorina, werden wir ins Kino gehen. Eine Sondervorstellung nur für uns.«

»Nur für uns? Wow!«

»Ja, aber das ist noch nicht alles! Denn dann kommt ein weiteres Highlight! Wir werden auf eine Aussichtsplattform fahren und uns Florenz von oben ansehen. Einen guten toskanischen Rotwein trinken, Lieder singen und einen Bungee Jumping-Sprung in ungeahnte Tiefen wagen.« Ich blicke ihn erschrocken an. »Nein, keine Sorge«, revidiert er. »Den letzten Punkt lassen wir aus. Das mit den Liedern ist allerdings Verhandlungssache. Wir werden den Abend gemütlich ausklingen lassen. Mit einer kleinen Überraschung, von der ich dir jetzt noch nichts erzähle.«

Nun bin ich richtig gespannt und wippe mit meinem Bein auf und ab, dabei bemerke ich Hels mürrischen Blick.

»Na gut, ich hör schon auf.«

»Danke«, sagt er und wir düsen mit der Limo durch die Nacht.

Unser erster Stopp ist das Restaurant *Osteria Da Giovanni*. Schon beim Betreten weiß ich, dass ich mich hier wohlfühlen werde. Hel hat die passende Lokalität ausgewählt, und was mir am besten gefällt, sind nicht das Holzinterieur, die Kellner und Kellnerinnen mit dunkler Krawatte oder die Vitrine voll mit Tiramisu, Panna Cotta und ähnlichen Zuckerbomben. Es sind die unzähligen Blicke der Männer, die auf meinen Beinen hängen bleiben, während wir zu unserem Tisch geleitet werden. Meine Wangen erhitzen sich, ich versuche, eine elegante Bewegung nach der anderen zu machen, nicht in meinen Made-in-Italy-Schuhen umzuknicken, dann werfe ich mein Haar ganz locker zurück. Und so kommt es, dass ich auch die Aufmerksamkeit jenes Mannes auf mich ziehe, der mich zuvor ignoriert hat. Es tut richtig gut, sich begehrenswert zu fühlen.

Monate ist es her, dass ich mich so gefühlt habe. Auch wenn Matt mir es früher immer gesagt oder gezeigt hat, er mich mit einem langen, schmachtenden Blick von oben nach unten gemustert hat … Es ist ziemlich lange her, dass mich so ein besonderer Blick getroffen hat. Mit der Zeit lernt man seinen Partner kennen, sodass man jede Mimik und jede Geste einordnen und deuten kann. Wenn Matts Mundwinkel leicht zuckten, der rechte sich nach oben verschob, dann wollte er Sex haben, dann war er absolut aufnahmebereit und begierig auf ein kleines trautes Abenteuer. Wenn er keine Lust hatte, griff er sich verlegen ein paar Mal auf die Nase, rieb daran, und ich verstand, dass er seine Ruhe haben wollte. Legendär war sein *Oh-Baby-Blick* in der Öffentlichkeit, den er drauf hatte, wenn wir irgendwo unterwegs waren. Das aufgeregte Funkeln in seinen Augen sagte genau das: ›Wenn wir jetzt nicht unterwegs wären und Zeit hätten, würde ich sofort mit dir in die Kiste springen.‹ Der Verliebtsein-Blick. Seine Augen leuchteten, wenn ich das Richtige tat, etwas Besonderes vollbrachte oder einfach nur war, wer ich bin. Er strahlte eine Wärme aus, als wäre er göttlich, damit signalisierte er mir: ›Auf immer und ewig‹. Meist nahm er dann meine Hand, diese Geste wurde abgelöst von einer Umarmung. Er sagte nichts dabei, doch ich verstand diese Zeichen. Ach, hätte er doch einmal diese Geste getan, um mir in den Monaten nach Claras Tod zu signalisieren, dass es sich lohnt zu bleiben. All diese Blicke und Andeutungen waren verschwunden, nichts von alldem war geblieben. Nicht einmal ein kleines Zucken seiner Mundwinkel.

Meine Atmung wird schwer.

»Alles in Ordnung?«, unterbricht mich Hel und schiebt mir den Sessel zurecht.

»Oh … Ähm, na ja.« Er mustert mich. »Ja, es geht schon wieder.«

Wir bestellen die Speisekarte rauf und runter, beschließen, uns die Speisen zu teilen, deshalb beordern wir separate Teller dazu.

»Ich hab noch nie einen Trüffel-Mozzarella gegessen.« Hel verneint ebenso. »Hast du wirklich noch nie einen gegessen?«

»Nein, ich esse nicht gerne Käse … Eigentlich kann ich ihn nicht ausstehen. Hier, nimm du meinen Teil.«

»Aha, mein Tod mag keinen Käse. Mochte ich früher auch nie, falls es dich beruhigt.«

»Ungemein beruhigend!«

»Hey!«

Der Kellner kommt an den Tisch, unterbricht unsere Nonsens-Konversation und schäkert ein wenig mit uns. Ob wir verlobt seien, fragt er Hel.

»Warum nicht?«, ist die Frage des Kellners auf unsere Antwort.

›Weil man den Tod nicht heiraten kann‹, würde ich am liebsten sagen, und beginne zu lachen. Hel und der junge Bursche verstehen nicht ganz, warum ich lache. Dann erzählt uns der Kellner, dass er noch dieses Jahr heiraten wird. Seine Jugendliebe, sie haben sich kennengelernt, als sie 14 waren. Es war bei einem Ausflug nach Bologna, da kamen sie sich im Kloster näher. Der junge Mann greift in seine Hosentasche und fischt etwas heraus.

»Hier …, belissima, no?« Auf dem Foto ist ein wunderschönes Mädchen mit dunklen, langen Haaren zu sehen. »Gott gegeben«, meint er nur, zeigt in den Himmel und zuckt mit seinen Schultern, dann verschwindet er wieder und kommt wenige Minuten später mit zwei heißen Tellern zurück. »Buon appetito!«

»Eine Jugendliebe«, säusle ich.

»Ja, schön, nicht wahr?«

Ich nicke.

»Hoffentlich machen sie vieles richtig. Hoffentlich macht ihr Leben vieles richtig!«

Hel sieht mich bedrückt an.

»Wie meinst du das?«

»Na, hoffentlich werden sie nicht vom Leben enttäuscht …, so wie ich eben.«

Dann stochere ich in dem Mozzarella.

»Wenn man zu zweit ist und die Liebe das Band ist, kann man alles überstehen«, sagt er.

Ob er recht hat?

Nachdem wir gezahlt haben, setzen wir uns mit vollen Bäuchen in die Limo und der Fahrer bringt uns zu einem Kino. Die Stimmung beim Essen war nach Hels Satz eine andere gewesen, sie war schwerer, doch nun im Wagen, nach dem Ortswechsel, haben wir das hinter uns gelassen und ich möchte wissen, welchen Film wir uns ansehen.

»Einen wunderschönen Film!«

Mehr ist nicht aus Hel herauszubringen.

Es sitzt niemand im Saal. Wir nehmen auf zwei Sesseln in der Mitte Platz. Weder haben wir Popcorn noch Cola dabei, sind viel zu voll für einen weiteren Krümel, also lehnen wir uns zurück. Nach ein paar Werbeeinschaltungen geht es los. Musik ertönt, Bilder erscheinen und dann der Schriftzug: *La Vita é Bella*.

»Nein, dieser Film?« Hel lächelt milde. »Ich hab den schon seit Ewigkeiten nicht mehr gesehen!«

Das Leben ist schön zählte immer zu meinen Lieblingsfilmen, und auch wenn die Handlung traurig ist, so ist er wunderschön gemacht und erzählt auf besondere Art und Weise das Schicksal von Guido, seinem Sohn und das seiner Frau. Guido, der von Roberto Benigni gespielt wird – übrigens fabelhaft –, lernt Dora kennen und verliebt sich in sie. Er ist Jude, sie nicht. Zum Zeitpunkt des Kennenlernens war das auch nicht relevant, doch später, als der Faschismus und der Antisemitismus in Italien aufkommen, werden Guido und sein Sohn deportiert. Obwohl Dora keine Jüdin ist, besteht sie darauf, ebenfalls mitgenommen zu werden. Guido und sein Sohn kommen in ein Konzentrationslager, Dora in ein Frauenlager. Das Besondere an dieser Geschichte ist, dass Guido alles tut, um aus der Zeit im Konzentrationslager ein Spiel zu machen, damit der Sohn nicht versteht, worum es in Wahrheit geht. So glaubt sein Sprössling, er könne einen Preis gewinnen, wenn er sich gut versteckt und nicht entdeckt wird. Der Vater setzt alles daran, dass sein Sohn überlebt. Jedes Mal, wenn ich diesen Film sah, musste ich weinen, jedes Mal bemerkte ich, wie wunderschön und doch tieftraurig diese Geschichte ist. Ich hätte erwartet, dass wir etwas Lustiges ansehen, doch vielleicht will Hel mir mit diesem Film etwas mitteilen.

Am Ende bin ich todtraurig. Wie immer. Als der Junge im Panzer bei den Amerikanern sitzt und glaubt, er habe gewonnen, kullern die Tränen. Ich nehme mir ein Taschentuch aus meiner kleinen Handtasche. Hel sieht auch traurig aus, auch ihn lässt das nicht kalt, das merke ich, jedoch möchte niemand von uns darüber sprechen. Bestimmt war er dabei, hat all diese Personen begleitet. Mir läuft ein Schauer über den Rücken, ich möchte gar nicht daran denken.

Nachdem ich von der Toilette zurück bin und mir meine zerflossene Wimperntusche von den Augenlidern gewischt habe, geselle ich mich zu Hel vor den Eingang.

»Ein trauriger Film. Sehr traurig.«

»Ja …, aber mit einer wertvollen Intension.«

Ich nicke.

»Ich glaube, ich verstehe, warum du mir den Film gezeigt hast.«

»Willst du darüber sprechen?«

»Nein, vielleicht ein anderes Mal, jetzt nicht. Es macht mich zu traurig …«

»Okay, dann lenken wir uns ab, lass uns weiterfahren. Kommen wir nun zum letzten Teil des Abends.«

»Zum Bungee-Jumping-Sprung und den Liedern?«

»Ja, genau!« Er lächelt und greift nach meiner Hand. »Komm, lass uns fahren. Unser Chauffeur wartet.«

»Unser Chauffeur«, gebe ich erfreut wieder, »wie das klingt!«

Es dauert eine Weile und einige Kurven, bis wir oben angekommen sind.

»Warte!«, sagt er, bevor wir aussteigen. »Ich muss dich auf etwas hinweisen!«

Stutzig betrachte ich ihn.

»Auf was denn?«

»Ich wollte es schon lange einmal ansprechen und es ist längst Zeit geworden. Ich kann es nicht weiter aufschieben!«

»Um was geht es denn?«

»Es geht um deine Entscheidung.«

Eine erdrückende Stille legt sich über uns.

»Ich kann mich jetzt nicht … Ich …«

»Das weiß ich«, unterbricht er mich und legt mir seinen Zeigefinger behutsam auf meine Lippen, »aber …«, fährt er fort, »du *musst* dich entscheiden!« Nickend bewege ich meinen Kopf. »Du musst bis zum Zucchero-Konzert einen Entschluss fassen. Ansonsten muss ich dir diese Entscheidung abnehmen!«

Ich schlucke einmal kräftig, möchte den Kloß an Unentschlossenheit hinunterwürgen, doch er bleibt dort sitzen, wo er ist.

»Ich brauche noch Zeit. Bis zum Konzert also?« Er nickt. »Okay, bis zum Konzert werde ich mich entschieden haben!«

Wir bleiben eine ganze Weile im Auto sitzen. Während ich nachdenke, schaue ich einem Flugzeug nach, welches den Himmel vollkritzelt.

***

Ich musste schon mehrere wichtige Entscheidungen in meinem Leben treffen. Die Trennung von meinen Eltern, als ich ihnen mitgeteilt hatte, dass ich nach Hause in meine Geburtsstadt gehen würde, um dort zu studieren. Ich habe Bangkok, Dubai, Südafrika und Australien hinter mir gelassen und somit auch ein Stück meiner Kindheit verabschiedet. Ich musste mich auch der gewichtigen Frage stellen, welche Spezialisierung ich als Ärztin wählen wollte. Interessiert hätte mich vieles, doch war ich plötzlich zu verliebt, um eine ordentliche, rationale Entscheidung zu treffen, und ziemlich bald wurde ich schwanger. Also hat die Entscheidung mich getroffen. Als Kind musste ich mich zwischen einer Katze und einem Hund entscheiden. Als Jugendliche stand ich zwischen Paul und Markus. Heute noch fällt mir die Entscheidung schwer, ob es die Lasagne aus dem *Roma* oder jene von Matts Mutter ist, die mir ein größeres

Zungen-Aquaplaning beschert. Mag ich lieber den Weihnachtsmann oder das Christkind?

Wenn ich darüber nachdenke, dann fällt mir die Entscheidung eigentlich leicht. *Leben oder Tod?* – Ein Schiedsspruch. Die alles entscheidende Frage! Eigentlich hatte ich sie schon längst getroffen. Genau in dem Moment, in dem ich in unseren Garten schlich und zuvor meinen tödlichen Cocktail trank. In geringen Dosen sollten die aufgelösten Pillen zu einem guten Schlaf verhelfen, so steht es im Beipackzettel, doch gepaart mit einigen anderen hochdosierten Pülverchen holen sie die Seele aus dem Körper und schicken sie in den Himmel. Manche vielleicht woanders hin. Nun bin ich weder Fisch noch Fleisch. Ich lebe nicht, aber ich bin auch nicht tot.

Und noch nie ist mir eine Entscheidung so schwergefallen.

***

»Es heißt Piazza Michelangelo«, erklärt mir Hel, als wir aus dem Auto aussteigen.

Bescheiden komme ich mir heute überhaupt nicht vor, denn ich trage dieses sündhaft teure Kleid, ich fahre in einer Limo mit, die noch größer als jene bei meiner Hochzeit ist. Wir haben frischen Fisch gespeist und den besten Wein getrunken. Meine hohen Schuhe sind richtig bequem, diese Investition hat sich gelohnt. Und noch etwas ist so überhaupt nicht bescheiden: Ich darf über Leben und Tod entscheiden. Über mein eigenes Leben. Ich habe *alles* in der Hand.

»Wow, das ist eine Aussicht!«, schreie ich und juble der Nacht entgegen.

Mir bleibt der Mund offen stehen, als ich nach vorne blicke. Städte von oben zu betrachten, ist ein Geheimtipp, vor allem, wenn es dunkel ist, wenn einem die tausend Häuseraugen entgegenstrahlen. Ich könnte ewig auf die kleinen hellen Punkte der Gebäude starren. Manche sind honigfarben, andere weiß, manche funkeln und wieder andere erkennt man kaum, weil sie viel zu weit weg sind. Hohe Gebäude sucht man in Florenz vergebens, und wenn man erst an die Geschichte dieser Stadt denkt, wie lange es gedauert hat, dass Firenze genauso dasteht, wie sie es heute tut, kommt man aus dem Staunen erst recht nicht heraus. Wie viele Personen schon über diesen Platz gelaufen sind, wie viele Lichter heute Nacht leuchten ... Wie viele Personen schlafen, wie viele wach sind, wie viele gerade jetzt in dieser Sekunde Sex haben ... Wie viele sich in dieser Minute streiten, vielleicht mit Tellern werfen. Betrachtet man diese Aspekte weltweit, wird es noch interessanter: Wie viele Babys werden in diesem Augenblick geboren? Wie viele Koffer kommen abhanden? – Angeblich sind es weltweit 43 Gepäckstücke, die jede Minute verloren gehen. Wie viele Personen verloben sich, jetzt genau in dieser Minute? Wie viele machen eine wichtige Prüfung, wie viele weinen ... Man teilt immer sein Schicksal. Egal, ob Gut oder Böse. Einige durchleben genau in dieser Sekunde eine ganz ähnliche, wenn nicht sogar gleiche Situation. Man ist in den schönsten und schlimmsten Momenten seines Lebens nie alleine!

»Komm, wir gehen weiter!«, höre ich Hel im Hintergrund.

»Ich komme!«, rufe ich, obwohl ich am liebsten hier stehen bleiben und weiter auf das Lichtermeer hinabblicken würde.

In jeder Metropole zog es mich auf die Aussichtstürme hinauf. Die meisten verfügten über Liftanlagen, doch bei manchen musste man unzählige Stufen erklimmen. Relevant ist für mich, dass man die Turmbegehung bei Nacht macht, nicht tagsüber. Ich habe keine einzige Stadt ausgelassen, dort, wo ich war, war ich ganz oben: Istanbul, Paris, New York, Wien, Berlin, Rom, Washington, Köln, Hamburg, München, Graz, Budapest, Bratislava, Barcelona, Madrid, Zürich und noch viele mehr. Doch nicht nur in den ganz großen Metropolen, sondern auch in Dörfern und Kleinstädten gibt es immer einen höchsten Turm oder ein höchstes Gebäude. Eine Stadt wird schon so geboren. Einmal haben wir uns in einem Weingarten mit einer Flasche Zweigelt auf den Aussichtsturm begeben. Niemand war mehr da, nur Matt, ich und die Flasche Wein. Wir haben ganz oben geduldig auf den Sonnenuntergang gewartet, bis der Mond in den Himmel geklettert war und über dem Fluss Rast machte. Vor lauter Wiedersehensfreude haben die Augen der Gebäude in allen Facetten gestrahlt. Von der einen Sekunde auf die andere war plötzlich alles so verändert. Man sah kein Grün mehr, keine Reben, keine Hügel, nur noch Schwarz und viele Lichter. Hätte man diese Aussicht nicht schon bei Tageslicht erlebt, so würde man nicht wissen, dass der schwarze Streifen, der die vielen Lichter unterbrach, eigentlich ein Fluss war, man würde nicht wissen, dass die Landschaft hinter uns aus vielen Hügeln bestand. Es war so schön und diese Schönheit wurde begleitet von den Grillen, die in den Büschen hockten und vor sich hin musizierten. Ich wünschte, ich hätte alle Lichtermeere schon gesehen: jenes von Tokio, von Sydney und Rio de Janeiro, von Moskau, Neu Delhi und Amsterdam, von Sofia, Hongkong und Wellington und von allen kleinen Städten dieser Welt.

»Komm, Luisa!« Hels aufgeregte Stimme offenbart, dass wir es eilig haben. »Wir versäumen es sonst!«

»Okay, ich komme!«, sage ich und wende meinen Blick vom funkelnden Teil des Abends ab.

Vielleicht schaffe ich es doch noch, vielleicht sollte ich weiterleben, alleine schon wegen der Lichtermeere. Wir gehen ein paar Meter nebeneinander her, bis wir bei einer Gruppe von Menschen ankommen. Manche von ihnen sitzen bereits auf Sesseln, andere stehen und unterhalten sich leise. Ich blicke nach vorne, dort steht ein schwarzes Piano, davor einige Sesselreihen für das Publikum. Hinter der kleinen Bühne sieht man hinunter auf Florenz.

»Wow!«, staune ich.

»Gefällt es dir?«

Ich nicke, obwohl die Musik noch nicht begonnen hat, weiß ich, dass es mir gefallen wird. Wir suchen uns zwei Plätze in den vorderen Reihen, es ist ein leichtes Unterfangen, denn es gibt weder Gedränge noch zu wenige Sessel. Ich mag es nicht, wenn man sich um Sitzplätze streiten muss, ›ich war zuerst hier!‹, ›suchen Sie sich woanders einen Platz!‹ – meist gebe ich auf und stelle mich wie eine Wachbeamtin an den Rand.

Die laue Nacht und die leichte Stimmung sind die perfekte Kulisse für ein kleines Konzert. Ich mustere die Personen links und rechts neben mir, bis der Pianist die Bühne betritt.

Ich weiß nicht, ob er ein bekannter Klavierspieler ist, vielleicht ein Pianostar in Italien, doch eines bemerke ich recht bald: Er spielt fabelhaft. Seine Finger laufen auf den Tasten nebeneinander auf und ab, machen einen Rittberger und einen Salto, dann eine Pirouette, dabei bewegen sich seine Augen, achten darauf, dass niemand der Kunsttänzer fällt. Seine Lippen geben die Bewegungen der zehn Akrobaten vorsichtig wider, leicht zeitverzögert richtet sich der Mund danach. Die Gestik ist das Double der Töne und der Pianist …, *er brennt*. Er brennt für das, was er tut.

Nun beginnt auch mein linker Zeh zu entflammen, mein Fuß hat sich dazu entschlossen, zu wippen, dann wird es meinem Kopf heiß und ich lasse ihn sanft mit den Tönen mitschwingen. Erst kurz vor Schluss hat auch mein Herz Feuer gefangen. Als eine Geigerin die Bühne betritt und sie ein Duett spielen, kann die Schönheit eines einzigen Liedes die Stimmung aller anwesenden Personen beeinflussen. Niemand regt sich, jeder lauscht der Melodie, es wird eine Energie freigesetzt, die jeden mitnimmt, die verlangt, gehört zu werden. Drei Minuten lang existieren Klänge, als wären sie unabhängig von Zeit und Raum, als könnten sie ewig und für immer nachhallen, als wäre das Leben eine einzige Melodie.

Das Konzert dauert eine Stunde lang, dabei hofft man, dass sie nie aufhören würden zu spielen. Doch irgendwann tun sie es doch. Als die beiden aufstehen, beginnt tosender Applaus, Standing Ovation für die Entflammung unserer Herzen. Alle sind begeistert und die Musikanten verneigen sich, der Pianist reibt sich aufgeregt die Hände, der Geigerin werden Blumen überreicht und dann verschwinden beide, wie ein Sommernachtstraum. Was bleibt, ist die Erinnerung an ein wunderschönes Konzert und die Klänge, die man sich einpackt und für schlechte Zeiten aufbewahrt.

Auch für uns ist es Zeit zu gehen, ein neuer Tag hat bereits begonnen, es ist nach Mitternacht. Das Programm stecke ich in meine Handtasche und folge Hel zu unserer Limousine. Als wir einige Meter vor dem Wagen sind, bleibt er stehen.

»Luisa, warte!« Ich zögere. »Ein neuer Tag hat bereits begonnen, doch noch ist es nicht zu spät, dich zu fragen.«

Ich weiß, was nun kommen wird und es fällt mir nicht leicht, das zuzugeben, doch ich glaube, ich habe mich in diese Frage verliebt. Ein wunderschöner Satz, der so traurig und doch so liebevoll gesprochen ist.

»Ja?«

Ich tue so, als wäre ich nichtsahnend, ich bin eine Schauspielerin.

»Luisa, ich bitte dich, schenk mir noch einen weiteren Tag!«

Jetzt ist er es, der mir erwartungsvoll in die Augen blickt. An diesem Abend ist die Frage redundant.

»Liebend gerne!«, erwidere ich und wir laufen die paar Meter zurück zum Wagen.

Als die Limousine den Kurven des Hügels hinunter folgt, lasse ich die Besonderheiten des heutigen Tages in meinem Kopf noch einmal lebendig werden, während die Sterne am Firmament unseren Wagen begleiten und die Hoffnung auf ein Weiterleben in meinem Herzen entsteht.

Kapitel 11

Langsam schlage ich meine Augen auf. Obwohl es erst fünf Uhr ist und ich weniger geschlafen habe als zu meinen besten Discozeiten, fühle ich mich frisch und munter. Warum nicht schon nach draußen gehen, warum nicht einen Espresso auf der Piazza trinken? Ich dusche, ziehe mich an und verlasse dann leise mein Zimmer, als wäre ich eine Diebin. Als wolle ich etwas verheimlichen, schleiche ich durch den Gang und hole den Lift. Er kommt sofort, denn um diese Zeit ist kaum Betrieb. Der Nachtrezeptionist sieht mich verwundert und fragend an, ich grüße kurz und verlasse dann das Gebäude.

Die Straßenlaternen leuchten noch, in manchen Häusern geht das Licht an, andere zwinkern mir zu, weil es ausgeschaltet wird. Ich schlendere durch die leere Straße, sehe den Reinigungskräften zu, wie sie die Straßen von Müll und Schmutz befreien, die Gehsteige mit Wasser abspritzen, gehe vorbei an all den alten Gebäuden, die mit Geschichten und Erfahrungen überladen sind, und suche mir ein Café. Keine leichte Aufgabe, um diese Zeit ein Lokal zu finden, welches noch oder wieder geöffnet hat. Auch Pubs haben um diese Zeit schon geschlossen. Manchmal sieht man vereinzelt Menschen herumirren, die vermutlich von diversen Diskotheken und Nachtlokalen kommen, wenige sind schon auf dem Weg an die Arbeit.

Ich habe Glück, nach einer kurzen Zeit finde ich ein Café und setze mich auf die Terrasse. Ich sei der erste Gast heute, sagt die Kellnerin und serviert mir Espresso. Die herbe Mischung schmeckt mir, und während ich einen winzigen Schluck davon nehme, beobachte ich das Treiben auf der Piazza, das langsam aufkommt. Von Minute zu Minute wird es heller, die Straßen füllen sich mit weiteren Statisten, in der nächsten Viertelstunde scheint das Leben in Florenz zu beginnen. Ich blicke auf den Stuhl neben mir, der frei ist. Langsam streiche ich über die Sitzfläche. Matt würde es hier gefallen, das weiß ich. Ich verspüre einen Moment der Dankbarkeit, als mir die Kellnerin ein Lächeln schenkt, ein junger italienischer Mann auf seinem Drahtesel an mir vorbeifährt, eine alte Dame ihren kleinen Hund beim Gassigehen von der Bordsteinkante trägt, während der Florist seinen Blumenstand an der rechten Seite der Piazza aufbaut.

Ich bitte die Kellnerin um ein Blatt Papier und einen Stift. Ich möchte einen Dankesbrief verfassen – an zwei besondere Menschen in meinem Leben gerichtet: meine Eltern.

Liebe Mama, lieber Papa,
ich sitze hier in diesem Café, auf dieser wunderschönen Piazza, und beginne einen neuen Morgen. Gerade habe ich einen Espresso serviert bekommen und mich bei der Kellnerin bedankt. Dabei ist mir aufgefallen, dass ich euch nie von Herzen gedankt habe. Immer nur situationsbezogen ein nichtiges Dankeschön ausgesprochen – sei es für einen neuen Pullover, für eine Esseneinladung, für das Bezahlen meiner Sudiengebühren oder den Urlaub in Frankreich …
Sei es für den Yogakurs, den ihr mir zum Geburtstag geschenkt habt, oder die Hälfte, die ihr mir zu meinem ersten klapprigen Auto dazu bezahlt habt. Könnt ihr euch

noch an die erste Ausfahrt erinnern? Der Wagen lenkte von meinen armseligen Fahrkünsten ab und hat mehr gekeucht als du, Mama, als wir den Berg hinaufgedüst sind. Erleichtert sind wir alle ausgestiegen. Und Papa, ich habe damals genau gesehen, wie du ein Stoßgebet in den Himmel geschickt hast!

Ich kann mich noch gut an die ausgeflipptesten Jeans erinnern, die ich je besaß. Löchrige Glockenjeans! In der achten Klasse hattet ihr mir die gekauft. Mama, du bezeichnestest sie als gewagt, Papa, du meintest, sie wären kaputt. Dabei waren sie so angesagt, dass ich plötzlich zu den coolsten Mädchen an der Schule gehörte. Meine Arme stemmte ich lässig in die Flanken, während ich am Schulhof für die Jungs posierte. Danach bekam ich meinen ersten Kuss von meinem Schulfreund Tobi. Ihr hattet mir dann erklärt, wie das so ist mit der Liebe und mit dem Storch, der die Kinder bringt. Na ja, das hättet ihr sicherlich besser hinbekommen, aber meine Frage traf euch ganz überraschend beim Sonntagsfrühstück und Papa verschluckte sich am Kaffee.

Mein erstes Fahrrad habe ich euch zu verdanken – Papa, du warst so geduldig, neben mir, vor mir und hinter mir bist du hergelaufen und hast mich vor all den Folgen meiner Fehltritte beschützt.

Auch wenn ich es damals nicht als dankenswert empfunden habe, doch heute bin ich es: Ich bin froh, dass ihr mir so energisch das Rauchen abgewöhnt habt, denn ansonsten würde ich heute Kette rauchen.

Ich weiß noch, als ich operiert werden musste. Könnt ihr euch erinnern? »Der kleine Wurm aus dem Bauch muss raus«, hattet ihr mir ruhig erklärt, als der Doktor eine akute Blindarmentzündung festgestellt hatte und hektisch auf und ab lief. Ich weiß, innerlich seid ihr Amok gelaufen, aber hattet es euch nicht anmerken lassen. Und das Beiwort »akut« war deshalb, weil ich Tage zuvor das Bauchweh so gut es ging ignoriert hatte. Man muss ja stark sein, hatte ich mir damals eingeredet. Danke, dass ihr mich danach gelehrt habt, dass man auch schwach sein darf und dass Weinen guttun und helfen kann. »Trauer oder Schmerz ist kein Ausdruck von Schwäche, sondern das Zeigen von Stärke«, war dein Satz, Mama.

Papa, du hast mir alles ermöglicht, was man sich nur wünschen kann! Ich danke dir für deinen Einsatz und dein Engagement. Bei jedem Elternsprechtag warst du auf meiner Seite, hast dich gegen die sture Englisch-Lehrerin aufgelehnt und sie als dumme Ziege beschimpft. Du hast mir das Lesen und das Skifahren beigebracht. Und auch wenn ich nie Skirennläuferin geworden bin und auch keine Lesewettbewerbe gewonnen habe – danke, dass du mit mir von Podestplätzen und Siegen geträumt und immer an mich geglaubt hast.

Mama, ich danke dir für deine ganz besondere Liebe, deine Aufopferung, deine Wärme und deine grandiosen Backkünste. Durch dich wurde ich nicht zu einem spindeldürren Mädel, denn einen Entzug von deinen Kuchen und Torten hätte ich niemals durchgestanden! Ich hatte immer die tollsten Frisuren. Kannst du dich an den coolen Zopf von der bezaubernden Jeannie erinnern? Du hast ihn genauso hinbekommen und ich glaubte dadurch doch tatsächlich, dass ich zaubern könnte. Ich liebte veilchenblau und du hast mich damit eingedeckt. Ob mit Hosen, Strümpfen, Röcken oder Haarbändern. In hundert Geschäfte mussten wir laufen, damit wir eine Bettdecke in Veilchenblau fanden. Ich war deine Prinzessin, das merkte ich mit jedem Verzicht, den du mir zuliebe auf dich genommen hast. Danke für deine

Ratschläge in allen Lebenslagen und deinen nervigen Satz, den du immer und jedes Mal am Telefon gesagt hast – ob im Sommer oder im Winter: »Zieh dich warm an und pass auf dich auf!«
Meine Kindergeburtstage waren legendär und sind mir noch immer gut in Erinnerung. Wie könnte ich die auch vergessen! Einmal fehlte mir ein Zahn, ein anderes Mal bekam ich eine Schiene am Knöchel verpasst und bei meinem neunten Geburtstag kam ich mit einem schiefen Pagenschnitt aus dem Badezimmer, genau noch rechtzeitig für das Gruppenfoto. Jedes Mal hatten ungefähr 20 Kinder unser gesamtes Haus auf den Kopf gestellt. Ihr habt das locker gesehen – bis auf den Pagenschnitt – und geduldig wieder alles aufgeräumt.
Meine achtjährigen Schultern sind euch für das Tragen meiner Schultasche dankbar, denn sie wären unter der Bücherlast ansonsten gebrochen. Wie froh ich doch bin, dass ihr mir im Alter von 16 die Haarfarbe pink-violett ausgeredet habt, denn sonst hätte ich kein einziges ordentliches Foto meiner Jugend! (Und wahrscheinlich auch nie einen festen Freund gehabt …)
Unvergessen auch mein kleiner Hund, den ich nach einigem Jammern bekommen hatte und um den ihr euch dann vorrangig gekümmert habt. »Bei dir würde er ja verhungern«, war eure Erkenntnis nach einigen Tagen.
Ich danke euch beiden für die wunderschönen Jahre, für die lustigen Abende, die wir entweder spielend oder bastelnd verbracht haben. Später sitzend auf unserer Terrasse, mit einer guten Flasche Wein, mit vielen wunderschönen Worten und einzigartigen Gesprächen. Ich danke euch für das Besuchen all meiner Schulveranstaltungen, egal, ob ich eine stillstehende Tanne oder die Ersatz-Julia in einem Theaterstück war.

Egal, wie bedeutend ich für die Außenwelt war und bin … Danke, dass ich euch alles bedeutet habe.
Eure Luisa

Ich lege das Papier auf die Seite und beginne zu weinen. Die Sonne geht bereits auf, der Brief liegt offen vor mir, ich lese ihn ein zweites Mal und tropfe große Tränen auf die blaue Farbe. Ich versuche zu retten, was zu retten ist und tupfe mit einer Serviette das Nass von meiner niedergeschriebenen Offenheit. Es macht mich traurig, denn ich würde meinen Eltern genau dasselbe antun, wie es mir angetan wurde. Wenn ich gehe, stirbt auch ein Teil von ihnen. Da bin ich mir sicher.

Eine ganze Weile starre ich ins Leere, ehe ich mich dazu entschließe aufzustehen. *Ich darf nicht aufgeben, ich darf nicht sterben!*

»Es ist Zeit! – Kämpfe!«, sage ich zu mir.

Kapitel 12

Hel wartet bereits in der Lobby auf mich. Mit übereinandergeschlagenen Beinen sitzt er da, die große Zeitung verdeckt die Hälfte seines Gesichtes und vor ihm steht eine leere Tasse Kaffee.

»Da bist du ja!«, ruft er, als er aufsteht und die Zeitung weglegt. »Möchtest du frühstücken gehen?«

Ich nicke und folge ihm in den Frühstückssaal.

Wenn man einen Schritt vor den anderen tut, scheint alles okay zu sein. Wenn man sich immer nur auf den nächsten Meter konzentriert, ebenso. Nicht aber, wenn man mit einer verrückten Person unterwegs ist, die vor einer Stunde beschlossen hatte, die nächsten Kilometer zu Fuß zu laufen.

»Kein Problem«, sagte ich, während ich in mein Butterbrot biss. Doch als Hel meinte, dass wir so gut an die 50 Kilometer vor uns hätten, verschluckte ich mich. »Nicht dein Ernst!«, rief ich aus und begann hektisch mit dem Brot in der rechten Hand zu gestikulieren. »Das ist viel zu weit! Wieso nehmen wir nicht das Auto oder den Bus … oder den Zug?«

Es half alles nichts, Hel war von seinem Plan, mich durch Mittelitalien zu schleifen, felsenfest überzeugt.

»Das wird lustig!«

Und nun gehen wir hier und fangen dort an, wo jeder anfängt: Wir setzen einen Schritt vor den anderen. Ich glaube, wir haben schon drei Kilometer geschafft. Drei von 50, das entspricht noch nicht einmal einem Zehntel, und wenn ich an all das denke, was noch vor uns liegt, wird mir angst und bange. Es ist einfacher, sich nur auf den nächsten Schritt zu fokussieren, denn wenn man 50 Kilometer bildlich vor Augen hat, verschwindet die Vorstellung von Leichtigkeit und Freude sofort. Es ist warm, die Luft ist erdrückend heiß und flimmert am Firmament. Meine Schritte werden von Mal zu Mal langsamer.

»Konzentrier dich auf deine Atmung, auf das, was du bist, und nicht auf das, was vor dir liegt!« Ich verdrehe meine Augen, als er diesen Satz von sich gibt. Abrupt bremst er ab und dreht sich zu mir um. »Und außerdem …«, er legt seinen Kopf schief, »… bist du gerade *total* zickig!«

»Zickig?«, stöhne ich und gebe ihm einen Seitenhieb. »Du bist der volle Klugscheißer!«

Er grinst und zeigt mir mit einer Kopfbewegung an, weiterzugehen.

»Mach schon! Oder willst du als Draufgabe eine Runde heulen?«

»Poah!«, mache ich und kneife ihn in die Seite. »Ha! Das hast du davon!«, meckere ich.

»Du weißt, dass ich recht habe …«

Und wie ich das weiß! – Leider. Ich seufze und marschiere weiter. Nach so einer kurzen Wegstrecke sollte ich noch überhaupt keinen Einbruch erleiden, doch ich will keine 50 Kilometer gehen! Es ist alles Einstellungssache. Würde ich diese Herausforderung mit einer Siegerhaltung angehen, mit einem Ausruf »Nichts ist unmöglich!«, »Klar, schaffe ich das!«, könnte ich diesen Bruchteil einer Pilgerreise vermutlich sogar genießen. Doch so nicht, meine Einstellung zu alldem macht mir einen Strich durch die Rechnung. Und es ist so verdammt heiß! Wie war das noch schnell mit dem *Kämpfen*?

»50 Kilometer sind wirklich nicht viel, manche gehen wochen-, sogar monatelang …«

Wenn er jetzt noch eine Melodie pfeift, dann … Ich reiße meine Augen auf, denn plötzlich beginnt er doch tatsächlich zu pfeifen.

»Bist du Hans im Glück?«

»Hans … Wer? – Kenn ich nicht. Ist er cool?«

Sein fragender Blick amüsiert mich und ich lache laut auf.

»Mindestens genauso cool wie du!«

»Ich bin der Rockstar unter den Wanderern, das ist dir doch wohl klar, oder?«

»Aha … Irgendwie ist mir das wohl entgangen …« Obwohl, wenn ich so auf seine trainierten Beine sehe, könnte das der Wahrheit entsprechen. Mein Blick bleibt an seinem durchnässten T-Shirt hängen. Es lässt die Konturen seiner Muskeln durchscheinen. »Gib es zu, dir ist auch heiß! Wie wäre es …«, sage ich, »wenn wir jetzt eine nette Cabrio-Fahrt machen würden?« Er schüttelt den Kopf. »Du weißt schon, das 130-PS-starke-Ding, dieser kleine Flitzer mit dem tollen Bass und den kühlen Ledersitzen … Mmh …, wie sich das Glattleder auf der Haut anfühlen würde …«

Dabei untermauere ich meine Worte, indem ich mir provozierend über meine Oberschenkel fahre. Kurz sieht er mich mit einem sehnsüchtigen Blick an und folgt mit seinen Augen meinen Fingern.

»Hm …«, grummelt er und rückt dichter an mich. Die Zentimeter, die zwischen uns lagen, sind verschwunden und lassen nur noch einige Millimeter an Restdistanz bestehen. Ich rieche seinen Duft und merke, dass ich ihn unwiderstehlich finde. – Dominiert von Moschus und extrem männlich. Dann beugt er sich zu mir und haucht mir »Vergiss es« in mein Ohr. Damit habe ich nicht gerechnet. Er greift in den Rucksack und zieht eine Wasserflasche heraus. »Hier, zum Abkühlen. Ich glaube, die kannst du brauchen.«

Mein Magen hat sich zwar entkrampft, dennoch fühle ich mich überhitzt und leicht verärgert. Vorsichtshalber laufe ich einige Meter von ihm entfernt. Der Abstand zu ihm wird mir guttun.

»Sei nicht so stur!«, ruft er mir zu, doch ich ignoriere ihn und möchte so schnell wie möglich ankommen.

Wo auch immer das ist.

***

Mein Problem ist, dass ich es schon immer war. – Stur! Wenn ich als Kind etwas nicht wollte, bockte ich, verneinte, stampfte mit meinen Beinen wild auf den Boden. Half all das nichts, dann versteckte ich mich. Manchmal sogar vor mir selbst. Ich war kein einfaches Mädchen, hatte schon immer meinen eigenen Kopf und das machte mich nicht nur bei Mitschülern, sondern auch bei Erwachsenen meist unbeliebt, ich war nie »everyone's Darling«. Hin und wieder hätte ich mich am liebsten selbst dafür geohrfeigt, aber manchmal habe ich Dinge dadurch geschafft und erreicht. Ich war »my Darling«. Wenn einem Aktionen anfänglich unmöglich erscheinen, andere voraussagen, dass es nicht funktionieren würde und man es dennoch probiert, ohne Angst dabei zu haben, sich zu blamieren, mutig die Sache in Angriff nimmt, und man es schafft, dann hat man ganz Großes geleistet. Dieses Gefühl der Zufriedenheit, der Belohnung für den Einsatz, den Moment von Glückseligkeit kann einem keiner nehmen. Es ist so, als ob man als kleines Kind sein eigenes Baumhaus zimmert, man den ersten Schritt in seine eigenen vier Wände setzt, vom Dach des Baumes auf seine Eltern hinunterblickt, die ebenso stolz nach oben schauen. Man die Arme ausstreckt und bemerkt, dass die Konstruktion tatsächlich hält, und versteht, was man mit nur zwei Händen geschaffen hat: ein eigenes Haus, welches von den Ästen des Lebens – eines Baumes – gehalten werden. *Ein vollkommener Moment.*

Ich merke, wie der innere Kampf, der sich in mir aufbaut, größer wird. Ich habe zwei Möglichkeiten: mich darauf einlassen, die Sache als Herausforderung sehen, jeden einzelnen Schritt tun, nicht die ganze Wegstrecke vor mir sehen und einfach darauf loslaufen, Hel folgen. Oder ich gebe auf, probiere es nicht, lasse mich von meiner Trägheit leiten. Stunden später sitze ich im Auto und vergesse diese Aktion. Aber ich würde nie ein eigenes Baumhaus erbauen, nie etwas schaffen, auf das ich stolz sein könnte.

Wenn du aufbrichst, kannst du loslassen, du kannst dich selbst entdecken, neue Seiten an dir erkennen, die vermutlich nicht nur positiv sind, doch wenn du dich selbst auf diesem Weg entdeckst, dann kannst du deine Mitte finden, flüstert meine Seele.

Meine Mitte finden! Das klingt nicht schlecht! Also … Demonstrativ lege ich einen Zahn zu, und als Hel meine ehrgeizigen Schritte bemerkt, staunt er nicht schlecht. Ich weiß, ich kann dieses Tempo keine 500 Meter halten, doch es soll demonstrieren, dass ich bereit bin für diese Reise. Ich bin bereit, mich selbst herauszufordern, bereit, mich selbst zu finden.

Kapitel 13

Es gibt viele Etappen in einem Leben. Je nachdem, welche Wegstrecke und -länge man sich ausgesucht hat. Die erste Etappe ist die Geburt. Hat man das Glück, in einer zivilisierten, wohlhabenden Welt aufzuwachsen, so sollte man eine schöne Zukunft vor sich haben. Ich glaube, im Endeffekt ist es nicht wichtig, ob man Doktor oder Magister geworden ist, ob man eine Rekordzeit im Brustschwimmen aufgestellt oder 3.000 Euro netto im Monat verdient hat. Im Endeffekt zählt nur die Frage, ob man glücklich war. Und wenn man diese Frage mit »Ja« beantworten kann, dann kann man, so vermute ich, glücklich sterben.

Glücklich sterben, das wäre schön.

»Bekümmert dich etwas?«, fragt mich Hel und nähert sich mir vorsichtig an.

Er hat mich während des Gehens die ganze Zeit über beobachtet und sich nun an meine rechte Seite gestellt. Es scheint, als würde er mich nie aus den Augen lassen.

»Alles okay, keine Sorge …«, lüge ich und lächle ihm zu.

»Machen wir eine Pause.« Hel deutet auf die Bank, und als wir uns hinsetzen, stellt er den Rucksack auf den Boden und zieht eine Focaccia daraus. »Mit Ziegenkäse«, meint er und reicht mir ein großes Stück davon.

»Woher hast du die denn?«

»Mmh …«, macht er und sieht mich verlegen an. Kurz schweigt er, doch dann gibt er es zu: »Hab ich mitgehen lassen. Vom Frühstücksbuffet.«

Ich sehe ihn tadelnd an, doch dann schmunzle ich und Hel öffnet seinen Rucksack, um ihn mir vor die Nase zu halten. Erwartungsvoll blicke ich hinein und erhasche einen Blick auf seine Beute: zwei weitere Focaccia, zwei Panini und – natürlich – drei Croissants.

»Eines für dich und zwei für mich«, meint er stolz, als mein Blick fragend bei den Croissants hängen bleibt.

Dabei galt mein fragender Blick nicht den Croissants, sondern ihm. Die Croissants waren lediglich der Schlüssel zu einer interessanten Erkenntnis.

Wir bleiben eine Weile so sitzen und starren in die einst grüne Wiese, die vor uns liegt. Mittlerweile ist sie braun geworden, die Hitze hat sie in die Knie gezwungen und sie musste etwas Farbe abgeben. Doch aufgegeben hat sie nicht. Nur etwas farblos erscheint sie und wartet auf den nächsten Regen.

»Komm, gehen wir weiter!«

Hel springt auf und reicht mir seine Hand, an der ich mich hochziehe.

***

Ich setze den nächsten Schritt nach vorne, diese Wanderung rollt alles in meinem Leben auf. Ich denke an meine Freunde, an meine Haustiere, selbst den Goldfisch »Flosse« habe ich nicht vergessen. Er hatte sehr seltsame Angewohnheiten, ist oft aus dem Aquarium gehüpft.

»Er ist ein Stuntman«, sagte mein Vater immer, doch ich wusste schon als Siebenjährige, dass der Fisch nicht ganz richtig im Kopf war.

Oder Flora. Sie ist fabelhaft. Wir gingen vier Jahre lang in dieselbe Schule, dann packte meine Eltern wieder ihre Reiselust und ich musste mich von meiner besten Freundin eine Zeit lang trennen. Anfänglich stritten wir uns wie zwei Geschwister, die mit derselben Puppe spielen wollten, doch irgendwann sind wir zusammen rauchen gegangen, und es war Liebe auf den ersten Zigarettenzug. Wir teilten uns eine Marlboro und gingen beinahe daran zu Grunde, husteten uns die Seele aus dem Leib und schworen uns, wenn überhaupt, nur noch Marlboro Gold zu kaufen. Wir gingen gemeinsam shoppen, hatten dieselbe Haarfarbe – in unserer Jugend ein gelbes Blond, es war selbstgefärbt, sie machte mir meine Haare und ich ihre. Später wechselte ich zu einem Braun und sie blieb beim Blond. Friseurgefärbt. Und wir sahen beide plötzlich ordentlich aus. In den Diskotheken fand man uns entweder an der Bar oder auf der Tanzfläche, denn wir hatten uns mehrere Performances einstudiert, die wir mitten in der Menge zum Besten gaben. Wir kannten alle bekannten Songs, wussten die Texte auswendig und wären die perfekten Backgroundtänzerinnen gewesen. Auch wenn ich nie tanzen konnte und mir diese Erkenntnis erst durch ein Video, auf dem ich mit holprigen Tanzschritten zu sehen war, gekommen war, so blamierte ich mich jederzeit gut und gerne. *Y.M.C.A.*, Scooter oder Rednex, wir waren immer dabei und hatten sogar eine ganz lustige Tanzeinlage zu *Summer Dreaming* einstudiert. Selbst Matt musste immer köstlich lachen, wenn ich bei diesem Song alles fallen ließ, das Radio lauter drehte und meine Schritte tat. Dann rückte er nervös auf dem Sessel hin und her und lief knallrot an.

Zu Studienzeiten gingen wir viel aus, tranken gerne Wein und Tequila, teilten unsere Kleiderschränke und hassten das Putzen nach Partys in der Wohngemeinschaft. Wir verreisten per Zug quer durch Europa, trafen die seltsamsten Leute, die wir damals für vollkommen normal hielten, und schliefen auf den Stränden in Spanien, in Frankreich und Italien. Wir verliebten uns glücklich und unglücklich, nahmen gemeinsam ab und auch gemeinsam wieder zu. Hatten geniale Lebenspläne, wollten die ganze Welt bereisen, einmal eine Eigentumswohnung in der Stadt kaufen, ein cooles Auto fahren, regelmäßig zur Kosmetikerin gehen, eine Tierschutzorganisation unterstützen und unsere ehemalige Englischlehrerin zur Schnecke machen. Kinder wollten wir zur damaligen Zeit keine haben, auch heiraten kam uns nicht in den Sinn. Sicher, wir wollten uns glücklich verlieben und auf Händen getragen werden, doch Hausfrau und Mutter, das stand nicht ganz oben auf unserer Hitliste. Doch Pläne sind da, um durchkreuzt zu werden, und irgendwann trafen wir auf die Lieben unserer Leben. Für unsere Freundschaft hieß das, sich zu trennen, denn plötzlich wachte ich nicht mehr neben Flora auf, sondern neben Matt. Plötzlich ging ich nicht mehr regelmäßig zur Kosmetikerin, sondern wechselte Windeln. Plötzlich machte mir das Putzen sogar Spaß und den Gedanken an eine steile Karriere als Ärztin tat ich ebenso ab wie den Wunsch, rund um die Uhr tolle Kleidung und schönen Schmuck zu tragen. Ich war Mutter und Ehefrau und genau dadurch bekam mein Leben einen neuen Sinn. Ich war in meiner Mitte. Und es fühlte sich richtig gut an. Auch Flora ging es ähnlich und wir verstanden, dass Pläne nicht immer realisierbar waren und dass neue Ideen nicht unbedingt die schlechtesten waren.

Flora ist ein cooler Mensch, so einer, der nicht locker lässt und doch alles ganz ruhig angeht. »Komm schon, das wird schon, scheißegal«, ist Floras Lieblingssatz, egal, ob mich ein Typ nicht wollte, mir der One-Night-Stand am nächsten Morgen davonrannte, mein Auto wieder einmal in die Reparatur musste oder uns der Kuchen im Rohr verbrannt war. »Scheißegal«, meinten wir dann beide schulterzuckend. Nur nach Claras Tod war selbst sie verstummt.

***

Hel und ich machen eine weitere Pause, denn es ist verdammt heiß. Er reicht mir die Flasche Mineralwasser und ich trinke sie aus.

»Hältst du durch? Geht es dir auch wirklich gut?«, fragt er und mustert mich.

»Ja, ich denke nach.«

»An was denkst du?«

»An vieles. An meine Kindheit, an Flora, an Matt, an Clara. An mein Leben.«

Er nickt, fragt nicht weiter nach.

»Möchtest du eine längere Pause machen oder etwas essen?«

Ich verneine.

»Nein, lass uns weitergehen.«

Bislang haben wir 15 Kilometer geschafft, ein Bruchteil von dem, was noch vor uns liegt, und ich merke, dass ich auch die restlichen 35 Kilometer noch zum Nachdenken brauchen werde.

***

Ich machte Fehler – und was für welche!

»Oh je, nein«, sagte ich damals zu Matt.

Das war der Anfang unseres größten Streites.

»Wie meinst du das?«

»Na ja, er gefällt mir nicht.«

Ich starrte auf den kleinen Ring, der noch vor wenigen Sekunden in der Schatulle lag, bevor Matt überhaupt Gelegenheit hatte, seinen Mund aufzumachen und mir diese gewichtige Frage zu stellen.

»Du meinst, der Ring gefällt dir nicht?«

Ich schüttelte den Kopf und verzog das Gesicht.

»Nein, es tut mir leid, aber er ist viel zu groß, ich hätte lieber etwas Dezenteres gehabt.«

»Ich möchte dir einen Antrag machen und du beschwerst dich über den Ring?«

Matts Stimme wurde laut und er schaute mich wütend an. Ich verstand es, denn ich wäre es auch gewesen. Aber das Problem war, dass der bevorstehende Antrag keine Überraschung für mich war, denn ich hörte ihn Tage zuvor am Telefon mit seinem besten Freund sprechen. Sie diskutierten Ort, Zeit und die Rede und irgendwie war das alles nicht Matt. Es lag nicht nur am Ring, sondern an dem allem, um das ganze Drumherum. Es war viel zu steif, zu wenig liebevoll, zu gekünstelt – als würde mir sein bester Freund einen Antrag machen. Er dachte, er müsste mir etwas Überwältigendes bieten. Wir machten diese Schifffahrt, er mietete das ganze Restaurant, die vielen Kellner warteten gespannt auf der Seite, beobachteten jeden unserer Schritte wie Spione und versorgten uns die ganze Zeit mit Wasser, Wein und frischem Brot. Kaum war ein Schluck aus dem Glas getan, kamen sie auch schon wieder und füllten den Schluck auf. Kaum fiel ein Brösel auf die Tischdecke, kamen sie mit diesem Tischroller und, schwups, weg war der Brösel. Ich merkte, dass auch Matt sich in diesem Rahmen nicht wohlfühlte, und so wollte ich nicht »Ja« sagen. Er war sauer. Richtig sauer, so kannte ich ihn gar nicht. Er schmiss die Serviette auf den Teller und stampfte aus dem Raum, ließ die Tür mit Wucht ins Schloss fallen, sodass mein Herz bebte. Ich folgte ihm, mein schlechtes Gewissen hatte mich beinahe zum Weinen gebracht, ich wollte ihm das so nicht sagen, ich wollte ihn nicht verletzen.

»Matt! Warte, bitte warte!«, rief ich ihm nach.

Doch er ging weiter, hinaus ins Freie und machte an der Reling halt. Vorsichtig berührte ich ihn an der Schulter, er zog sie zurück und drückte mich noch weiter von ihm weg.

»Du willst nicht heiraten, oder?«

»Doch, aber …«

Er winkte ab, drehte sich um und schaute auf das Meer hinaus.

»Vielleicht sollten wir eine Pause machen!«

»Matt! Wie …«

»Das wäre gut. Ich kann nach alldem eine Pause gebrauchen!« Als er diesen Satz sagte, hatte er sich umgedreht und mich mit blitzenden Augen angesehen.

»Aber Matt, so meinte ich das nicht!«

»Oh doch, genauso. Denk darüber nach! Die letzte Zeit war nicht einfach …«

»Wie meinst du das?«

»Wir sind nicht mehr so eng miteinander wie noch vor ein paar Monaten und ich dachte, eine Verlobung könnte das wieder hinbiegen.«

Ich starrte Matt an. Ich konnte nicht glauben, was er von sich gab.

»So hast du das wahrgenommen? Du fühlst dich in unserer Beziehung nicht mehr wohl?«

Ich riss mich zusammen, doch meine Stimme zitterte.

»Nein, das ist es nicht, aber …«

»Was, aber?«

»Ich weiß nicht, es ist nur so ein Gefühl, als würdest du nicht mehr zu hundert Prozent bei mir sein.«

»Nicht mehr bei dir sein? Wie kommst du darauf? Das stimmt nicht!«

»Aber so fühlt es sich an!«

»Aber …«

Er unterbrach mich.

»Lass uns eine Pause machen und über alles nachdenken. Vielleicht soll es nicht sein … Also das langfristige Miteinander.«

Mir stockte der Atem, denn seine Augen deuteten an, dass er es ernst meinte. Vollkommen ernst. Dieser Satz tat so weh.

Ich hielt die Luft an, und während er mich wegdrückte und mich stehen ließ, sackte ich auf den Boden.

Matt wollte eine andere Kabine haben.

»Restlos ausgebucht, Sir«, sagte ihm der Mann an der Rezeption.

Also lagen wir in der Nacht nebeneinander im Bett. Er kam erst Stunden später, wie ich glaube, ziemlich betrunken, und legte sich auf seine Seite im Bett. Auch wenn uns nur wenige Zentimeter voneinander trennten, so fühlte es sich an, als hätte jemand eine Wand aufgezogen. Als er schon schlief, griff ich auf seine Seite und berührte seine Hand … Ganz sachte. Doch es kam keine Erwiderung. Schlimmer, denn er murmelte »Lass das!« und drückte sie von sich weg. Ich konnte die ganze Nacht nicht schlafen und versuchte mein Weinen zu unterdrücken. Ich habe das leise Weinen in meiner Kindheit trainiert und bin richtig gut darin. Ich schluckte all die Tränen hinunter. Doch noch nie zuvor hatte es so wehgetan!

Am nächsten Morgen war er verschwunden.

Kapitel 14

»Schau mal, Luisa, siehst du die Achterbahn?«

Hel zeigt aufgeregt auf die andere Straßenseite. Ich drehe meinen Kopf nach links und blicke auf die monströse, gelbe Schlange aus diversen Stahlkonstruktionen.

»Fünf Loopings! Wow!«, kreische ich.

Leise Geräusche kriechen vom Jahrmarkt hinaus auf die Straße und hallen vor uns wider.

»Lass uns hineingehen. Schauen wir uns um«, schlägt Hel vor und zieht mich an der Hand Richtung Eingang.

Die Geräusche werden lauter. Ein Rattern, ein Hupen, ein Dröhnen, dazwischen laute Musik und Geplapper. Kleine Kinder mit Unmengen an Zuckerwatte kreuzen mit ihren Eltern unseren Weg und ihre Hälse und Gesichter werden von den rosa gesponnenen Zuckerkristallen verdeckt. Die Portionen reichen für kariesresistente Erwachsene aus. Mein Herz pocht, als ich den Autoscooter sehe. Junge – coole – Leute tummeln sich auf diesem Platz. Es liegt eine Flirtstimmung in der Luft, die die Coolness der Teenies noch um einiges übersteigt. Dazu Östrogen und Testosteron, die sich kennenlernen wollen. Die jungen Burschen mit dem neuwertigen Bartwuchs gehen auf die Mädels zu, die in knallengen Jeans, mit gefärbten Haaren und einer Menge Lipgloss lächelnd an den Säulen lehnen. Ich werde sofort in meine Jugendzeit zurückversetzt und plötzlich vernehme ich das aufregende Gefühl, als sich der Junge meiner Träume auf mich zubewegte und ganz lässig fragte: »Willst du eine Runde mit mir fahren?«

Nicht selten ersetzt der Autoscooter-Platz die Diskothek. Eigentlich ist es vielmehr die Parship-Plattform der 15-Jährigen.

»Rrr … Prumm … Prumm.« Hel verzieht lässig seinen rechten Mundwinkel nach außen und imitiert das Motorengeräusch. Dann meldet sich mein Herz mit einem Pochen, als er mir ein Zwinkern schenkt, welches reizvoller ist als die Frage, die auf diese Geste folgt: »Willst du eine Runde fahren?«

Nun bin ich wieder 14.

»Oh ja!« Aufgeregt ziehe ich meinen Rucksack vom Rücken, verstaue meine Sonnenbrille darin und möchte schon einsteigen. »Warte«, stoppe ich Hel und mache meine Haare zu, kontrolliere die Verschlossenheit meiner Schnürsenkel und überlege, ob ich fahrbereit bin. Als 14-Jährige hatte ich nie Sicherheitsvorkehrungen getroffen. Ich war einfach eingestiegen, ohne auch nur einen Gedanken darüber zu verlieren, ob sich meine Schnürsenkel ebenso während der Fahrt ineinander verlieben könnten wie die Inhaber der Schuhbänder und sie eine Verschmelzung miteinander wagen würden. Hel schaut mir dabei zu, wie ich alle eventuellen Problemherde prüfe. Dann schnauft er und wirft mir einen *Echt-jetzt?!*-Blick zu. »Du hast recht!«, bemerke ich und gucke auf meine Schuhe hinunter. Meine Augen durchfährt ein Blitzen. »Voll uncool!« Ich ziehe das Haarband von meinem Haupt, sodass mir die einzelnen Strähnen wild ins Gesicht fallen, dann öffne ich beide Schnürsenkel und sage: »Ich bin bereit!«

Er quittiert meine Aktion mit einem Lächeln und deutet Richtung Gokart.

»Vergiss dann nicht, dich anzuschnallen!«, neckt er mich und nimmt auf der Fahrerseite Platz.

»N-Nein! Ich bin zu cool dafür!«, gebe ich von mir und beinahe erlischt meine Coolness, da ich ins Gokart stolpere.

Er hält sich bewusst eine Hand vor die Augen und es soll den Anschein erwecken, als hätte er meinen überaus eleganten Einstieg von eben übersehen.

»Ist mal etwas anderes!«

Er bejaht und nickt.

»Ja, warum auch normal einsteigen?«

Die Gokart-Fläche hat noch nichts von Emanzipation gehört, denn am Steuer sitzen die Burschen. Die Mädels locker, lässig daneben. Viele der Jungs legen einen Arm um die Schultern ihrer Begleiterinnen und alle scheinen Spaß zu haben. Die Techno-Musik dröhnt, die Anlage krächzt und pfeffert die Atmosphäre. Und auch wenn ich mit der Musik so gar nichts mehr anfangen kann – weil doch einige Jahre zwischen meiner letzten Autoscooter-Fahrt und der jetzigen liegen –, würde ich sofort wieder jung sein wollen.

»Das war so lustig!«, lache ich, als wir wenig später mit Zuckerwatte und einer Dose Cola weiterschlendern. »Du meine Güte! Sieh dir das an!«

Ich deute auf das Ungeheuer vor uns. Auch Hel schluckt und reißt die Augen auf. Die gigantische Achterbahn, die wir schon vor dem Eingang erspäht hatten, steht einschüchternd vor uns. Von der Nähe wirkt sie beträchtlich größer, unverändert die fünf Loopings. Ich starre auf die zappelnden Menschen, die in der Warteschlange stehen und auf den Einlass warten.

»Willst du dich deiner Angst stellen?«

Ich schlucke.

»Du?«

»Ich habe keine Angst.«

»Ach ja, dich bringt ja auch nichts um.« Ich zögere. »Lass uns mal zusehen.«

Wir setzen uns auf die Bank vor der Achterbahn, mit bester Sicht nach oben. Während ich meinen prüfenden Blick über die Stahlkonstruktionen schicke, steigen die Leute in den Wagen ein.

Hel mustert mich.

»Was schaust du mich an?«

Ich weiß genau, was er will.

»Ich hole zwei Tickets.«

»Neeeeein!«

Nervös zapple ich mit meinem Fuß.

»Sicher!«

»Nein!«

»Ach, komm schon! Das wird lustig!«

Wieder so eine »Das-wird-lustig-Aktion« von Hel, der ich mich nicht wiedersetzen kann, denn wenig später steht er am Ticketschalter und ich überlege ein paar Meter entfernt von ihm, ob ich die Flucht ergreifen soll. Doch zu spät, ein paar Sekunden später steht er vor mir und schubst mich an – Richtung Drehkreuz.

»Jetzt mach schon! Sonst müssen wir auf die nächste Fahrt warten.«

Ich ziehe einen tiefen Atemzug ein und setze mich in Bewegung. 33 Schritte später sitze ich angsterfüllt im mittleren Bereich des Wagons und überprüfe, ob die Sicherheitsmaßnahmen auch halten. Hel lächelt mir milde zu.

»Es wird nichts passieren. Das verspreche ich dir.«

Und *das* glaube ich ihm.

Es ertönt ein lautes Hupen, dann geht es langsam los und wir erklimmen den Gipfel. Als ich nach unten schaue, würde mein Herz am liebsten aussteigen, denn es rennt um sein Leben. Wenige Sekunden später werde ich gefühlt ein paar Mal hinunter- und hinaufgeschleudert, lande irgendwo auf Wolke dreizehn, berühre dazwischen noch ein paar Äste, rase in die

Menschenmenge hinein, mache 15 Kopfstände und lasse mir mittels Gegendruck mein Gesicht liften. Tatsächlich – mir ist das Lachen vergangen.

Als wir aussteigen, weiß ich nicht mehr so ganz, wo sich oben und unten befindet, auch mein Magen ist bei seinem Mittagsschlaf überrascht worden und überlegt, die paar Schlucke Cola und das bisschen Zuckerwatte wieder hinauszuschleudern.

»Lass uns dorthin gehen.« Hel zieht mich an der Hand zu einem Schießstand. Meinen Begleiter mit einem Gewehr in der Hand zu sehen, ist seltsam. »Dieses da!«, beordert Hel dem Mann hinter dem Tresen, nachdem er alle vorbeilaufenden Gegenstände in Windeseile getroffen hatte. Der Mann nickt anerkennend, ich glaube, mit dieser Meisterleistung hat er nicht gerechnet. Doch wenn er wüsste, dass vor ihm der Tod stehen würde, dann wäre ihm vermutlich einiges klarer. »Hier, möchtest du das Plüschtier haben? Ich glaube, das gefällt dir.« Ohne meine Antwort abzuwarten, drückt er mir einen Pinguin in die Hand. »Gehen wir«, meint er und zieht mich weiter.

Nach einer Weile nähern wir uns dem Ausgang und noch immer kann ich der reizvollen Atmosphäre des Leichtsinns nicht entkommen.

»Fahren wir noch etwas?«, frage ich Hel.

»Klar doch! Worin möchtest du herumgeschleudert werden?«

»Das da!«

Ich zeige mit dem Finger auf eine Miniatur von Kreuzfahrtschiff. Das Boot fällt eine nachgebaute Klippe hinunter. Ich bin vorhin Achterbahn gefahren, da kann ich ja wohl eine Klippe hinunterstürzen. Wenn man das Schlimmste hinter sich hat, kann Schlimmes einem nichts mehr anhaben.

»Das traust du dich?«

»Aber sicher doch! Hast du meine *Contenance* auf der Achterbahn vergessen?«

»›Contenance‹ nennst du das? Ich dachte, es hätte dir die Sprache verschlagen. Vor allem, als wir von *ganz* oben nach *ganz* unten gerattert sind.«

»Na ja … Sagen wir es so …, ich werde diesen Moment ewig in Erinnerung behalten!«

***

Mein Kopf steckte damals in dieser Achterbahn von Gefühlen fest.

Ich suchte Matt überall auf dem Schiff, doch er war nicht mehr da.

»Herr Dr. Silber hat schon ausgecheckt«, sagte mir der Mann an der Rezeption.

»Aber das kann noch nicht lange …«

»Nein, erst vor circa 30 Minuten.«

Ich zückte mein Handy. Doch ich erreichte nur Matts Mobilbox. Alle Muskeln meines Körpers waren angespannt und ich musste mich hinsetzen und fing zu heulen an. Plötzlich konnte ich nicht mehr leise weinen. Er war verschwunden und ich hatte so große Angst, dass er für immer aus meinem Leben gegangen war.

Ich packte meine Sachen zusammen, fand inmitten meines Chaos' auch noch einen Teil von Matts Sachen – seine Badehose und seine Flip Flops –, nahm all den Kram und fuhr zum Flughafen. Im Taxi rief ich erneut an. Matt hob nicht ab. Dort war auch weit und breit keine Spur von ihm. Ich ließ ihn am Flughafen ausrufen, in der Hoffnung, dass er noch irgendwo warten würde. *Irgendwo* auf mich.

Doch nichts, er war nicht da.

Als ich Stunden später in unserer Wohnung ankam, fehlten ein paar Sachen von ihm und auf dem Tisch lag ein Zettel. So ein kleiner, nichtssagender blöder Einkaufszettel.

Sorry, ich kann das jetzt nicht. Muss nachdenken. Bin bei meinen Eltern.

Ich kannte Matt und wusste, dass es ihm ernst war. Ich hatte solche Angst, ihn zu verlieren, und machte mir schwere Vorwürfe, weil ich so gehässig zu ihm gewesen war. Welche Frau unterbricht schon einen Heiratsantrag, nur weil er nicht zu ihrem Kopfkino passte? Ich hatte die Antwort darauf: eine Frau, die diesen Mann nicht verdiente.

»Flora? Kannst du vorbeikommen?«, bat ich sie wenige Tage später am Telefon.

»Was ist denn los?«

»Mir geht's nicht gut! Alles ist …« Ich konnte den Satz nicht beenden und schwieg für eine Weile. »Matt hat mit mir Schluss gemacht.«

»Schluss gemacht, aber weshalb? Er wollte sich doch mit dir verloben.«

»Ja, aber dann war ich so blöd und hab alles kaputt gemacht … Moment mal. Du hast davon gewusst?«

»Ähm … Ja, denn wir sind den Antrag miteinander durchgegangen.«

»Er hat ihn auch mit dir besprochen?«

»Oh ja, und er war so aufgeregt. Und soooo unsicher! Ich glaube, wenn er an einem Gehirn herumdoktert, ist er ruhiger. Aber wieso habt ihr euch getrennt? Das versteh ich nicht! *Luisa*, was hast du gemacht?«

»Ich hab alles kaputt gemacht. Ihm gesagt, dass ich den Antrag so nicht haben will, dass mir der Ring nicht gefällt … Flora, ich bin eine so schreckliche Person. Ich hab mich so schlimm ihm gegenüber verhalten.«

»Das hast du getan? Das hast du ihm gesagt?«

»Ja. Was soll ich jetzt tun? Ans Telefon geht er nicht. Meinst du, ich soll zu ihm fahren?«

»Natürlich! Bist du noch nicht? Das hättest du schon längst tun sollen.«

»Ja, ich weiß, doch …«

»Aber so kenn ich dich gar nicht! Fahr zu ihm und erklär ihm alles!«

»Ich hab so Angst, dass er mir sagt, dass es das war. Dass er keine Lust mehr hat oder, schlimmer noch, dass er draufgekommen ist, dass er mich nicht mehr liebt.«

Ich sah Matt förmlich vor mir, wie er mir diese Worte ins Gesicht knallte und dann die Tür zuschlug.

»Nein, das glaub ich nicht! Du hast ihn verletzt, du musst das wieder in Ordnung bringen! Nun fahr schon und zeig ihm, wie verrückt du nach ihm bist!«

Ich lächelte.

»Ja und wie! Ich kann seit zwei Tagen nicht schlafen, kann nichts essen. Hab mir andauernd seine Lieblings-CD angehört und noch so ein paar seiner Songs, die ich normalerweise gar nicht mag. Zum Schlafen hab ich ein dreckiges Shirt aus dem Wäschekorb gefischt und es auf mein Kissen gelegt, damit ich seine Nähe spüre.«

»Oh! Ach, Liebes, fahr sofort!«

Ich nickte und schaute auf die volle Badewanne.

»Ich hab ihm sogar Wasser eingelassen, weil heute sein Badetag ist.«

In dem Moment überkam es mich erneut und ich flennte los. Ich sah fürchterlich aus. Hastig fuhr ich mir mit der Bürste durch die Haare, sprühte ein wenig Trockenshampoo hinein und legte etwas Parfum auf. Und bevor ich ging, machte ich noch ein Foto von der vollen Badewanne.

Ich läutete bei seinen Eltern. Zuerst machte niemand auf, doch ich sah, dass das Licht in seinem alten Zimmer an war. Nachdem ich noch einmal geläutet hatte, ließ seine Mutter mich rein. Sie zuckte besorgt mit ihren Schultern und deutete in den ersten Stock. Langsam stieg ich die Stufen hinauf in sein Zimmer. Matt saß inmitten alter Legobausteine und bastelte an einem Turm.

»Baust du schon die ganze Zeit daran?«, fragte ich und betrachtete den riesigen Turm vor mir. Er erwiderte nichts. Ich setzte mich zu ihm auf den blauen Teppichboden. »Matt, es tut mir leid! Du weißt, ich würde sofort Ja sagen, denn ich liebe dich!« Er lächelte kurz, dann zog er ein beleidigtes Gesicht. »Doch das sind wir nicht. Wir sind nicht Hummer, Champagner und Mozart. Wir mögen es nicht, wenn uns viele Kellner permanent auf die Finger schauen. Wir sind Lasagne, Wein und Oasis und holen unser Essen aus der Selbstbedienung.« Er sagte nichts darauf, sondern setzte noch einen weiteren Legobaustein auf die oberste Kante. »Schau mal hier! Siehst du, wie sehr ich dich vermisse?« Ich nahm mein Handy aus der Tasche und zeigte ihm das Bild von der vollen Badewanne mit der riesigen Schaumhaube.

»Heute ist mein Badetag«, grummelte er.

»Ja, und du musst nach Hause kommen! Mit mir! Bitte!«

»Weißt du, es sollte alles perfekt sein! Ein perfekter Heiratsantrag … Und wie hast du reagiert?« Wie leid es mir im Nachhinein doch tat. Sein Gesichtsausdruck, seine Haltung, alles an ihm wirkte so enttäuscht und ich hatte ihn verletzt. »Du hättest einfach mitspielen können! Du hast mir eine Seite an dir gezeigt, die ich abscheulich finde …«

»Es tut mir wirklich leid.«

»Das hat mich verletzt! Weißt du das?«

Er stand wütend auf und stellte sich ans Fenster. Ich starrte auf seinen Rücken und hoffte inständig, dass er mir verzeihen würde.

»Matt, bitte!«, flehte ich und stand ebenfalls auf, um zu ihm zu gehen.

Langsam streckte ich meinen Arm nach ihm aus.

»Nein, Luisa, lass das!« Er nahm meine Hand von seiner Schulter. »Ich hab darüber nachgedacht, ob ich mit dir weiter zusammen sein will … Ob ich mit so einer Person zusammenbleiben will!«

Meine Atmung setzte aus, zeitgleich schmerzte es so sehr. Und dann fing ich laut zu weinen an, drehte mich von ihm weg und rannte hinaus. Keine Sekunde länger konnte ich bleiben. Ich wollte das nicht hören. Ich rannte so schnell, dass ich beinahe die Treppen hinuntergestürzt wäre. Hastig griff ich nach der Türklinke und lief auf die Straße, schneller, immer schneller … Plötzlich verlor ich mein Gleichgewicht, stolperte über die Bordsteinkante und donnerte mit voller Wucht auf den Boden auf. Mein rechter Arm stoppte meine ganze Bewegung. Ich blieb da liegen und stützte mein verheultes Gesicht in meine Hände. Es war vorbei, dachte ich. Für immer wollte ich am Straßenrand liegen bleiben.

»Luisa!«, rief Matt, der angelaufen kam und plötzlich atemlos vor mir stand. Er nahm meinen Arm hoch. »Lass mal sehen«, meinte er und begutachtete ihn. Es war mir gar nicht aufgefallen, dass ich ihn komplett aufgeschürft hatte und sich Kieselsteine und Dreck in die Wunde gebohrt hatten. »Lass mich das desinfizieren. Gehen wir rein«, sagte er beherrscht und half mir hoch.

Langsam gingen wir zurück. Ich sagte nichts. Ich konnte ihm noch nicht einmal in die Augen sehen. Wir nahmen in der Küche Platz und er holte den Erste-Hilfe-Koffer aus dem Abstellraum. Während er mit Desinfektionsmittel meine Wunde säuberte, saß ich dem Mann gegenüber, ohne den ich nicht sein konnte, ohne den ich nicht glücklich sein würde, das war mir klar. Behutsam strich er mir mit einem Tuch über die blutende Wunde, das Desinfektionsmittel brannte, doch ich ließ es mir nicht anmerken. Es war nichts im Vergleich zu dem Schmerz, der links in meiner Brust zu spüren war.

»So, fertig!«, meinte er kurze Zeit später und fixierte das letzte Stück des Verbandes.

Ich lächelte.

»Das sieht so aus, als wäre ich schwerverletzt.«

Er blickte abwechselnd auf den Verband und in mein Gesicht.

»Na ja«, sagte er und kratzte sich am Hinterkopf. »Ich will ja nicht, dass Dreck in die Wunde kommt … Ich möchte nicht, dass du leidest.«

Ich sah ihn traurig an.

»Matt, es tut mir so leid! Ich liebe dich und wünsche mir nichts mehr als eine gemeinsame Zukunft mit dir. Ich kann mir ein Leben ohne dich nicht vorstellen!«

Er nickte, doch es kam kein weiteres Wort über seine Lippen. Wir saßen eine Weile so da und starrten auf den Boden. Die Uhr in der Küche tickte, das Radio säuselte im Hintergrund.

»Ich auch nicht!«

Matt schaute vom Boden auf, direkt in meine Augen.

»Was, du auch nicht?«

»Ich kann mir mein Leben auch nicht ohne dich vorstellen!«

Und dann küsste er mich, zuerst ganz vorsichtig und dann leidenschaftlicher, so, als wollte er diesen Kuss nie enden lassen.

Verzeihen lag in der Luft. Liebe.

Ja, vielleicht hätte ich mitspielen müssen, vielleicht hätte ich »Ja« sagen müssen, dann hätten wir all diese Probleme nicht gehabt. Doch etwas Gutes hatte meine dumme Aktion: Wir sind dadurch viel enger zusammengewachsen. Wir wurden zu dem, was uns ausmachte. Manchmal braucht man eine kleine Trennung, um zu kapieren, dass man ohne die andere Person nicht atmen und träumen kann.

Wochen später bekam ich keinen schönen Heiratsantrag. Nein. Ich bekam einen, den ich mir nicht schöner hätte vorstellen können! – Er war einzigartig!

***

Hel und ich starren in den Sonnenuntergang und lassen den glühenden Rubin in der letzten Ecke des Horizontes verschwinden. Wir haben es uns auf einer Schaukel bequem gemacht und wippen sanft mit jedem Windstoß nach vorne und zurück. Hels Gesicht hat die Röte der untergehenden Sonne angenommen und er lächelt ihr zufrieden entgegen. Als er meine Hand ergreift, beginnt sie zu vibrieren.

»Warum zitterst du?«, fragt er mich und hält seinen Blick weiter auf den roten Rubin gerichtet.

»Weil ich nicht will, dass du meine Hand hältst!« Er zieht einen scharfen Atemzug ein und rührt sich nicht. Doch dann, plötzlich, lässt er meine Hand los und schenkt mir einen traurigen Blick, sodass es in mir brennt. »Oder weil ich Angst hatte, du würdest sie wieder loslassen.« Irritiert schaut er mich an. Und … ich sehe in mir vertraute Augen. »Weil ich nicht weiß, wer du in Wirklichkeit bist«, flüstere ich und senke meinen Blick.

Der rote Rubin funkelt uns ein letztes Mal zu, dann lässt er sich vom Horizont schlucken und hinterlässt eine schleierhafte Röte am Himmel.

Manchmal ist es besser, nicht alles zu wissen, sagt mir mein Verstand, als ich erneut aufschaue und sich unsere Blicke treffen.

Kapitel 15

Wir kommen an einem kleinen Hotel vorbei und beschließen, dort einzuchecken. Sie haben noch zwei Zimmer frei, und als wir unsere Zimmerschlüssel entgegennehmen, blickt Hel auf den Infofolder, auf dem groß »Abendyoga« steht.

»Du machst doch gerne Yoga, oder?«

»Ich?«

Er blickt sich demonstrativ um.

»Ja, du bist gemeint. Es fängt um 19.30 Uhr an. Hast du Lust? Du kannst hingehen.«

Ich lache.

»Nur wenn du mitgehst! Ich liebe nämlich männliche Begleitung beim Yoga.«

***

»Bitte, bitte komm mit, ich möchte nicht alleine gehen!«, flehte ich Matt an.

»Nein.«

»Bitte!«

»Ich und Yoga? Ich bin ein Mann, das passt nicht!« Er stemmte demonstrativ seine Arme in die Flanken. »Siehst du, ich bin ein wahrer Kerl!«

Dabei deutete er auf seinen Bizeps.

»Gar nicht wahr!« Er schaute mich entgeistert an. »Ich meine *Ja*, du bist ein wahrer Kerl! Aber auch Männer machen das, also Yoga!« Ich griff nach meinem Handy und googelte nach berühmten männlichen Yogis. »Siehst du? Hier!«

Matt starrte auf das Display.

»Na und, die essen auch kein Fleisch!« Ich legte meinen Kopf schief. »Schau, wie dünn die sind, die brechen ja beinahe ab, und nun schau mich an. Das kann nicht gut gehen! Willst du, dass ich mich ernsthaft verletze?« Er deutete auf einen Mann, der in der Position »Schildkröte« verharrte. »Und zum Affen mache ich mich sicher auch nicht!«

»Ach was! Sei doch nicht so langweilig! Ein kleines Abenteuer, komm schon!«

Matt seufzte.

»Ein kleines Abenteuer, haha! Hätte ich das gewusst, hätte ich mir noch den Schokoladenkuchen bestellt, denn der braucht 45 Minuten, bis er fertig ist.«

»Spielverderber!«

Dieses Wort kann Matt nicht ausstehen und das wusste ich.

»Du bist ganz schön gerissen!«

Ich warf ihm einen neckischen Blick zu.

»Gut, aber auf deine Verantwortung! Wenn ich mich blamiere, reisen wir sofort ab!«

Ich nickte und wir gingen auf unser Zimmer, um uns umzuziehen. Das Sporthotel, in dem wir waren, war fabelhaft. Eine großzügige Poollandschaft, ein Wellnessbereich mit einem beheizten Teich, der auch im Winter benutzt werden konnte, zwei Tennisplätze und rundherum Wald und Wiesen zum Wandern und Spazieren gehen.

Die Yogahalle war ein Raum, der mit Glasscheiben umrandet war, es roch nach Räucherstäbchen und Matt musste husten, als er den Raum betrat.

»Du weißt, ich hasse Räucherstäbchen!«, zischte er. Zu Hause habe ich Räucherverbot, zu Weihnachten darf es maximal ein wenig Weihrauch sein. Inmitten des Raumes saßen bereits einige Personen im Schneidersitz. Nur Frauen. Matt war der einzige Mann und erfüllte damit die Männerquote. Als er das erkannte, sagte er: »Das hab ich gleich gewusst! Das bekommst du zurück!«

Dann setzte er sich ebenso mit mir im Schneidersitz auf den Boden. Seine Knie berührten nicht annähernd die Holzfläche, er ist nicht gerade der Gelenkigste. Während alle »Om« zischten, sah er mich vorwurfsvoll an und rollte mit den Augen. Er schaute ganz verzwickt, als die Dame meinte:

»Und nun stärken wir unser Feuer!« Ein Schnaufen. Ein Stöhnen. Die Yogalehrerin fing an zu keuchen, stieß Luftstöße aus und saugte neue Energie ein. »Wie ein Blasebalg«, merkte sie an.

»Wie ein … was?«, fragte Matt und alle anderen machten »Pssst!«.

Er blieb stur sitzen und atmete nicht mit der vor sich hin keuchenden Runde mit, die einen Blasebalg imitierte. Bei den Asanas hatte er sich nicht schlecht geschlagen, hatte versucht, den Sonnengruß mitzumachen, den tanzenden Shiva ein paar Sekunden lang gehalten und mir in der Kriegerposition einen gefährlichen Blick zugeworfen. Als wir in die Position herabschauender Hund wechselten und ich mich ehrgeizig bis zum Äußersten dehnte, um Matt zu zeigen, welche Yogapower und Gelenkigkeit in mir steckte, machte es »ratsch« und meine Hose war am Hinterteil, genau an der Naht gerissen. Ich verzog mein Gesicht, griff mir auf den freigelegten Hintern, die zwei jungen Mädchen hinter mir kicherten schon. Ich wurde knallrot, während Matt vor lauter Lachen am Boden kullerte und die ganze Yogasession mit seinen »Hahas« unterbrach. Wieder machten einige »Pssst!«. Der Großteil der Anwesenden schaute uns genervt und zugleich belustigt an. Ich lief peinlich berührt, mit einer Hand auf meinem Po, nach draußen. Matt folgte mir, entschuldigte sich bei allen Teilnehmern für die Störung und versicherte ihnen, dass wir ganz bestimmt an keiner Yogarunde mehr teilnehmen würden.

Mit meinem freigelegten Hintern lief ich durch die Lobby, kassierte ein paar interessierte Blicke und fuhr mit dem Lift hoch in unser Zimmer.

»Wie peinlich!«, kreischte ich, als Matt wenig später ins Zimmer kam und noch immer lachte.

Ich merkte, dass in seinem Lachanfall ein wenig Schadenfreude mitspielte.

»Aber dein Slip ist sexy! Der schwarze mit der grauen Spitze, nicht wahr?«

»Matt!«, zischte ich.

Ganz lässig ließ er sich aufs Bett fallen.

»Und, was machen wir jetzt? Ballett?«, fragte er und starrte auf meinen Po. »Oh ja … Ballett im Bett!«, raunte er und zog mich auf sich.

***

Hel hat mich nicht in den Yogaraum begleitet, sondern sich einen Platz im Café gesucht.

Ich befinde mich auf der Terrasse, mit Weitblick auf die toskanischen Hügel, und atme den Geruch von Pinien und Sonnenblumenfeldern ein. Um mich ist es ruhig. Nur das Säuseln einer Meeresbrise ist zu vernehmen. Die Köpfe der Sonnenblumen strecken sich der untergehenden Sonne entgegen. Auch ich tue es, und obwohl meine Beine vom vielen Gehen müde sind, merke ich, wie gut mir die Dehnung in meinem Körper tut.

Wir stimmen uns in der Gruppe ein, schließen unsere Augen und nehmen unseren Geist wahr, versuchen, die Worte und die Sätze in unseren Köpfen zum Stillstand zu bringen und konzentrieren uns auf den Atem. Den Daumen und Zeigefinger habe ich aneinandergedrückt und verharre in einer meditativen Position. Ich zähle von eins bis zwanzig und konzentriere mich auf die Bauchatmung. Anfänglich ist die Sitzposition unbequem, doch ich bleibe und bewege mich nicht. Mit der Zeit verschwindet das unangenehme Gefühl. Ringsherum nehme ich gar nichts mehr wahr und genau um das geht es. Ich schalte komplett ab und jede meiner Zellen entspannt sich. Meine Beine werden weich wie Butter, meine Fingerspitzen lösen sich voneinander, obwohl sie förmlich aneinanderkleben. Meine Gesichtszüge haben sich entspannt, in diesem Moment bin ich falten- und gedankenfrei. Auch wenn es nur ein Augenblick ist, doch ich nehme mich in meiner ganzen Gestalt wahr und befreie meinen Körper für einige Sekunden lang von meinem Geist. Ich atme erleichtert aus. Ich habe mich von oben betrachtet und eine Frau gesehen, die es verdient hat, glücklich zu sein. Für einen kurzen Moment konnte ich dieses große Glück spüren.

Fast scheint es, als würde mein Unterbewusstsein zu mir sprechen, doch die Worte schwingen von hinten nach vorne zu mir und ich höre sie, während ich noch immer meine Augen geschlossen halte: *Luisa, ich bitte dich, schenk mir noch einen weiteren Tag!*

Kapitel 16

Pünktlich beim Morgengrauen marschieren wir los.

»Wir sollten früher weggehen«, meinte Hel am Vorabend, »denn sonst wird die Hitze unerträglich.«

Mein T-Shirt klebt an mir, dabei sind wir erst eine Stunde unterwegs. Meine Schuhe drücken, hinten an der Ferse habe ich mich aufgerieben, und meine Adern sind durch die viele Anstrengung sichtbar geworden. So stelle ich mir einen Gang durch die Wüste vor. Die Sonne gibt heute ihr Bestes, es wäre der ideale Badetag. Meine Haut schreit förmlich nach dem kühlen Nass des Meeres oder eines Badesees. In meinen Gedanken sitze ich auf meinem großen Handtuch mit dem Karomuster. So wie damals in Spanien.

***

Als ich mit Flora am Strand an der Costa del Sol lag, schien die Sonne ebenso erbarmungslos.

»Wir hätten es schlimmer treffen können.«

»Ja, ich weiß.«

»Das kostet auch alles nichts, ist doch super, oder?«

Ich schaute mich um. Unser Bett war in dieser Nacht eine Sonnenliege, und das auch nur, weil uns der »Strandboy« so nett und »guapa«, also hübsch gefunden hatte, dass wir die Nacht am Strand unter seiner Obhut verbringen durften. Heute würde ich mich zehnmal fragen, ob er vielleicht ein Serienmörder wäre, doch damals vertrauten wir einfach darauf, dass uns nur Gutes wiederfahren würde. Wir waren mit unseren Rucksäcken unterwegs, fuhren mit dem Zug quer durch Europa und hatten weder einen Plan noch viel Geld dabei. Dafür erlebten wir die Abenteuer unseres Lebens! Unsere Moneten reichten gerade mal für eine Unterkunft der Marke Null-Sterne, doch selbst die konnten wir uns nicht täglich leisten, also mussten wir auch mal an den Stränden Spaniens, Italiens und Griechenlands nächtigen.

»Weißt du, wir könnten danach statt einem Beherbergungsratgeber einen Strandübernachtungsratgeber rausgeben: Wo nächtigen Herr und Frau Pleitegeier am besten.«

Und damit hatte sie noch nicht mal unrecht, denn an den Hotelstränden gab es Sonnenliegen und meistens eine Security-Person, die den Strand beaufsichtigte. An allen öffentlichen Stränden gab es weit und breit nur Sand und es war weit gefährlicher, denn es gab niemanden, der seine Runden um die Sonnenliegen und um uns drehten konnte und sich vergewisserte, dass nicht nur mit dem Plastik, sondern auch mit den Mädchen alles okay war. Wir freundeten uns mit dem Strandboy in Spanien an und er brachte uns morgens Frühstück. First-Class-Unterkunft für das nicht vorhandene Budget sozusagen. Meist waren wir so lange unterwegs, bis die letzte Diskothek zusperrte. Dann wechselten wir in ein Pub, bis uns auch dieses in den frühen Morgenstunden hinauswarf, und dann irrten wir leicht betrunken und mit dem Nachhallen von dröhnender Musik in den Ohren durch die Stadt oder das Dorf – auf der Suche nach einer Dönerbude, einem Pub oder einer Krankenhauskantine. Wir brauchten nur irgendeine Station, wo wir noch Halt machen konnten, ehe wir uns in unser Deluxe-Quartier am Strand zurückzogen.

Ohne große Überlegungen schliefen wir dort – das war völlig normal. Wir waren jung, manchmal naiv und sahen in den Menschen das Gute. Würde ich heute an einem Strand nächtigen? Nie im Leben! Meine Jugend und Leichtsinnigkeit habe ich hinter mir. Obwohl ich es manchmal vermisse, ohne Ausblick auf etwaige Konsequenzen zu handeln, einfach das zu tun, wonach ich gerade Lust habe. Bis in die frühen Morgenstunden feiern, obwohl man am nächsten Tag arbeiten muss, bis Mittag schlafen, obwohl man am Vormittag Dinge erledigen sollte, das Geld für unnötige Dinge ausgeben, obwohl es schon längst nicht mehr das eigene ist. Locker lässig, oben ohne am Strand herumliegen, damit die Bräune auch schön nahtlos verläuft, oder nachts bei Vollmond im Meer baden gehen, sich spontan ins Auto setzen und irgendwohin fahren, ohne zu wissen, ob der Sprit reicht. Unvernünftig. Spontan. Aufregend. – *Das ist Leben!* Vielleicht schlafe ich eines Tages doch wieder am Strand.

***

»Das ist es!« Hel streckt seine Arme aus. »Hierher wollte ich! Ist es nicht atemberaubend?«

Ich folge meinem Begleiter auf den Felsen hinauf, der über der Küste ins Meer ragt.

»Unglaublich, ja! Umwerfend!«, stimme ich zu und schaue auf das Blau des Ozeans, welches sich silbern mit kleinen Kristallen vor uns erhebt.

Hart knallt das Wasser gegen den Felsen, die Wellen brechen ineinander, die Gischt schäumt, das dunkle Blau von der Ferne erscheint an dieser Stelle hellblau, türkis. Ich strecke meine Arme aus, der Wind weht stark, zieht an mir vorbei und versucht mich mitzureißen, während die Möwen über unseren Köpfen kreisen und plärren. Mein nächster Atemzug ist tief, ich schmecke das Salz auf meiner Zunge und rieche die klare

Luft, die uns das Meer schenkt. Hel steht dicht hinter mir und haucht in mein rechtes Ohr:

»Wir sind angekommen.« Nichts sehnlicher wünsche ich mir in diesem Moment, als dass er seine Arme um mich breitet und mich eng an sich drückt. »Wir haben es geschafft!«, jubelt er und springt in die Höhe, dabei bewegt er sich einige Zentimeter von mir weg und greift energisch nach meinen Händen. »Traust du dich?«, fragt er und bewegt seine Schultern nach vorne.

»Du meinst springen?«

»Ja, genau! Weit ausholen und einfach darauf losspringen. Bist du mutig? Bist du mutig genug?«

Ich zittere, schaue nach vorne in den Abgrund und erschrecke, weiche zurück und schüttle den Kopf.

»Ich kann da nicht runterspringen, das ist viel zu hoch. Außerdem ist da nur ein kleines Loch, in das man springen muss, und wenn man das nicht erwischt, klatscht man am Felsen auf.«

»Das ist gut!«

»Was?«

Ich schaue ihn fragend an.

»Du hast Angst zu sterben!«

Als ich als Kind an einem Felsen stand, machte ich das gleiche Dilemma durch. Manuel, mein Cousin, hüpfte ins Wasser, einige Male. Ich schaute immer nur nach unten, hatte Angst davor. Der Felsen war riesig, dort hineinzuhüpfen, war für mich eine Unmöglichkeit.

»Es macht Spaß! Es passiert schon nichts!«, rief Manuel und hüpfte abermals.

Unsere Eltern standen hinter uns.

»Du musst nicht springen, wenn du das nicht möchtest«, sagte meine Mutter und legte ihren Arm um meine Schulter.

»Komm schon!«, rief Manuel, und platsch, sprang er schon wieder hinein.

Ich stand davor, schaute zitternd hinab und traute mich einfach nicht, hineinzuhüpfen, denn es war viel zu hoch.

»Du musst nicht, wenn du nicht willst«, sagte dann auch mein Vater.

Nun stehe ich wieder auf dem Kopf eines Felsens. Hoch, mächtig ragt er ins Meer hinaus und schüchtert mich ein. Die Vernunft sagt: *Lass es, du könntest dich verletzen!*, die Unvernunft sagt: *Ach komm, was soll schon passieren?* Ich schlucke, dann legt mir Hel seine Hand auf die Schultern.

»Du musst nicht springen, wenn du nicht möchtest.«

»Ich weiß«, sage ich und sehe wieder das elfjährige Mädchen vor mir, welches ich gewesen war.

Damals bin ich nicht gesprungen, ich hatte Angst und auch jetzt ist es so, ich habe diese Furcht, dass es schiefgehen könnte. Doch der Reiz des Ungewissen ist vorhanden … und plötzlich werde ich mutig. Mit dem nächsten Atemzug, den ich hinausstoße, werfe ich meinen Rucksack auf den Boden, löse meine Schuhe von den Sohlen, nehme Anlauf, stoße mich an der letzten Kante des Felsens ab und springe in die Zacken am Himmel, welche in die Wellen des Meeres führen …, und während ich meine Augen schließe, murmle ich:

»Es wird schon gut gehen.«

Das Wasser verschluckt mich, zieht mich beinahe bis an den Grund, lässt mich dann wieder los und befördert mich an die Oberfläche.

»Ich habe es geschafft! Ich habe es endlich geschafft!«

Ich habe das vollendet, was ich als Elfjährige nicht vermochte! Und habe damit ein Stück meiner Angst abgelegt.

Ich fühle mich lebendig! – *Ein Wahnsinnsgefühl!*

Wenig später liegen wir in einer kleinen Bucht am Strand. Niemand außer uns ist da. Ich bohre meine Zehenspitzen in den weißen Sand und lasse meinen nassen Körper an der Sonne trocknen. Eine Meeresbrise bewegt sich über meinen Körper hinweg und wenig später bildet sich ein grauer salziger Film auf meiner Haut. Während ich ruhig daliege, beobachte ich die Wellen, die ineinander brechen und sanft nach vorne und auf die Seite auslaufen. Ich schließe meine Augen, denn ich fühle es … Ein Gefühl, das mir in den letzten Monaten fremd geworden war: *die Zufriedenheit.*

Sie ist in mein Herz zurückgekehrt.

Kapitel 17

Wir haben eine italienische Hochzeit gecrasht. Es war weder von uns beabsichtigt noch gut durchdacht. Das Crashen zumindest.

Wir haben den Vormittag über am Strand verbracht und bewegen uns nun weiter. Doch anstatt der Beine, fiel unsere Wahl auf eine Vespa. Hel hat sie in einem »Rent a car«-Shop besorgt. Sie ist knallrot! Ein Unikat! Da ich ein Kleid trage, ist die Fahrt etwas beschwerlich. Ich möchte nicht meine Unterhose preisgeben, also muss ich mit einer Hand mein Kleid nach unten drücken. Mit der anderen Hand halte ich mich an Hel fest, denn auch wenn das kleine Ding unschuldig aussieht, so kann es die Vespa auf gut hundert Stundenkilometer bringen.

Und nun stehen wir vor der Hochzeitsgesellschaft und haben unser rotes Dolce-Vita-Gefährt am Parkplatz inmitten von teuren und noch teureren Autos abgestellt.

»Unser Gepäckbereich ist voll. Wir sollten die Helme verstecken.«

Hel nickt. Dann nimmt er sich meinen und steckt die beiden in einen Busch.

»Aber nichts Unartiges anstellen.«

Ich kichere und kurz darauf nähern wir uns der Hochzeitsgesellschaft.

Vor wenigen Minuten kamen wir an dieser kleinen Kirche vorbei, man hörte die Glocken, die fröhlich kundtaten, was sich gerade unter ihnen abspielte. Nun stehen wir inmitten der Gäste und beobachten ein Paar, welches auf dem Weg in die Kirche mit viel Konfetti und Reis beworfen wird.

»Ein hübsches Kleid«, meine ich und betrachte die Braut von einer sicheren Entfernung aus.

»Ja, das ist es.«

Die kleinen Gäste sitzen entweder auf den Armen ihrer Eltern oder sind Schleppenträger und versuchen, den langen weißen Stoff in Händen zu halten, was nicht immer gelingt, denn manchmal stolpern sie über ihre eigenen Füße. Irgendwie schaffen es aber alle vier, dass sie nicht auf die Schleppe fallen, und so kann die Braut ungehindert vor den Altar treten. Dort stellt sich auch der Konfetti- und Reisregen ein. Es wird ernst.

»Komm, lass uns mitgehen! Das wird sicher lustig«, meint Hel und nimmt meine Hand.

»Nein, bist du verrückt? Wir kennen die ja nicht!«

»Egal, dann lernen wir sie eben kennen und sie uns!«

»Na klar, Hel! Ich sage dann zu ihnen: ›Darf ich vorstellen, der Tod!‹ Oder wie hast du dir das vorgestellt?«

Er schmunzelt.

»Kein Plan!«, murmelt er und zieht mich an der Hand Richtung Eingang.

Keine drei Minuten später sitzen wir in der hintersten Reihe, ganz im Eck. Wir sollten nicht auffallen, stehen auf, wenn die Hochzeitsgäste aufstehen, tun so, als würden wir die Gebete mitsprechen, obwohl ich kein einziges Wort davon verstehe. Das einzige Problem ist unsere Kleidung. Sie ist nicht hochzeitskompatibel und das verrät entweder, dass wir nicht dazugehören, oder einen schlechten Geschmack haben. Man muss wissen, dass sich die Italiener bei Hochzeiten modisch messen, ein einziger Laufsteg ist das hier. Und Hel sitzt in seinen braunen Bermudas mit Flip Flops und weißem T-Shirt da. Mein Kleid schreit vor lauter Buntheit und die Farben darauf schlagen ein paar Saltos: grapefruit-gelb, mozarella-weiß, matschiges Blau und himbeer-rosa. Dazwischen ein paar Punkte und ein paar Zacken, die sich unglücklich zu paaren versuchen.

Ich vergrabe mein Gesicht ein wenig, als uns diverse Gäste mustern, und heuchle Interesse für die Decke in der Kirche, die übersät mit Fresken ist.

»Es geht los!«, meint mein Begleiter in seinen lässigen Bermudas und schon beginnt er seinen Job als Übersetzer. Doch es kugeln keine interessanten Worte aus seinem Mund. »Wir sind heute zusammengekommen … Und Gott sprach an seine Jünger … Amen« und noch einmal »Amen«. Die Braut sieht sogar von hinten fabelhaft aus. Ein schön geschwungener Körper, ein enges Kleid, wunderschön gerafftes Haar – von hinten engelsgleich. Der Mann neben ihr, stattlich, in einem maßgeschneiderten Anzug. Sie halten einander an den Händen, beide zittern ein wenig. »Nun erzählen sie die Geschichte über ihre Verlobung.«

»Vor dem Altar?«, frage ich Hel ungläubig.

Er zuckt mit den Schultern.

»Ja! Italiener haben viel Zeit.«

»Übersetz das!«

»Okay, also … Er hat sie in einem Winterurlaub gefragt … Es war sehr kalt …«

Ich sehe Hel an und erinnere mich.

***

Er kniete vor mir, es war bitterkalt, wir befanden uns in irgendeiner Einöde, die nächste Zivilisation lag mindestens 50 Kilometer entfernt, und dennoch war mir warm. Matt heizte mir ordentlich ein. Ein ganz bestimmter Satz war es, der mir die Röte ins Gesicht trieb. Wie ein kleines Mädchen kam ich mir vor, vor dem ein Junge kniete und es fragte, ob sie mit ihm gehen wolle. Wir hatten fünfzehn Grad unter Null, ein Schneechaos war ausgebrochen, welches die Meteorologen nicht in diesem Ausmaß vorhergesehen hatten.

»Rechnen Sie mit leichtem Schneefall zu Silvester«, versicherte uns der Wetterfrosch im Fernsehen.

Wir wollten eine kleine Silvesterwanderung machen, uns mit Freunden auf einer Hütte treffen und gemeinsam um Mitternacht den Berg hinunterrodeln. Leider fanden wir diese Hütte nie. Dafür eine andere, aber erst nach einigen Stunden, nachdem ich »Ja« gesagt hatte.

Am Anfang fiel es uns leicht, wir folgten der Straße, die uns zur besagten Hütte hätte führen sollen. Die Kälte und der Schnee nahmen mit jedem Schritt zu, irgendwann erkannte man den Weg nicht mehr. Unsere Knöchel steckten in der weißen Decke fest.

»Sollen wir umdrehen?«, fragte Matt.

»Nein, es muss doch da hinauf gehen, der Weg ist sicherlich in diese Richtung, komm schon«, meinte ich und zog ihn an der Hand weiter nach oben, während ich mit meiner Taschenlampe herumleuchtete.

Links und rechts schwarze Umrisse von Bäumen, deren Gestalt mir Angst machte. Matt nahm es locker und zog mich enger an sich, damit sich meine Angst verflüchtigen konnte. Der Schnee knirschte und die Flocken fielen. Zuerst raspelten grobe Flocken auf uns hinunter, dann schrumpften sie auf winzige weiße gefrorene Punkte. Die Schneedichte nahm weiter zu. Es wurde immer schlimmer. Irgendwann gegen elf Uhr sahen wir ein, dass wir uns vielleicht verlaufen hatten.

»Lass uns hinunterfahren«, meinte ich und Matt nickte.

»Gute Idee! Komm, setz dich auf den Schlitten.«

Ich nahm auf dem Ein-Mann-Schlitten Platz. Seine Knie bohrten sich in meine Beine. Der Schlitten fuhr nur sehr langsam den Berg hinunter. Viel zu langweilig und langwierig – bis es plötzlich »ratsch« machte und unser Geschoss brach. Wir fielen in die weiße Schneedecke, sanken ein, lagen aufeinander, und als wir uns aus den Fängen der weißen Kristallwolken befreien konnten, sahen wir aus wie zwei Schneemänner vom Nordpol. Meine rote Mütze saß schief und ich hatte plötzlich einen weißen Schnurrbart.

»Ich kenne mich mit Bärten aus, lass mich das machen«, flüsterte er und fuhr einmal über meine Oberlippe. Dann schüttelten wir uns das Schneekleid ab und starrten uns entgeistert an, denn wir hatten keine Ahnung, wo wir waren. Alles um uns herum war finster. Glücklicherweise fanden wir unsere Taschenlampe wieder. »Scheiße«, sagte Matt, dann drehte er sich um seine eigene Achse. »Ja, wirklich scheiße!« Wenn er einmal »scheiße« sagt, ist irgendetwas Ernstes passiert, doch beim zweiten Mal ist eine Katastrophe entweder hereingebrochen oder steht kurz bevor. »Eigentlich habe ich mir das alles anders vorgestellt, doch egal …«

Er legte die Taschenlampe in den Schnee, sodass unsere Gesichter beleuchtet wurden. Die Sterne reflektierten das Licht zurück. Rundherum war alles schwarz. Die ganze Aufmerksamkeit war auf uns gerichtet. Auch wenn wir kein Publikum hatten.

»Ich weiß nicht, wo wir landen werden, ich weiß nicht, ob wir den richtigen Weg finden werden, doch sollten wir es nicht schaffen, so würde ich mich ewig ärgern, dir nicht diese eine Frage gestellt zu haben.« Ein kurzes Schweigen und weitere Schneeflocken, die währenddessen auf unseren Köpfen gelandet waren. »Luisa, ich frage dich, willst du weitere Schlittenfahrten wie diese mit mir unternehmen? Willst du weiterhin mit mir auf diverse Campingplätze dieser Welt fahren und zusammengekuschelt in unserem Auto schlafen? Willst du mit mir alle Lasagnen der Welt probieren? Und auf ewig und immer Strip Poker mit mir spielen?« Ich nickte und hatte Tränen in den Augen. Ich schwöre, sie hätten gefrieren müssen so wie Matts Bart, doch die Wärme, die von meinem Gesicht ausging, ließ sie erhitzt davonsausen. *Hui!*, riefen meine Freudentränen aufgeregt und kullerten über meine Nasenspitze in den weißen Schnee. Ich schaute auf die kleinen Eiszapfen, die sich auf seinem Bart bildeten, während er sich niederkniete, weiter in den Schnee einsank und mich fragte: »Luisa …, willst du meine Frau werden?«

Ich nickte.

»Ja, ja, ja, das will ich!«, rief ich, während ich aufgeregt wie ein kleines Mädchen vor dem Jungen auf und ab sprang, sodass die Schneedecke weiter nachgab und ich weiter nach unten sank.

Das Mädchen hatte den Jungen dieses Mal nicht enttäuscht und er steckte ihr einen wunderschönen, dezenten Ring an den Finger, den sie noch heute trägt. Den wohl schönsten Ring, denn sie je gesehen hatte. Wir umarmten und küssten uns. Die 15 Grad Minus hatten wir geschmolzen, die Angst, den Weg nicht mehr zurückzufinden, hatten wir verloren, denn in diesem Moment zählte nur das *Wir*.

Irgendwann öffneten wir dann doch unsere Augen, legten die erste Aufregung um die Verlobung ab, denn wir wurden von einem lauten Donnern und einem Zischen am Himmel unterbrochen. Am Firmament wurde etwas Glitzer versprüht. Die Raketen schossen hinauf, als wollten sie am Mond landen.

»Das ist unsere Rettung«, lachte Matt und zog mich aus dem Schnee. Am Himmelszelt explodierten die Feuerwerkskörper in klitzekleinen Sternenstaub. »Komm.«

Wir rannten den Berg hinunter, ließen den einbeinigen Ein-Mann-Schlitten stehen und eilten dorthin, woher das Feuerwerk kam.

***

»Und so geschah es und eine wunderbare Liebesgeschichte nahm ihren Lauf«, meint Hel und ich höre zu, wie die Italiener leise klatschen. Dann wird es plötzlich ruhig. Es kommt der wichtigste Moment der Trauung, die Ernsthaftigkeit legt einen Zahn zu. Alle schauen gespannt nach vorne. Der Bräutigam sagt etwas, sie nickt, dann sagt sie etwas, er nickt. Hel muss es mir nicht übersetzen, denn als sie die Ringe tauschen, ist alles klar. Doch einen Satz lässt sich Hel nicht nehmen. »In guten wie in schlechten Zeiten«, äußert er bestimmt, während er mich mit seinem Blick fixiert.

Mit einem typischen Matt-Blick.

Wir sind die Ersten, die die Kirche verlassen, noch vor dem Brautpaar stürmen wir hinaus und warten heimlich hinter einem Strauch, denn wir haben Hunger und wollen uns das berauschende Fest nicht entgehen lassen.

»Ich hab ja schon vieles von italienischen Hochzeiten gehört und möchte, wenn sich die Gelegenheit schon mal bietet, live dabei sein.«

Hel grinst ganovenhaft.

»Siehst du sie schon?«

»Ja, ja!«, rufe ich, als ich an den vielen Blättern vorbeiluchse. »Sie steigen alle in ein paar Autos ein. Was machen wir jetzt?«

»Komm!« Hel zieht mich an der Hand zu einem antiken Wagen und hilft einer älteren Dame beim Einsteigen. »Haben Sie vielleicht noch zwei Plätze frei?«, fragt er in seinem perfekten Italienisch.

»Du bist so ein Wunderwuzzi!«, necke ich ihn.

Die Dame nickt zustimmend und wir beide steigen ein. Sie spricht mit Hel einige ziemlich lange Sätze und ich bejahe mit »Si, si« und lächle dabei, ich verstehe ja nichts. Hel zwickt mich in die Hüfte.

»Jetzt nicht, sie erzählt von ihrem kranken Mann, der nicht zur Hochzeit kommen konnte«, flüstert er. »Außerdem ist er inkontinent und sie ist froh, wenn er bald ins Altenheim aufgenommen wird.« Nun vergeht mir das Lächeln. Die Alte fährt, als würde sie gerade jetzt in diesem Moment eine Fahrstunde haben, so, als hätte sie noch nie zuvor ein Auto gelenkt. Sie ist sehr klein und hat Mühe, mit ihrem Kopf über das Lenkrad zu schauen. Vielleicht sollte Hel fahren, oder ich? Ist es unhöflich, zu fragen? Hel erkennt meine Sorge. »Es ist nicht weit, sie wird das schon schaffen!«

Nach einigen Schreckminuten sind wir erlöst und steigen aus.

»Grazie«, sage ich höflichkeitshalber, auch wenn ich es in diesem Sinne nicht meine, wie sie es versteht.

»Danke, dass Sie uns sicher an unser Ziel gebracht haben«, merkt Hel an und das trifft es wohl eher.

Bei der Hochzeitsfeier sind viel mehr Gäste anwesend als in der Kirche.

»So fallen wir wirklich nicht auf.«

Zumindest am Anfang fallen wir nicht auf.

Mit jeder Stunde, die vergeht, steigt die Anzahl der Drinks und meine Tanzlaune. Mal sind die Getränke bunt, mal braun oder weiß und ziemlich klar. Klar ist auch, dass ich nach genau drei Stunden und zwölf Minuten ziemlich betrunken bin, denn ich stolpere die Stufen zur Toilette hinunter und klatsche unsanft auf dem Boden auf.

»Egal«, sage ich zu mir selbst, richte mich auf und gehe dorthin, wo ich ohne Aufprall eigentlich hätte hingewollt.

Nach etwas längerer Zeit befinde ich mich wieder oben, inmitten des Geschehens.

»Lass uns tanzen!«, rufe ich Hel zu und nehme seine Hand. Sein Blick wird ernst. »Ach ja«, murmle ich, »hab ich vergessen, du tanzt ja nicht.«

»Nein.«

»Mmh.«

Ich lasse mich in den Sessel neben ihn fallen und sehe den Pärchen auf der Tanzfläche zu. Manche bilden eine Einheit, andere sind Tag und Nacht, sie scheinen keine Tanzlizenz zu haben. Dann gibt es auch noch jede Menge von diesen eingebildeten Profitänzern. Ich vermute, die waren extra für die Hochzeit in einem Auffrischungskurs oder tanzen täglich vor dem Spiegel. Ich kann es nicht gut, doch ich tue es leidenschaftlich gerne.

»Und nun kommt ein ganz besonderer Tanz«, kündigt Hel an und übersetzt damit die Worte des Trauzeugen, der sich nun das Saxophon schnappt.

Dazu gesellen sich die Mutter und der Vater der Braut.

Ich schwöre, ich habe noch nie ein schlimmeres Konzert belauscht. Das Piano röchelt, das Saxophon hustet. Zusammen klingen sie wie eine ungeschmierte Tür. Hinzu gesellen sich ein paar schrille Vokale der Mutter, die irgendetwas mit »Amore« singt. Ja, man braucht schon viel Liebe, um im Raum zu bleiben, das sehe ich auch so.

Mein Warten wird belohnt, denn als die drei fertig sind, übernehmen wieder die Profis das Ruder und spielen *Summer Dreaming*. Mit Gekreische hüpfe ich von meinem Stuhl auf, der im Eifer meiner Motivation auf den Boden fällt. Hel richtet ihn schnell wieder auf, denn wir wollen keine Aufmerksamkeit auf uns ziehen. Das war der Plan und nun durchkreuze ich ihn. Ich bin die Erste auf der Tanzfläche. Stelle mich mittig hin und fange an: Hüftschwung nach links, dann nach rechts, halbe Drehung um die eigene Achse, dann Stillstehen wie eine Tanne, beide Hände nach oben. Ich drehe mich um meine eigene Achse, dann mache ich eine Handbewegung nach links, dann nach rechts, dann springe ich nach hinten und strecke meinen Popo hinaus. Während ich in der Hocke verharre, überkreuze ich meine Beine und hüpfe einmal nach vorne. Dann mache ich eine Hula-Hula-Bewegung.

Dazu die Arme nicht vergessen, die Fingerspitzen formen nun eine Brille und dann einmal die Hamsterbacken. Nun würde ich Flora an den Händen fassen und wir würden uns im Kreis drehen. Ich tue so, als wäre sie anwesend und beginne herumzuwirbeln.

44 Augenpaare sind auf mich gerichtet. Ich glaube, nun ist klar, dass ich ein Exot unter ihnen bin. Ein Eindringling. Sie werden sich bestimmt fragen, mit wem der Anwesenden ich wohl verwandt bin.

Verstehen Sie nun, warum Matt immer knallrot angelaufen ist? Ich schon. Nach all den Jahren zum ersten Mal. Gut, dass ich am Ende darauf verzichte, mein T-Shirt hochzureißen.

»Arrivederci!«, rufe ich, als mich Hel von der Tanzfläche zieht und mit mir stürmisch die Feier verlässt. »So leidenschaftlich kenne ich dich gar nicht!«, lache ich und versuche meinen Schluckauf zu bändigen.

Er zieht eine Augenbraue nach oben.

»Da gibt es noch weit mehr …«, murmelt er.

Draußen vor der Tür überwältigt mich mein Lachen und streckt mich zu Boden. Ich falle in die grüne Wiese. Hel hat es nach fünf Minuten aufgegeben, mich zum Aufstehen zu bewegen, gibt klein bei und legt sich zu mir.

Da liegen wir nun und starren in den Himmel. Er ist an diesem Abend dunkelblau. Nicht erdölschwarz, wie nach Claras Tod, sondern voller blauer Farbe. Mutter Natur schießt eine Feuerwerksrakete ab und eine Sternschnuppe bahnt sich den Weg durch das unendliche Meer von Blau.

»Du musst dir etwas wünschen«, haucht Hel und seine Stimme kriecht in die Erde davon.

Ich drehe mich auf die Seite und stütze meinen Kopf in meinen Arm.

»Dass die Italiener meinen Auftritt vergessen«, lache ich.

»Nein, im Ernst, wünsch dir was!«

Ich rolle mich wieder waagerecht auf den Boden und vergrabe meine Hände im feuchten Gras. Als wären es Haare, bürste ich mit meinen Handflächen darüber.

»Ich weiß nicht so recht …«

»Sprich aus, was du denkst! Träume!«

»Nun ja, einen sehnlichen Wunsch habe ich … Und du kennst ihn!«

Auch wenn ich es nicht sehen kann, so weiß ich, dass Hel nickt.

»Ja, du wünscht dir ein Wiedersehen.«

Nun nicke ich.

»Ja, ich würde sie gerne als Teenager sehen. Oft stelle ich mir die Frage, wie sie wohl aussehen würde. Wie trägt sie ihr Haar? Wie sieht ihr Lächeln aus? Wie würde sie aussehen, wenn sie sich freut …« Ich verstumme. »Ja, das würde ich gerne wissen.«

»Ich verstehe«, sagt er und dann schweigen wir.

»Luisa?«

»Ja?«

»Ich habe auch einen Wunsch. Darf ich ihn stellen?«

Ein Windstoß fährt über uns hinweg, ganz sanft läuft er über unsere Körper davon.

»Ja.«

»Luisa, ich bitte dich, schenk mir noch einen weiteren Tag!«

Ich erstarre. Die Angst fährt in meinen Körper, rüttelt an meinem Herzen und vergräbt sich in meinem Kopf. Die Uhr der Entscheidung beginnt zu ticken. Übermorgen Abend ist das Konzert. Dann muss ich mich entschieden haben.

Oder er tut es für mich.

Kapitel 18

Es ist noch viel zu früh, um ausgeschlafen zu sein, und viel zu spät, um noch weiterzuschlafen. Ich könnte mich über das Kopfweh beklagen, das mir die vielen Ramazotti beschert haben. Aber das tue ich nicht. Gespielt fröhlich steige ich ins Auto ein und lasse mir nicht anmerken, dass ich noch immer ein paar Restpromille aufweise.

»Hier, nimm die!«

Hel reicht mir eine Kopfschmerztablette und eine Mineralwasserflasche. Ich grinse ihn an.

»Seit wann hast du denn Kopfschmerztabletten?«

»Liebe Luisa, mittlerweile kenne ich dich ja ein wenig. Und mit einem Glas zu viel kommst du am nächsten Morgen nicht gut zurecht. Obwohl, *ein* Glas ist untertrieben. Vermutlich die drei Cocktails und die fünf Ramazotti am Schluss!«

Ich seufze. Objektiv betrachtet fühle ich mich wie ausgespuckter Speichel – nicht mehr zu gebrauchen und von mir selbst lieblos irgendwohin geschleudert. Doch wenn ich eines in den letzten Tagen gelernt habe, dann ist es die Betrachtungsweise, die Einstellung zu Dingen, die letztlich entscheidet, ob es einem gut geht oder nicht. Es ist so, wie wenn man versucht, glücklich zu sein und sich mit Besseren, Reicheren oder Gesünderen misst. Als ob man glücklich sein könnte, wenn man versucht, fremdgesteuerte Ideale zu erreichen, oder glaubt, dass man nur in der Zukunft selig sein könnte. Glückliche Menschen sind nicht deshalb zufrieden, weil sie alles begreifen oder in ihrem ganzen Leben Zielen nacheifern, die unmöglich zu erreichen sind. Sondern sie sind deshalb glücklich, weil sie aus jeder Situation das Beste herausholen und sich auf die positiven Aspekte einer Gegebenheit konzentrieren. Sie geben sich mit dem zufrieden, was sie haben. Und genau darin liegt die Formel des Glücks. Nun ja … Ob ich glücklich bin, weil ich verkatert bin, ist weit hergeholt, aber ein Hangover zeigt doch, dass der Vorabend lustig gewesen ist. (In den meisten Fällen zumindest.) Es ist zwar eine kleine Rache unseres cleveren Körpers – auch wenn er es nicht so meint –, doch trotzdem auch eine Bestätigung eines amüsanten Abends. Ein paar Restpromille schaden nicht, denn ich muss nicht fahren und die letzten hartnäckigen Alkoholreserven in meinem Blut lassen mich die Sache etwas fideler betrachten und knebeln den Ernst.

»Jawohl! Dreh das bitte lauter!«, rufe ich und klatsche in die Hände. Hel murrt ein wenig, dann fährt er die Lautstärke hoch. »Noch lauter!«, befehle ich und drehe dann selbst an den Knöpfen herum.

Es läuft *Gangman style* und ich habe so die Befürchtung, dass dieser Song nicht zu Hels Lieblingsmusik zählt. Aber da muss er jetzt durch, und während ich beginne, auf dem Autositz herumzushaken, konzentriert er sich auf die Fahrbahn.

In einer Ortschaft halten wir wenig später an, um zu frühstücken. Etwas benommen steige ich aus, und als ich die Autotür zuschlage und nach rechts blicke, bin ich schlagartig nüchtern.

Ein Wagen schlittert von der Straße, kommt uns entgegen und prallt mit voller Wucht gegen eine Hauswand. Krach. Ein Aufprall. Ein Nichts. Ein Lippenstift rollt aus dem Auto, kullert davon und läuft vom Unfallort fort. Hel steht wie ein Fels da, rührt sich nicht und blickt auf das Wrack. Einige Sekunden lang ist es still. Alles um uns herum hält den Atem an, selbst das zerstörte Auto hat aufgehört zu heulen. Hel schiebt mich auf die Seite.

»Es ist Zeit ...«, sagt er nur und bewegt sich auf das rauchende Fahrzeug zu.

Plötzlich löst sich die Radkappe vom linken Reifen und schlittert wie ein Puck über das Eis.

Angewurzelt stehe ich da und sehe Hel zu, wie er sich Richtung Wagen bewegt. Er wird sie begleiten. Sie wird sterben. Sie wird mit ihm gehen müssen.

Der Beton ist blutüberströmt. Wie ein Vampir saugt der Zement den Lebenssaft auf. Die Frau liegt in einem roten See, in ihrer eigenen Blutlache. Daneben ihr toter Hund. Mit offenen Augen starrt er ins Leere. Hel streckt seine Hand aus.

»Sie ist bereit!«

Und auch Hel ist es. Sein Äußeres verändert sich, er sieht nicht mehr nach dem Hel aus, den ich kenne. Nun steht er vor mir als der Tod und verschwindet aus meinem Blickfeld. Ich kann ihn nicht mehr wahrnehmen. Jetzt genau in diesem Moment ... Das ist meine Aufgabe! Ich laufe auf die Frau zu, stürze mich vor sie zu Boden. Vielleicht kann ich sie retten. Vielleicht!

»Ich muss die Blutung stoppen!«, schreie ich und lege meine Hände auf ihren Körper. Mein Herz pocht, während ihres aufgehört hat zu schlagen. »Eins, zwei, drei, vier ...« Ich drücke in ihren Brustkorb. Noch einmal. »Eins, zwei, drei ... fünfzehn ... zweiundzwanzig ... dreißig.« Ich kämpfe. »Nicht aufgeben, hören Sie?«, rufe ich. Sie kämpft. Ich merke es. Man bekommt als Arzt so ein Gefühl für Menschen, die weiterleben wollen, und für solche, die resigniert haben. »Nicht aufgeben! Hören Sie?«, rufe ich der Frau zu. Ob sie dem Tod gegenübersteht und ihn bittet zu bleiben? Oder bittet sie ihn, sie mitzunehmen? »Nein!«, schreie ich wütend, und während ich die Herzmassage weiter durchführe, flüstere ich: »Tausend Dinge gibt es noch, die Sie erledigen möchten, tausend Dinge, die Sie sehen möchten, tausend Gefühlsausbrüche, denen Sie sich hingeben möchten, tausende Sonnenauf- und Sonnenuntergänge möchten Sie noch erleben. Ans Meer fahren, in die Berge gehen, tanzen, bis der Morgen kommt, lieben, richtig guten Sex haben, den Mann fürs Leben heiraten, graue Haare bekommen, Ihre Klobrille endlich mit Danchlor reinigen, Ihren Enkelkindern beim Spielen zusehen … Hören Sie? Sie dürfen nicht aufgeben!«, schreie ich. Sekunden vergehen, die mir wie Minuten vorkommen. Nichts an ihr bewegt sich. Ich mache unerbittlich weiter. »Eins, zwei, drei …« Nichts, keine Regung. Ich gebe nicht auf … Und dann, endlich höre ich es pochen. Ich erfühle ihren Puls. Ich habe ihren Herzschlag wieder! Er ist langsam, aber er ist da. Ein leises »Pumm, pumm« … Die Blutung, ich muss mich auf ihre Blutung konzentrieren. Viel zu groß … Die Wunde ist viel zu groß, ich kann sie nicht stoppen. Ich löse ihr lilafarbenes Seidentuch vom Hals, als sich die Rettung mit einem schrillen Sirenengesang ankündigt. Mit hoher Geschwindigkeit biegt sie auf den Parkplatz ein. Die Sanitäter und der Notarzt stürmen aus dem Wagen. »Sie hat einen Puls! Sie müssen die Blutung stoppen!«, weise ich an und lasse den Notarzt mit seinen Utensilien an die Frau.

Ich assistiere dem Arzt, begreife nichts von dem, was er sagt, aber wir verstehen uns auch ohne Worte. Nach einigen Minuten des Kampfes wird sie in den Krankentransporter gelegt. Sie scheint stabil zu sein.

In dem Moment, wo der Rettungswagen mit hoher Geschwindigkeit davonfährt, wird mir etwas klar: Ich habe soeben etwas Wertvolles gerettet: *ein Leben.*

Ich sitze schon eine ganze Weile auf einer Bank. Hel sitzt auf der gegenüberliegenden Seite. Manchmal blickt er zu mir hinüber, doch ich kann diesen Blick nicht einordnen. Darin liegt so viel und doch kann ich ihn nicht lesen. Meine Gedanken kreisen noch immer um den Unfall. Ganz benommen denke ich an die Frau zurück.

Ich muss alleine sein, möchte mit niemandem sprechen. Ein Gewitter zieht auf. Erst donnert es, dann öffnet der Himmel seine Schleusen und übergießt die Erde mit Süßwasser. Alles hat seine Richtigkeit. Neues kann entstehen, Verdorbenes kann neu erblühen. Und ich …, ich treffe eine Entscheidung.

Genau in diesem Moment.

Kapitel 19

Ein neuer Tag ist angebrochen und ich habe etwas wiedergefunden. Es war schon längst verloren. Ich habe nicht mehr damit gerechnet, es jemals zurückzubekommen.

Ich stehe auf dem stahlgrauen Boden, links und rechts von mir spiegelt sich die Morgensonne auf dem Beton. Ich setze einen zaghaften Schritt vor den anderen und nähere mich dem Gelände. Meine Beine tun es von selbst, während mein linker Arm locker Richtung Boden baumelt und meine rechte Hand eine Kaffeetasse hält. Irgendjemand im Himmel muss eine Zigarette rauchen, denn die Morgenröte wird von Nebelschwaden durchzogen. Plötzlich ist sie wieder da, meine Zuckerwatte in der Hemisphäre. Die Nebelschwaden verdünnisieren sich, zerrinnen in der Luft und hinterlassen einen rosa Himmel.

Meinen rosa Himmel.

Ich nehme einen tiefen Atemzug, atme die wärmer werdende Luft ein, halte sie kurz in meinem Bauchraum fest und befördere sie sanft durch meine Mitte nach oben. Meine letzten Schritte haben es vermocht, dass ich nun an der Kante stehe. Mit den Händen berühre ich das eiserne Gelände, ich blicke nach vorne, nach oben und nach unten. Dann hebe ich meine Kaffeetasse. Der Wind fährt mir durch mein Haar und löst einzelne Haarsträhnen aus meinem Pferdeschwanz, doch er kann sie nicht dazu bewegen, mitzukommen. Sie bleiben bei mir. Ich schließe meine Augen, und als ich sie öffne, ist der Himmel nicht mehr rosa, sondern schwimmbadblau.

»Guten Morgen«, säusle ich und begrüße den Tag.

Ich habe das wiedergefunden, was ich vor langer Zeit verloren hatte.

Kapitel 20

Ich habe so viele schöne Momente erlebt. In den letzten Tagen habe ich meine Lebensfreude wiederentdeckt. Doch wenn ich etwas verstanden habe, dann das: Der schönste Moment kann nur als halb so schön wahrgenommen werden, wenn einem die andere Hälfte des Herzens dabei fehlt: jenes von Matt.

Oder all die anderen Lieben meines Lebens: meine Eltern und Flora.

Denn sie alle halten mich davon ab, zu gehen.

Was bleibt und Hoffnung gibt, ist die Liebe zu den Menschen, die noch da sind, die einem die Hand halten, wenn ein anderer sie nicht mehr halten kann.

Wir befinden uns auf den restlichen Kilometern nach Bari und ich habe meine Entscheidung getroffen. Nach dem Konzert werde ich es Hel mitteilen und dann gehe ich nach Hause. Mir ist klar, dass ich über Claras Tod nicht hinweg bin, aber ich bin stark genug, um mein Leben weiterzuleben und empfinde Zuversicht, dass es irgendwann wieder richtig hell werden wird.

»Ich gebe eine Runde aus. Möchtest du einen Espresso, einen Espresso doppio oder lieber die Latte-Variante?«

Hel schlägt die Autotür zu und sperrt den Wagen ab. Wir betreten die Raststätte, die nur wenige hundert Meter vom Konzertgelände entfernt liegt.

»Einen Cafe-Latte.«

»Buttercroissant?«

Ohne meine Antwort abzuwarten, überreicht mir Hel eines. Ich murmle ein kurzes Danke und stippe das Croissant in den Milchschaum. Kurz bin ich mit der Perfektion meines Süßgebäcks mit der Milchschaumhaube beschäftigt, dann fällt mir etwas auf und ich kann im ersten Moment nicht sagen, was genau es ist.

Ich sehe das junge Mädchen hinter dem Tresen an, beobachte ihre Gestik und Mimik. *Sie ist bezaubernd.* Ich stelle meine Tasse ab, die junge Frau ist mir so vertraut. Ihre Haltung, ihre Stimme, ihre süßen Grübchen. Als sie sich einmal um ihre eigene Achse dreht, ihre langen dunkelblonden Haare sich mitbewegen und ich auf das Muttermal auf ihrem Hals blicke, schlage ich mir die Hände vor das Gesicht. Erschrocken lasse ich meine Finger von der Wange Richtung Hals fahren und greife mir an mein Muttermal, welches sich an derselben Stelle befindet. Als sie zu mir blickt, lächelt sie. Sie ist es. Sie muss es sein! Ich strecke meine Hand nach ihr aus, möchte sie berühren, doch Hel greift nach meinem Arm und schüttelt den Kopf.

»Lass es! Tu das nicht!«

Er hat den Ernst der Lage erkannt, packt mich am Arm, zerrt mich nach draußen und schleift mich Richtung Auto, während ich ihr nachsehe und die Hand nach ihr ausstrecke. Meine Beine folgen Hel nicht, sie stemmen sich ihm entgegen.

»Lass mich los!«, schreie ich und versuche mich zu wehren, aus seinem festen Griff zu entkommen, doch zu spät, er hat bereits die Autotür aufgesperrt.

»Lass es!« Er schiebt mich auf den Beifahrersitz, meine Kraft reicht nicht aus, um mich ihm entgegenzusetzen. »Lass sie los, Luisa, lass sie endlich gehen!« Er drückt die Tür von außen zu. »Es tut mir leid, ich wollte dich nicht erinnern … Ich dachte, es würde dir helfen, ich dachte, du wärst so weit … *Um sie endlich loszulassen*!«

In Sekundenschnelle sitzt er neben mir, verriegelt die Tür und tritt aufs Gaspedal, während ich laut aufschreie.

»Schnall dich bitte an!«

»Nein! Lass mich gehen, lass mich zu ihr!« Sie ist es. Meine Clara. Auch wenn es nicht sein kann, denn das Mädchen ist ein Teenager, doch genauso würde sie mit 16 aussehen. Ich weiß es. Ich bin ihre Mutter! Mütter können so etwas erahnen. Ich würde sie überall wiedererkennen. »Hel, bitte!!!« Während wir rasant die Ausfahrt nehmen, greift er nach dem Gurt und schnallt ihn mir um. Ich rolle mich auf die Seite und beginne zu weinen. »Sie war es, sie war es!« Ich sehe ihr erstes Lebensjahr vor mir, ihr erstes Lachen, das sie mir und Matt geschenkt hatte. »Dreh bitte um!« Ich sehe ihr zweites Lebensjahr vor mir, in dem sie ihre ersten Schritte tat und wir schützend mit offenen Armen hinter ihr her liefen. »Hel …«, winsle ich.

Ich sehe ihr drittes Lebensjahr vor mir, als wir ihren Geburtstag feierten und sie aus Übermut von der ganzen Torte abbiss, weil sie es nicht mehr abwarten konnte, bis sie angeschnitten wurde.

»Luisa, hör mir zu!«

Ich sehe ihr viertes Lebensjahr vor mir, welches in der Mitte von unmenschlichen Mächten abgebrochen wurde. An einem Tag, an dem die Sonne schien und die Vögel ihre Sinfonien unter hellblauem Himmel sangen.

»An so einem verfluchten Tag wurde sie uns genommen!«, schreie ich hinaus, damit Gott mich hört.

»Luisa, schau mich an! Luisa!« Und nun sehe ich sie an einem ebenso schönen Tag vor mir, als 16-Jährige, bildhübsch, gesund und liebenswert, so, wie Matt und ich es uns erträumt hatten. »Luisa …«

Tränenüberströmt blicke ich zu Hel.

»So, wie Matt und ich es erträumt hatten. Hast du gehört, Gott? Wir haben ihr das Leben gegeben und keiner darf es nehmen! Keiner, nicht mal du! … Sie ist am Leben! Dreh um!«, schreie ich Hel an.

»Luisa, sie ist tot! Clara hat keine Lebenszeit mehr übrig!«

»Keine Lebenszeit? Aber sie ist es doch! Sie war dort! An der Raststation!«

»Nein, das …«

»Wie kannst du mir das antun, wie kannst du mir meine Tochter zeigen? Was bist du nur für ein Monster! Wie kannst du nur …« Hel starrt auf die Straße. »Lass mich gehen, lass mich sterben und verschwinde aus meinem Leben!«

In diesem Moment schlage ich auf ihn ein. Unser Auto fährt Schlangenlinien, wechselt von der linken auf die rechte Seite. Ich möchte meine letzten Atemzüge tun, jetzt genau in diesem Moment, also greife ich in das Lenkrad und drehe es nach rechts Richtung Leitplanke. Während wir mit 130 Stundenkilometern darauf zuschlittern, sieht mich Hel erschrocken an. Er fixiert mich mit seinem düsteren Blick, sekundenlang starrt er mich an. Dann schüttelt er den Kopf, greift in das Lenkrad und bringt den Wagen am Pannenstreifen zum Stillstand.

»Lass mich gehen!«, schreie ich und befreie mich aus dem Gurt, reiße die Tür auf und laufe am Pannenstreifen entlang, zurück in Richtung Raststation.

Hinter mir ebenso schnelle Schritte.

»Luisa, bitte, bleib stehen! Bitte! Hörst du mich?«

Doch ich laufe weiter, schluchze und wische meine Tränen mit dem Armrücken ab. Plötzlich geben meine Beine nach und ich sacke zusammen. Und ich sehe Clara nicht mehr vor meinen Augen.

Er steht vor mir. Eine erdrückende Stille legt sich über uns.

»Willst du wirklich sterben?«

Seine Stimme ist leise geworden, ängstlich. Ich nicke. Nicht nur ich habe einen Kampf verloren, auch er, so scheint es. In dem Moment beginnt wieder diese Musik zu spielen, die ich am Anfang bei unserer ersten Begegnung gehört hatte. Ganz langsam beugt er sich nach vorne, die rote Farbe weicht aus seinem Gesicht, seine Augen hören auf zu glühen, weichen großen schwarzen Pupillen, seine Hand wird bleich und erstrahlt in einem silberfarbenen Glanz, ganz sanft streckt er sie mir entgegen, schließt die Augen und haucht:

»Wenn du das wirklich willst, dann tanze mit mir!«

Sein Arm bleibt mir entgegengestreckt, wartet bloß darauf, dass ich ihn ergreife. Ich stehe ebenso auf, mit wackeligen Beinen blicke ich mich um, starre zurück zur Raststation, halte mir eine Hand vor meinen Mund, während sich ganz langsam Hels' zu mir bewegt. Ich spüre die elektrische Spannung in der Luft, als er vor mir steht und sich mir immer weiter annähert. Zentimeter um Zentimeter, bis nur noch eine kleine Bewegung nach vorne fehlt, bis wir uns endgültig berühren.

»Halt, warte!«, rufe ich und ziehe meine Hand zurück. Die Musik wird leiser, Hels Arm sinkt zu Boden. Sein Blick ist überrascht, fragend schaut er zu mir herab. »Kann man Lebenszeit tauschen?«

»Wie bitte?«

Ungläubig blickt er mich an.

»Kann ich meine Lebenszeit gegen ihre tauschen?«

Ich deute mit der Hand Richtung Raststation.

»Du möchtest dein Leben gegen ihres tauschen?« Ich nicke. So sicher war ich noch nie in meinem Leben über etwas. Ich würde mein Leben sofort für das von Clara geben. »Luisa, du warst eine fabelhafte und liebevolle Mutter, du hast dich zu ihren Lebzeiten hingebungsvoll um sie gekümmert, niemand hätte es besser machen können. Du hast ihr ein Zuhause gegeben, in dem sie sich geborgen gefühlt hat, hast sie mit Liebe und Fürsorge überschwemmt. Sie hat dich geliebt, so sehr wie du sie.« Ich weine, ich schluchze, ich sacke abermals auf den Boden. »Du hast ihr alles gegeben und so sehr du sie noch immer liebst, so sehr du sie vermisst und so leid es mir tut, aber du kannst dein Leben nicht für ihres geben.«

Ich schreie auf, ein Schmerz durchzuckt mich.

»Clara, aber meine Clara …«

»Du musst sie loslassen!«

»Ich kann es nicht, ich kann es einfach nicht! Ich kann sie nicht gehen lassen. Ich habe Schuld daran, dass sie nicht mehr lebt, ich …«

»Es war nicht deine Schuld! Das musst du endlich verstehen!«

Am Boden kauere ich und weine.

»Lass uns zur Raststation zurückfahren, lass sie mich noch einmal sehen. Ein einziges Mal noch, ich bitte dich …«

Ich sehe meine Tochter vor mir, wie sie nach Atem ringt, das Flammenmeer um sie greift. Ich stelle mir vor, wie schlimm es für sie war, als sie keine Luft mehr bekam, wie sie versucht haben musste, die Zimmertür aufzumachen, wie sie sich mit ihrem kleinen Körper dagegen gestemmt haben musste. Ich sehe Matt vor mir, der in die Waldhütte gestürzt war, verzweifelt versucht hatte, sie zu retten. Im ersten Stock war sie gefangen, die Flammen waren viel zu hoch. Der Rauch schlängelte sich durch geschlossene Türen und Fenster hindurch, das Feuer loderte großflächig in der linken Haushälfte und verbreitete sich in Windeseile weiter. Wie konnte es bloß so weit kommen? Noch wenige Minuten zuvor war alles in Ordnung gewesen, wir mussten den Wagen checken, da er nicht angesprungen war. Ich schickte Clara auf ihr Zimmer. *Ich* war es, die zu ihr gesagt hatte: »Du gehst auf dein Zimmer und spielst dort eine Weile.« *Ich* habe sie in jenen Raum geschickt, der wenige Minuten später mit Rauch gefüllt war. Aus dem es kein Entkommen gab. Nachdem Matt ins Haus gelaufen war, konnte ich nicht draußen warten und so bin ich ihm gefolgt. Ich konnte nicht zusehen, wie das Feuer das Liebste verschlang, was ich besaß. Wir kamen nicht zu ihr durch. Wir kamen einfach nicht durch! Die Bretter des Holzhauses fielen auf den Boden und versperrten uns den Weg. Der Brand bewegte sich rasant weiter, verschluckte hemmungslos alles, was ihm unterkam. Die Feuerwehrmänner rückten an – eine ganze Brigade voll –, sie brachten zuerst mich und dann Matt hinaus. Versuchten sich zu Claras Zimmer vorzukämpfen.

Ich bemerkte Matts hoffnungslosen Blick, als er Minuten später vor dem brennenden Haus stand, während ihn die Feuerwehrleute festhielten, während er versucht hatte, sich aus ihren Fängen zu befreien. Zu dritt mussten sie ihn halten, denn sonst wäre er noch einmal hineingelaufen und wäre vielleicht auch nur noch leblos geborgen worden. Ich spüre, wie er seinen Kopf in meinen Nacken vergrub, ich höre, wie er weinte, sehe, wie er, als sie Clara aus dem Haus brachten, zu ihr eilte, um sie wiederzubeleben. Und dann, als er sich zaghaft von ihrem reglosen Körper entfernte, erst einen, dann zwei Schritte, sah ich in diese Augen, die nur noch Hoffnungslosigkeit spiegelten. Während sie ihren leblosen Körper auf der Bahre davonrollten, starrte ich mit aufgerissenen Augen und stillstehendem Herzen auf den Boden. Und genau in diesem Moment starb auch ich, der Teil in mir, der mich ausmachte.

Ich habe seit diesem Tag nie wieder diese Geschichte vor Augen gesehen. Ich habe sie einfach aus meiner Erinnerung ausgeschnitten. Ich habe nie versucht, es zu verarbeiten. Das konnte ich einfach nicht.

»Du trägst keine Schuld! Niemand hat Schuld an ihrem Tod! Hörst du?«, versucht er mich zu beruhigen. »Sie ist nicht mehr da. Du kannst es nicht ändern! Ich kann es nicht ändern! Auch Gott nicht!«

Plötzlich ertönt wieder eine Musik, dieses Mal kommt sie nicht aus einer unbekannten Richtung, sondern direkt aus den Lautsprechern des Autoradios.

Hel blickt mich erwartungsvoll an.

»Luisa, es gibt noch etwas, wofür es sich lohnt zu bleiben! Ein Teil von dir wird noch gehalten. Jemand lässt dich nicht los. Du darfst nicht sterben, weil es noch etwas für dich gibt, wofür es sich lohnt zu bleiben! Du wolltest doch nach Hause gehen, oder?«

Ich höre genauer hin, ich kenne diesen Song. Es gibt nur wenige Titel, die wir beide gut finden, doch einen klaren Favoriten haben wir: *Wonderwall.* Unser Lieblingssong. Jetzt genau in diesem Moment kriecht er von den Lautsprechern durch meine Ohren hindurch und lässt mich erschaudern.

»Erinnerst du dich an all die gemeinsamen Erlebnisse und siehst du das, was noch vor dir liegt?«

Die vergangenen Tage und Wochen ziehen an mir vorbei. Ich spüre alles. Den Sommerregen auf meiner Haut, während ich den Mund öffne und meinen Kopf zum Himmel strecke, ich fühle die Wärme im Haus am See, all die Erinnerungen an meine Kindheit. Vernehme das Gefühl von Erfüllung, als ich am Gipfel stehe und Matt mir zuflüstert: »Du musst die Welt von oben sehen, um sie zu verstehen«. Ich schmecke die Perlen des Champagnersorbets auf meiner Zunge, lasse den Wind durch mein Haar fahren, während wir mit dem Cabrio und Bob Marley durch die Toskana düsen. Ich lese die Geschichten der Stadt *Assisi*, während ich auf die untergehende, glühende Sonne blicke, die die Stadtmauer in einen seltenen, mystischen Glanz einhüllt. Ich spüre den anschmiegsamen Stoff meines Kleides auf der Haut, ich merke, wie toll sich Größenwahnsinn und Unvernunft anfühlen. Ich lausche den Klängen, die in der Nacht über dem Hügel von Firenze davonkriechen, und höre die Botschaft aus *Das Leben ist schön.* Ich spüre das Salz auf meiner Haut, während ich vom Felsen ins Meer springe, empfinde die Aufregung, eine weite Strecke zu Fuß zu gehen. Ich vernehme das Erwachen meiner Gliedmaßen, als ich den

Sonnengruß vollbringe, und sehe die Frau vor mir, deren Leben ich gerettet habe.

Und dann sehe ich mich selbst, wie ich von Clara Abschied nehme. An der Raststation winkte sie mir zu und formte ein *Lebewohl* mit ihren Lippen.

Es fällt mir wie Schuppen von den Augen, als ich Hel mitten ins Gesicht blicke. Er übt eine so große Anziehungskraft auf mich aus, all die Erlebnisse, dir er mir zuteil hat werden lassen, alles, was er mir gegeben hat, seine Geduld und seine Geschichten, die er sich für mich hat einfallen lassen. Seine Liebe zu Croissants und … zu mir. Plötzlich ist alles klar.

Ich werde bei ihm bleiben!

»Ich habe einen Namen für dich!«, sage ich, während er mich noch immer erwartungsvoll anblickt.

Im Hintergrund spielt leise die Musik und sie lässt mich schaudern. *Maybe you are the one that saves me.*

»Du willst mir einen Namen geben?«

»Ja … Und ich möchte dich auch etwas fragen …«

Er nickt, fasst sich an den Hals und wartet, bis ich fortfahre. Schüchtern sieht er mich plötzlich an, auch ich bin es, denn ich sage diesen Satz zum ersten Mal, obwohl ich ihn in letzter Zeit jeden Tag gehört habe. Und ich muss zugeben, ich habe mich in diesen Satz verliebt.

»Ich bitte dich, schenk mir noch einen weiteren Tag!«

Mit aufgerissenen Augen blickt er mich an. Dann verstummt die Musik.

»Matt, ich bitte dich, schenk mir noch einen weiteren Tag!«

Während ich diesen Satz sage, lächelt er und dann verflüchtigt sich die Gestalt vor mir. Ich greife nach seiner Hand, einmal noch, doch ich fasse sie nicht mehr … Hel, mein Begleiter, der Tod, verschwindet. Mehr und immer mehr.

»Wir werden uns wiedersehen«, flüstert er und entschwindet aus meiner Wahrnehmung.

***

Die Maschinen um mich herum piepsen, eine Hand hält die meine, eine Träne tropft auf meine Wange. Es ist nicht meine eigene, doch ich spüre sie. Noch kann ich meine Augen nicht öffnen, sondern höre nur das Dröhnen der Maschinen, spüre den Tropfen, der an meiner Wange hinunterläuft und sanft auf mein Dekolleté plätschert. Dann vernehme ich eine mir bekannte Stimme:

»Holen Sie sofort Doktor Miller und Schwester Elisabeth! Sie ist aufgewacht! Sie müssen sofort kommen! Haben Sie gehört? Schneller!«

Dann lässt mich die Hand los und drückt an den Maschinen herum. Es wird leiser, dann hören die Geräte auf, alarmierend zu schreien. Langsam versuche ich meine Augen zu öffnen, blinzle, während eine Schar an Personen in das Zimmer gelaufen kommt. Ich höre die vielen Schritte, dann Matt, der ruft:

»Sie ist aufgewacht! Checken Sie sofort ihre Herzfunktion und ... sie lag im Koma, checken Sie ihre Gehirnfunktionen ...«

»Herr Doktor, keine Sorge!«, beruhigt ihn eine Schwester. »Bitte gehen Sie auf die Seite, wir haben hier alles im Griff!«

Ich blinzle noch immer und sehe verschwommen all die weißen Kittel und die vielen Körper, die darin stecken, und ganz rechts im Raum sehe ich eine Person, in Jeans und mit T-Shirt, die sich aufgelöst mit der einen Hand an den Mund und mit der anderen durch sein zerzaustes Haar fährt.

»Du trägst dein Haar wieder länger«, hauche ich.

Diese Worte fallen mir schwer, ich bringe sie kaum heraus, doch er hat sie gehört, denn er kommt an mein Bett und schluchzt.

»Ja, weil ich keine Zeit hatte, zum Friseur zu gehen. Du hast mich die ganze Zeit auf Trab gehalten ... Ich war die ganze Zeit bei dir, weil du so einen Blödsinn gemacht hast.« Und dann beginnt er fürchterlich zu weinen und vergräbt sein Gesicht an meinem Bauch. »Ich dachte, ich würde auch dich für immer verlieren!«

Er sitzt eine ganze Weile bei mir, beaufsichtigt die Ärzte, ob sie auch alles richtig machen, gibt ihnen Anweisungen. Wäre ich Doktor Miller, so würde ich Matt des Krankenzimmers verweisen, doch er lächelt nur milde und beruhigt meinen Mann.

»Deine Eltern sind in der Stadt. Sie haben sich solche Sorgen gemacht«, sagt Matt und drückt meine Hand.

»Kannst du sie anrufen? Können sie herkommen?«, flüstere ich, denn ich weiß, dass nichts wichtiger ist.

Man möchte wissen, ob es seinem Kind gut geht. Er nickt.

Während Matt nach draußen geht, wechselt er seinen Platz mit Schwester Elisabeth. Sie stellt mir das Kopfpolster ein.

»So einen Mann hätte ich auch gerne«, plappert sie. »Passt Ihnen die Höhe so?«, fragt die Schwester weiter. Ich bejahe und sehe sie fragend an. »Es stand nicht gut um Sie. Mit Ihrem Mann wurde schon darüber gesprochen, die Maschinen abzuschalten … Morgen, wenn Sie nicht aufgewacht wären, dann hätte man Sie von den Geräten getrennt und … Na ja, Sie wissen ja, was das bedeutet.« Elisabeth unterbricht, als sie meinen traurigen Blick sieht. »Doch«, fährt sie fort, »Ihr Mann war jeden Tag da und hat Ihnen jedes Mal eine wunderschöne Geschichte erzählt. Er war mit Ihnen wandern, ist durch einen See geschwommen, zu einem Konzert gefahren, hat mit Ihnen Champagner getrunken … Und was weiß ich noch alles. Ich konnte ja nicht ständig lauschen. Doch immer, wenn er gegangen ist, hat er gesagt: ›Luisa, ich bitte dich, schenk mir noch einen weiteren Tag!‹ Ach, Liebes! Er hat Ihnen erzählt, wie schön das Leben sein kann. Jeden Tag. Er hat nicht aufgegeben, um Sie zu kämpfen. Jeder einzelne Tag war eine Liebeserklärung an das Leben.«

5880528R00150

Printed in Germany
by Amazon Distribution
GmbH, Leipzig